2021

中国中篇小说精选

主　编——王　蒙

分卷主编——金　理

辽宁人民出版社

图书在版编目（CIP）数据

2021中国中篇小说精选 / 金理分卷主编. —沈阳：
辽宁人民出版社，2022.1
　（太阳鸟文学年选 / 王蒙主编）
　ISBN 978-7-205-10344-6

　Ⅰ．①2… Ⅱ．①金… Ⅲ．①中篇小说—小说
集—中国—当代 Ⅳ．①I247.5

中国版本图书馆CIP数据核字（2021）第247180号

出版发行：辽宁人民出版社
　　　　　地址：沈阳市和平区十一纬路25号　邮编：110003
　　　　　电话：024-23284321（邮　购） 024-23284324（发行部）
　　　　　传真：024-23284191（发行部） 024-23284304（办公室）
　　　　　http://www.lnpph.com.cn
印　　刷：辽宁新华印务有限公司
幅面尺寸：170mm×240mm
印　　张：13
字　　数：201千字
出版时间：2022年1月第1版
印刷时间：2022年1月第1次印刷
责任编辑：高　丹
装帧设计：丁末末
责任校对：吴艳杰
书　　号：ISBN 978-7-205-10344-6
定　　价：58.00元

迁徙与寻找：2021年中篇小说观察

鲁迅在《我们现在怎样做父亲》中曾以进化论为依据驳斥中国根深蒂固的父本位传统，"后起的生命，总比以前的更有意义，更近完全，因此也更有价值，更可宝贵；前者的生命，应该牺牲于他"。然而这种"一代更比一代强"的信念终究只是对人类前途的美好愿景，现实反倒常常印证他笔下九斤老太的"谶语"——"一代不如一代"。不必说个人的成就，单是那份从动荡岁月中领受的阅历，便已足够让在平淡同质的生活中长大的子辈们心生敬畏。当代文学因此有了区别于现代文学"青春崇拜"的"父辈崇拜"或曰"历史崇拜"。每一位以自我书写起家的青年写作者，都免不了自觉或被迫地进行一种历史的回望，而这一回望的落点便是父辈们的人生，似乎他们的历史总是闪耀着迷人的光辉，他们的人生才值得动用文学来为之赋形。

叶兆言《通往父亲之路》注目于这一关于父子关系的命题，讲述一个生活在父辈阴影下的子辈的心路，探问父子之间这悬殊的落差因何形成，身处这种落差中的子辈如何理解父亲，又如何成为一个父亲。小说以张希夷和张左父子为中心，前后涉及六代人，五对"父子"。张左的曾祖父张济添是前清进士，国内第一代甲骨文学者，而外公魏仁是其入室弟子。后来，魏仁又将这门学问无保留地传授给了张左的父亲张希夷，为他日后成为享誉学界的泰斗级人物奠定了基础。可以说，在张左之前的父子三代人都顺利地完成了某种精神与教养的承续，彼此之间往来密切并且情谊深厚。但这条脉络却在张希夷与张左之间断裂了。在"反右"运动中，张希夷与妻子，也就是魏仁的女儿魏明韦离婚，之后各自成家，有了新的子女。在这一家庭变故后，张左几乎被完全忽视，成为一个与外公外婆生活在一起的多余人。"作为人之子，张左也有母亲，张左也有父亲，很多年里，有和没有差不多，有跟没有一样，他觉得自己天生就是个孤儿。"

在长久的分离中，他与父亲如两条互不相犯的河流，各自成长、变化。张希夷经历了诸多大起大落，再婚、离婚、复婚、劳改、获聘进入大学、成为博导进而成为德高望重的学界泰斗。而张左的轨迹完全不同，他中学毕业后先是在副食品商店做营业员，恢复高考后考入金陵大学，毕业后被分配到一所中学，成为一名普通的化学老师。对于父亲生活中种种大事，张左都曾听闻，但他不知道这一切具体是如何发生的。小说中，出现最多的字眼是"张左不明白"，他不明白父亲为什么会与再婚的妻子分手，不明白他在干校时都在看什么书、学什么内容，更不明白他为什么会有那么显赫的学术地位和声誉。关于父亲的各种叙述也让他感到迷惑，张希夷的自述、继母吴姨的讲述、外婆的讲述，每个人口中的张希夷都有所出入，张左无法分辨哪些是真哪些是假。

张希夷晚年，张左亲身参与到他的文集的编纂工作中。这份工作前后持续了二十年，他几乎成为张希夷的秘书，生活围着他打转。然而这不但没有增进父子之间的了解，反而让张左心中的父亲形象越发模糊。张希夷身上的标签越来越多，甚至成为一个现象、一门学问、一尊神像，"父亲"是他最无关紧要的一个身份。在他的光辉之下黯然失色的张左无可避免地被视作附属品。"张左现在只剩下一个身份，这就是国学大师张希夷的儿子。"但这种"联结"只让他感到离父亲更加遥远。学生、朋友、崇拜者，不同的人经由不同的身份角色与他建立起紧密的联系，唯独在张左这个亲生儿子眼中，张希夷"变得越来越神秘，越来越高大，也越来越陌生"。这种陌生一直持续到故事结尾，直到张左自己成为父亲、祖父，他也没有在这条通往父亲的道路上找到方向。无论是情感的联结还是事业的承继，他都好像永远地被阻滞在了这条路上。唯一继承下来的似乎只有这种"断裂"：张左也在人到中年之时遭遇婚姻的破裂，唯一的儿子也去往异国读书，几年后在当地结婚生子。做了祖父的张左因为语言不通，与混血儿的孙子之间连日常的沟通都无法进行。

"为什么会这样？为什么一代不如一代？科技在发展，人类在进步，我们在通往父亲的道路上，又究竟是遭遇到了什么？"对于这个问题，作者并未在文中给出明确的回应。最显在的原因是时代的左右。比如造成张希夷夫妇决裂的"反右"，破坏了张希夷父子团聚计划的"文革"，或许还有更深层的，那一时代对个体情感模式的改造。张左的同代人莫诩曾将"缺爱"指认为这一代人共同的问题，他指出，他们的父辈在"舍小家，为大家"的革命教育下成长，亲情观念淡漠，而将全副身心投入工作。加上频繁的政治运动，他们没有闲暇也没有意识去照管子女，经营亲情。这一点在张左的母亲魏明韦的身上有典型表现。她年纪很小便参加革命，因理念不同先后与丈夫、父亲决裂，之后又一直忙于为自己平反，多年来始终对张左不闻不问。从离婚到张左上大学，母子两人只见过三次。张希夷虽然不是走在革命与建设前线的积极分子，但同样将大部分精力投入学术事业，对张左表现出不可思议的冷淡。而这种缺失，也最终作为一份历史的"遗产"因袭下来，阻碍着不止一代人在这条通往父辈的道路上踌躇难行，使生命联结的进程被迫中断。

这样的解释或嫌简单与片面，但作者无意给出更多的缘由。整篇小说的叙述始终保持一种徐缓淡漠的语调，叙写父子几代人的经历与彼此间的关系，即便写到决定命运的重大转折，也丝毫不动声色。在这样近乎平铺直叙的书写中，作者似乎只是想要尽量将自己所知所想的部分做一个呈现，而放弃了在一个通常的具备起承转合的小说架构中完成一个有头有尾有因有果的故事。因此，所期待的因由也自然变得无处可寻，或者说，它根本就不存在。正如我们难以向复杂无序的历史与生活索取一个确切的答案。

郑执的《森中有林》同样是一个辐射多代人、讲述父子关系的故事。作为郑执的"转型"之作——小说集《仙症》的压卷篇目，也是文集中篇幅最长的一篇，《森中有林》不同于此前习见的"东北故事"的一个显著特点在于，它并未将叙事锚定于20世纪90年代的"下岗潮"，并将其作为全篇的核心情节与主题，而是铺展开从60年代到当下，从"五〇后"到"九〇后"五代东北人的命运。在半个世纪的时间跨度内，多个关键性的时代节点被有意识地以特定的情节标示而出，如"文革""严打""下岗潮"和"离乡潮"。这些时代风潮直接或间接地造成不同代际人物命运的转折，并为后辈留下需要背负的沉重遗产。

而这正是这篇小说通过长时段、跨代际、多视角的叙述试图讲述的命题：个体如何面对与克服自身的时代，又如何承担与消化历史的遗产。

故事以沈阳一个三代同堂的底层家庭为中心展开叙述。这个家庭中的三代男性成员廉加海、吕新开、吕旷在不同的时段各自遭遇他们生命中的不可承受之重。20世纪70年代末，吕新开的父母在一场山火中去世，他的父亲是当地的农民，母亲是从沈阳到大兴安岭插队的知识青年。事发时吕新开年仅五岁。90年代中期，原本是沈阳当地一名狱警的廉加海因转干指标被劳保局领导私自卖掉，被迫下岗。1997年，孤身来到沈阳谋生的吕新开与下岗后靠收废品为生的廉加海因一次意外结缘，在廉加海的撮合下，吕新开与廉加海的独女——幼年因病导致双目失明的廉婕结合，两年后生下儿子吕旷。这一部分是整个故事中最温馨明亮的段落，两个被时代风浪击打得支离破碎的家庭聚合在了一起，以共通的善良与温情彼此修复、治愈。然而好景不长，2006年，廉加海意外发现了一起谋杀案的关键线索，其中的犯罪者与受害者都是80年代"严打"期间的涉案人员。廉加海对案件的主动参与最终导致女儿廉婕死于凶手之手。这一事件将这个遭受重重碾压勉力拼合完整的家庭再度击溃，原本就背负着深刻创伤的廉加海和吕新开无法承受命运再一次的打击，一个独居郊外种树度日，一个染上酒瘾一蹶不振，负重前行的任务落在了第三代的吕旷身上。

对吕旷的叙述构成了全文的最后一个部分。如论者所说，"从子一代视角出发，讲述父一代的故事"是这几位青年作家笔下"东北故事"的一大特征。在这样的叙述结构中，"子一代"往往只作为隐身的观察者存在，其自身的故事在小说中是缺席的。而在他们另一部分书写自身经验的作品中，又很难看到与父辈历史的关联。这种断裂似乎意味着一种无可避免的遗忘与告别，无论子辈如何共情与缅怀，依然无法在历史与现实、父辈与自我之间建立起有机的联系。或许是为了回应这一问题，《森中有林》以多视角分节叙述的形式将父辈与子辈的故事平等地纳入到了文本之中。

值得注意的是，在最后一部分，郑执特意设置了两位子辈，而他们的会面被安排在了远离沈阳、远离东北的异国日本。在东京机场，刚刚结束旅行的吕旷与当年涉案的另一个家庭的后代——出生于1987年、与他相差十二岁的王放偶遇。经由前后文的叙述可以得知，那次事件直接改变了两个年轻人的人生轨迹。当年高三的王放因为这一突发的变故高考失利，进入一所二本外国语院校，阴差阳错读了日本文学，在大三时来到东京，毕业后进入当地一家动漫公司。十几年后，吕旷高考。他原本想报考航校飞行员，但母亲去世后，父亲窃取了单位的枪支想要为她报仇，为此服刑一年。吕新开的这一前科导致吕旷未能通过政审，于是高中毕业后便离开东北去北京闯荡，先是送快递，后在直播平台成为一名网络主播。年青一代的离乡一方面是新一轮时代浪潮的裹挟——随着国企改制后东北经济的持续下行，在新世纪的前二十年中，东北的"离乡潮"愈演愈烈；另一方面，这种出走未尝不是为了逃离历史的阴影——正如四十年前吕新开从埋葬着父母的黑龙江农村来到举目无亲的沈阳。

父辈的遭遇成为子辈命运的肇因和他们远离故土的契机，这是两代人最显著的关联。但在另一方面，父辈的历史又似乎成为出走的子辈与故土之间最难割舍的情感与精神联结。吕旷九岁那年，吕新开曾带他回到黑龙江老家寻根。这次回乡的目的原本是想将父母的坟迁回沈阳，但他们踏入那片光秃的山坡才发现，祖辈的坟墓已经全部被推平，与那片森林一起消失了。十年之后，当始发自东京的飞机抵达沈阳机场上空，王放与吕旷透过舷窗看到了一片新的"森林"。"飞机距离地面越来越近，一条道路由细渐粗，在道的两侧，是两个用绿树勾边儿的'口'字，一大一小。"吕旷很快认出，那是廉加海在女儿去世后种下的两圈杨树，他幼年时曾在其中玩耍嬉戏，用脚步丈量过那里的每一寸土地。但是，未满二十岁的吕旷似乎还难以清晰辨识其中的意味，而需要王放——一个同样年轻但比他多了十年阅历，因而或许更加明白何谓故乡与乡愁的人，一个作者的同代人——为他做出指认：

王放说，我想你也走不了，年轻人。——吕旷闻见王放的酒味很重，又听他说，有人把你种在这片土地上了。

这个结尾让人联想到《仙症》中的类似情节。同样是在成年后的一次异国旅行中，"我"结识了未来的妻子。相似的口音与成长背景促成了两人的相识相恋，而故事最后，妻子在听完"我"向他讲述的家族故事后，突然产生了回乡定居的冲动。或许是因为个人经历的差异，郑执的"东北故事"中始终存在一种离乡游子的视角，从早年的长篇《我只在乎你》到为他赢得赞誉的短篇《仙症》，再到这篇《森中有林》，他也一再地试图以相似的情节诉说一个主题：不是其他，而正是父辈在这片土地上的血肉经验，那些伤痛与温馨、罪恶与正义混杂扭结的记忆，在这片古老的土地与年轻的子辈之间构筑起了强韧的血脉联系。无论他们去往何处，只是如一棵树枝丫的伸展，深处的根系永远不可拔除，永远都将留在这个地方。

因经济发展与资源配比的不均，"迁移"已经成为现代人生活的一大主题。从乡到城，从欠发达地区到发达地区的迁移，早已被年青一代视作谋求个人发展乃至改变命运的一个再正常不过因而无须报以任何惊讶的手段。而相比于郑执的坚定信念，孙频对于个体主动或被动的地理迁移所暗含的后果以及离乡的个体与故土的关系抱有更复杂的忧虑。在《以鸟兽之名》中，她将这一命题生发为一个关于时代症结、个体命运与文学职能的故事。

"我"是寓居北京的写作者，十年来事业不温不火，为了维持生计，近来开始写销路更好的悬疑小说，故乡小县城发生的种种离奇故事成为"我"的灵感来源。这年春天，为寻觅写作素材再次回到老家的"我"从母亲口中得知一桩命案。为澄清怀疑与好奇，"我"频繁去嫌疑人所在的一个名为"大足底"的小区打探消息。在这次别有目的的探访中，"我"意外观察到山村移民这一特殊群落的生存状态。几年前，因山中修建水库，大足底村整村迁至县城，一变而为大足底小区。从深山搬到县城，万事便利的现代生活反而令山民们陷入无所适从的尴尬境地。年老的人们早已习惯与自然相伴、以耕作为生的山林生活，忽然被拘禁于数十平方米的楼房，寂寞苦闷无处排遣，只能日复一日如石像般踞守在小区门口，以散淡的闲聊与几样陈旧的游戏熬过漫长的时间。年轻人虽然很快适应县城生活，却因所受教育的差距，无法跟上新学校的节奏，纷纷辍学成为混迹街头的一员。无论是年老还是年轻，这些移民都既无法在新环境中找到位置，也永远地失去了回返故土的可能，很快成为栖身县城一隅的边缘人。世人眼中代表着"进步"与"发展"的迁徙在这个被人遗忘的角落只留下不断堆积的创伤与残骸。

在初次探访中，"我"与前同事游小龙偶遇。游小龙出生成长于阳关山中的某个山村，后到县城读了高中，又考上大学，毕业后回到县城文化馆工作。经由游小龙这个由乡入城的个案，"我"得以更加具象地看到城乡之间的区隔与迁徙对个体生命的深层形塑。为了摆脱山民身份带来的羞耻感，多年来，游小龙竭力追求一种由内而外、表里如一，消灭任何一丝阴影幽暗，并最终导向一种崇高的自我牺牲的"理想人格"，用他的话说，"想从最贫贱的根子上长出一个高贵的人"。他将这一追求落实为对自身全方位的严苛律令：外形上，无论是何种场合，办公还是居家，他都一丝不苟，永远一身笔挺整饬的白衣黑裤，"白衬衣的下摆端端正正地扎在裤子里"，"总像一只新打出来的家具，崭新僵硬地立在某个角落里"；语言上，曾经的他十分寡言，如今话多了许多，但总操着一口在县城中听来颇显突兀的普通话，且遣词造句夹杂各种文言语词，保持着一种令人不适的刻意的雅驯，"这些话还好像戴着礼帽，穿着西装，或涂着脂粉，摇着扇子捂住嘴角浅笑"；行为上，他呈现一种如履薄冰般的严肃谨慎，他人看来微不足道的小事，例如多拿了单位一支圆珠笔，少给了出租司机十块钱车费，他也不惜大费周折地一一清算偿还。更严重的是，他对自己提出了难以承受的道德标准，不仅以不多的薪水供养母亲与双胞胎弟弟，一次又一次为下山后无业而好赌的弟弟偿还赌债和高利贷，为此主动放弃了为自己争取幸福的机会，还时常在内心为忍无可忍之下对弟弟施加的怨愤责骂和偶尔闪过的自私念头而深深自责。概言之，山民的胎记使他形成一种矫枉过正的自省与自律，不仅竭力与这一胎记所赋予的习性抵抗搏斗，还试图摒除人之本性中原有、应有的暗部，向往着古希腊悲剧中"勇敢、骄傲，随时可以为某种看不见的东西去赴死"的英雄人格。

这超乎寻常的自我要求，使他整个人如同一个用力过猛的话剧演员，全副武装浑身紧绷，仿佛时刻准备应对不知来自何处的观众的审视。更痛苦的是，多年来他一直挣扎于理想人格与现实自我的撕扯之中，并清醒地自觉到从自己身上剥除自己、将自己塑造为另一个人的不可能。在这个意义上，双胞胎兄弟这一设定成为一个意味深长的隐喻。在与他有着相似面容的弟弟游小虎身上，游小龙似乎可以看到那个被他拼命隐藏、剥除、遗忘的自己。正如前者是后者无法摆脱的负累，他们兄弟二人的关系所象征的既是不可企及的高贵精神与难以挣脱的疲惫肉身的拉锯，也是城乡壁垒所区隔的"文明人"与"野蛮人"的身份纠葛。文中多次出现的对双胞胎镜像共生关系的着意甚至刻意的强调最终导向一种对个体命运的"偶然性"以及造成这种"偶然性"的残酷力量的观照。游小龙与游小虎原本同为山村少年，最终哥哥获得机会走出深山，在县城乃至更遥远的世界接受教育，最终成为一个能够自食其力进而"奢谈"人生意义的知识分子，而弟弟却只能留守山中，随后又在被动的迁移中失去仅有的根系，沦落为一个彻底的零余者。同样的，叙述者"我"与游小龙的命运也构成类似的对照。当年，他们原本都是这座小城中的文学青年，彼此引为同类，并曾在一种从未宣之于口的默契中度过一段相互陪伴激励的日子。但之后，没有家累的"我"辞职离开县城去往北京，几年后真的成为一个写作者，而游小龙却继续留在这座小城，靠一份普通的工作维持全家人的生计，与曾经的梦想越来越远。是什么造成他们这种命运的分岔？难道只是偶然或者个人意愿与能力的差异？作为那个站在弟弟与"我"的命运之间的人，游小龙在过度的自省中对背后那个左右他们的强力深有所感。如他所说，他并不羡慕"我"成为了作家，而只羡慕"我"能够为自己而活。正因这种清醒，他既不能安然于自身的"幸运"，也无法平静于自身的"不幸"。"我时常假设，如果当年留在山上的是我呢？"我们知道，他应该还有未说出口的另一个问题："我时常假设，如果当年离开县城的是我呢？"

因为作者赋予人物的特殊身份，这篇小说还具有一个指向文学与写作自身的层次。孙频在这个故事中展示了写作的多种作用。文学对于"我"和游小龙而言，曾代表了一种纯粹的热爱，一种支撑着他们与"颓败平庸"的命运保持距离的方式。他们曾是这个县城稀少的文学青年，他们在众人下班后继续留在办公室写作，两盏小灯长久地亮在这个北方小城的深夜，因为对方的存在而并不感到孤单。这是一段令人感动与怀念的时光。然而现在，"我"为了销量开始写类型小说，写作成为一份谋生的工作。这份工作一定程度上改变了"我"看待世界与家乡的眼光，县城的人与事在"我"眼中失去真实的分量，而全部成为可堪利用的素材。故事中多次写到一种经历者与观察者的错位，游小龙推心置腹地向"我"吐露自身血泪交织的生活，"我"却一直试图从他的陈述中寻找与那起凶案相关的蛛丝马迹，好将其纳入自己的虚构版图。小说最后，"我"也不禁惭愧于自身的自私与轻飘："我心中伤感，同时却发现自己不可救药地自私，此刻我脑子里想到的仍是我的小说……那一刻，我忽然发现，我对自己有一种前所未有的厌恶。"

与"我"将写作"实用化"不同，游小龙似乎变得更加"文学"了。从摆着笔墨纸砚团扇插花的办公室，到挂在嘴边的婉约小词与明清小品，他似乎在仿照想象中的古代风雅文士塑造自己的生活与形象。他仍然在写作，只不过也如他阅读的对象一样，一心专攻某类"文化小品文"。有意味的是，他书写的对象正是那个他曾经一心想要切割的故乡阳关山。他似乎也像许多来自乡野小城的作家一样，一面强烈渴望与自己出生成长的世界划清界限，一面又想要从中抽取一种抽象的、审美化的元素来作为一种特殊的身份装点。然而，不同于那些将故乡远远抛在身后的作者，他自始至终都是一个"在地"的写作者。因为从未且无法真正地脱域，这些围绕他的文学元素及其所表征的那种优美闲适、自由合理的生活，于他而言都不仅仅是一种轻巧的装点，而是他赖以从黑沉现实中逃逸而出、获得片刻喘息的唯一安慰。借由这种孤独的"角色扮演"和写作，他得以短暂地想象一种不同的生活，为自己"无用"的人生创造一点意义。文中写到，每次看到他如同在剧场背诵台词般咬文嚼字的模样，"我"都在替他感到羞耻的同时隐隐觉得感动，因为那其中"有一种古怪的庄严"。在分别的日子里，"我"与他都与文学结成了一种相比于青年时期或许更加"实在"的关系，虽然应该不是以曾经设想的方式。而相比于拥有作家之名的"我"，谁能说文学之于他的意义，不是更加重要、更加庄严呢？或者说，在给予一个艰难生活的人不可或缺的慰藉与意义感之外，我们还期待、还奢求文学能够带来什么呢？

但游小龙对"我"提出了更高的要求。他频频邀请"我"到他的办公室与家中做客，与"我"交谈，向"我"倾诉。他严肃地提出问题："你说我们这些山民到底是从哪里来的？最后又会到哪里去？不是只有柏拉图才能问这样的问题，对吧？"又恳切地表达请求："你把我们这些山民都写进去吧，把我和游小虎也都写进去，我希望你把我们都写进去"，"把它当作人类的一个文化标本记录下来，这些山民草木般的一生也算有了一点意义。"他所说的这种"记录"，必然区别于"我"在类型小说中所做的，而或许接近八十多年前，沈从文在返回湘西的小船上，对着沿岸的渔民、纤夫与水底的鹅卵石立下的志愿："我希望活得长一点，同时把生活完全发展到我自己这份工作上来。我会用我自己的力量，为所谓人生，解释得比任何人皆庄严些与透入些！"然而，"我"能够给予他的回应，只是对着已经化为一面湖水的大足底村，将这当下的、活生生的血肉经验放置到浩渺虚无的历史甚至宇宙图景之中，以"一切都要化掉"为由提供一份微弱的安慰。故事的最后，"我"带着游小龙的笔记本再次离开这座小县城，返回北京。"我"会继续悬疑小说的写作，还是会尝试实践游小龙的嘱托，不得而知。但显然，孙频已经给出了她的答案。

东来曾获豆瓣阅读征文大赛首奖，初读她的小说是2019年的《大河深处》，那是一篇明亮、绽放出"光"的小说，隐喻着信仰、真理、承诺，也指向高贵而伟岸的人性。在东来的第二本小说集《奇迹之年》中，"光"的主题被复杂化了：首先，《奇迹之年》中的阿来，梦里听到一个声音，命令他"往西边去"。鲁迅《野草》中的"过客"也曾听从"那前面的声音叫我走"。这神秘的"声音"不能实体化，近乎至上而绝对的召唤、指引，昭示着一种纯粹的、非经验的精神向度。从视觉的"光"转化为听觉的"声音"，受此感召的又同是"追寻者"（《大河深处》中的路翎与"我"，《奇迹之年》中的阿来）。然而表面的相似却难掩深刻的区别，阿来周围渲染了一层明晰的反讽色彩，他本身是一个不可靠的叙述者，梦中的声音很可能只是"幻听""癔症"，也就是说，恍如神迹的"光"/"声音"遇到了解构的危险，就好像他最终走向大漠深处不知所终。其次，小说集《奇迹之年》里频频闪现当下青年文学中常见的人物造型，抑郁而颓废，主体无法身心充实进而稳妥安顿到生活与工作中；这是一群感受不到"光"、听不到内心"声音"的人。当真理绽放的时刻降临时，他们无法领受，只是在左躲右闪。东来两部小说集的变化兴许在这里：《大河深处》中的"光"来自天外，明亮、自在；《奇迹之年》中的"光"经受着风雨摧折，处于明暗摇曳之中……

上述这道看似下行的轨迹，我更愿意将其理解为一位青年作家的涉世和成长，一段举步进入真实世界的旅程。迎受"光"的过程中所遭遇的曲折与颠仆，并不在《大河深处》的前台，却成为了《奇迹之年》的主题。与此相关联的是，阅读《大河深处》时心境平和、沉静，但是阅读《奇迹之年》却不免焦虑、紧张。为什么会这样？在作家的青春期，写作就像抖包袱，真理与真相的呈现也就意味着小说的收束。"五四"时代的新青年流行书写浪漫的"出走"故事，张爱玲忍不住讥诮："小说戏剧做到男女主角出了迷津，走向光明去，即刻就完了——任是批评家怎么鞭笞责骂，也不得不完。"仿佛慷慨"出走"，便从黑暗旧家庭一步登天到了阳光灿烂的新天地；实则"出走"只是一段未知旅程的开始，这段旅程可能饱含更多的艰难甚至危险。就好像《奇迹之年》中阿来走向大漠深处，吉凶难卜、一片混沌。所以在迈过青春期的下一个写作阶段，就必须处理洞察了生活的真相后——已经看穿了——如何继续进入生活。携带着生活真相上路，往往意味着冒险旅途开始了，因为真相、信念、承诺，在进入实际生活之后，会面临扭曲、发生冲突、遭遇挑战，这就需要领受"光"的人舍身到洪流之中，去求证、捍卫……人类在求证信念的同时，本身就伴随着关切、焦虑与紧张，与脆弱共生。诚如纳斯鲍姆所言："人性卓越之美，正是在于它的脆弱性。"脆弱性本身不值得欢迎，但我们必须将它设定为追求善好生活的、不可避免的条件，愿意暴露在不明朗的世界中，通过与一切无常事物的纠缠来萃取出真正的善，就好比明暗摇曳的光经受时代风雨摧击。这种对于世界的开放性本身意味着人的成熟、卓越与自由。

东来笔下的"追寻者"家族，也是一群逃离生活常规的人。激情与理性、超越与日常、例外与常态、他方与此地……这群人无疑倾向于对立项的前者。《奇迹之年》中的阿来深陷20世纪八九十年代席卷中国大陆的特异功能狂潮，却在2012年12月21日这个"世界末日"中失去了异能。断代感如此决绝：特异功能的世界有趣、旁逸斜出，特异功能祛魅后的世界理性、功利，"2012年之后的世界，缩小了，超出常理的部分全部被剪除了，平滑得像块新草坪"。有意思的是，东来作品中又内生出强悍的自反性，揭穿特异功能狂潮中充斥谎言与骗局。一方面向消逝的、旁逸斜出的时代致敬，另一方面也警惕怀旧中的过滤与美化。比照、判断不同的时代，并不是将特殊境遇中的经验和价值唯一化、凝定为固定标准，而是在相对的历史脉络中打开与珍重各自存在的合理性。这种自反性同样标示出年青一代作家的渐趋成熟。

（本篇序言由金理和复旦大学中文系博士生李琦同学合作完成）

通往父亲之路

◎叶兆言

1. 张左

张左这名字，是他妈魏明韦给取的。魏明韦生下张左不久，赶上"反右"运动，她是女共产党员，解放前就参加革命的地下党，心直口快愤世嫉俗，大大咧咧地给上级领导提意见，说了些什么，结果被打成右派，送到农村去劳改一年，用张左外公魏仁的话来说，共产党专门治病救人，这一年的劳动改造，还是挺管用，魏明韦显然意识到自己的错误，也开始改正错误，决心重新做人。但是张左的父亲张希夷，他的思想认识有问题，既不能谅解妻子犯的错误，觉得她不应该反党反社会主义，又在某些方面，仍然要比魏明韦的政治觉悟还要低，反正两个人经常说不到一起去，于是就离婚了。

魏明韦后来和一家军工厂的陆师傅结婚，婚后又生了三个孩子，两儿一女。这位陆师傅所在的工厂，"文革"前夕整体搬迁去四川，魏明韦带着她和陆师傅生的两个孩子也去了。张左自从懂事，到上大学，也就见过魏明韦三次，上小学前见过一次，外婆和外公过世，她赶过来奔丧，又各见过一次。他和母亲魏明韦的关系，完全可以用陌生来形容，她好像从来就不知道要关心这个儿子，对他的事不闻不问。张左对她也没什么印象，或者说没好感。

张左自小与外公外婆一起生活，自小他就知道，母亲和另外一位叔叔住在一起，父亲和另外一个阿姨住在一起。这是一种非常奇怪的感觉，母亲还有别的孩子，父亲也有别的孩子，他们都有他们自己的生活。和张左同学的父母不一样，张希夷和魏明韦都无暇顾及张左的生活，他们完全忽视了他的存在。张左知道自己和他那些同学家庭不一样，作为人之子，张左也有母亲，张左也有父亲，很多年里，有和没有差不多，有跟没有一样，他觉得自己天生就是个孤儿。

小学五年级的时候，学校里写作文，让同学们把自己心里最想说的话，写出来，献给最伟大的领袖毛主席。张左用心写了一篇作文，作文的题目是当时最流行的一首歌曲，《爹亲娘亲不如毛主席亲》。张左写得非常投入，老师的批语是"情真意切，文字流畅"，给他打了一个全班的最高分。这篇作文也成为全年级的优秀范文，抄在黑板报上，张左因此大出风头，几乎可以用轰动来形容。其实大家能够叫好，不只是作文内容，还有张左的一手好字。

张左外公魏仁的书法在当地很有名气，上世纪九十年代开始，收藏名家书法变得时髦，魏仁的字陡然升值，突然行情大涨。南京一些书法家，谈起师承，都喜欢说自己受过张左外公影响，或标榜入门学生，或自称私淑弟子。然而这都是后话，事实上，在张左记忆中，过去的很多年里，并没太多的人来向外公请教毛笔字。外公喜欢教人写字，他一手好字无处发挥，便督促还是小学生的张左练字，让他每天必须临写颜真卿的《多宝塔》，开始一天一张，后来便是一天三张。当时这么做，也不是觉得未来有什么用，只是不想让张左出去闯祸，那段时间武斗很厉害，外面的世界太乱了。

能写毛笔字，用粉笔直接在黑板上写，自然也就可以写好。语文老师知道张左的字好，让他将自己那篇作文抄在学校的黑板报上。黑板报位于学校的大门口，非常显眼，每一期新黑板报出来，都会有很多同学围着看，尤其是女生，三个一群，五个一伙，站在黑板报前评头论足。张左仿佛听见她们在夸他，在夸他的作文写得好，夸他的字写得好。记忆中，那是张左小学时最光辉的日子，他那篇作文很长，将近五六米长的黑板都被写满了。

正好文教部门的军代表到学校视察工作，负责接待的工宣队曲师傅，笑容满面地领着军代表参观新挖好的防空洞。军代表皱着眉头看了，一言不发，然后去参观食堂，临走时，对校门口的黑板报产生了浓厚兴趣，看了又看，问曲师傅是谁写的。曲师傅说是同学的作文，军代表说知道这是作文，我问是谁写的，这个字谁写的，这字很不错。军代表是"文革"期间文教系统最高领导，工宣队差不多就是学校的最高领导，曲师傅是工宣队队长，一时回答不了，他也弄不清是谁写的，立刻派人去问。很快有了答案，五年级的张左的作文，黑板报上那粉笔字，也是他写的。

军代表提出要见见这个学生，于是把正在上课的张左叫了出来。军代表笑着问他，这是你写的？真是你写的？张左不明白这位穿着军装的人为什么会这样问自己，怯怯地点点头。军代表说我是说这字也是你写的，你竟然能写这么漂亮的粉笔字？张左又点点头，这时候有人递了一截粉笔给他，军代表还是有些不相信，说你再写几个字我看看。张左接过粉笔，想了想，见黑板报上没地方可写，便在水泥地上把那篇作文的题目，又写了一遍：

"爹亲娘亲不如毛主席亲。"

军代表据说还是个战斗英雄，抗美援朝时受过伤，一条腿被打折了，有块弹片镶在骨头里没取出来。他是个书法爱好者，平时最大的乐趣，就是临帖，对颜字尤其入迷。显然懂得字的好坏，说看不出你小小年纪，写这么一手好字，谁教你的？功夫挺深呀，你爸爸妈妈是干什么的？张左一时不知道应该怎么回答，曲师傅说问你话，为什么不回答。张左想了想，说跟我外公学的，外公天天教我写字。军代表说你外公的字一定很好，张左点点头，说外公天天都要写毛笔字。军代表就对曲师傅说，看见没有，为什么这个小同学字写得好，原因是要天天练习。

陪同军代表视察的工作人员掏出小本子，将军代表的话记了下来，同时关照曲师傅，立刻派人抄一份这篇作文。曲师傅当场布置下去，让语文老师执行。最后这篇作文不仅送到了文教委，还在当地报纸上发表了。这一下，影响非同小可，平时在学校并不怎么起眼的张左，顿时成了全校著名人物，成了活学活用毛泽东思想的先进分子，被安排到各个班级去做先进人物演讲。具体说了些什么，他很快就忘了，形式大于内容，也就是到各个班上去做做样子，把自己的作文照本宣科念一遍，然后再简单说说自己是怎么想的，这个怎么想，完全胡说八道，都是当时的套话，也不知从哪抄来的，讲了跟没讲一样。

张左的同学胡大军，成了他作文的受害者。胡大军私底下询问张左写好作文的秘密，他说我知道你也是抄的，抄一点人家的文章，再加上一点自己的东西，就是不知道这自己编的故事，应该是占多少。胡大军后来成为一名作家，出过好几本书，喜欢写些情感类文字，经常被《读者》选载。在当时，他虽然是调皮捣蛋的孩子，可远比张左更有写作才华，语文老师心目中的红人，经常被表扬，作文分数一直高于张左，因此心里很不服气。语文老师讲解张左的作文，夸赞得语无伦次，说写作文就要像张左一样，要有想象力，要大胆，要把自己的爱和恨，淋漓尽致地表达出来，说世界上最好的文章，无非是写出爱和恨。

张左写了自己对伟大领袖的挚爱，胡大军决定要和大家不一样，要独出心裁，要别出机杼。老师既然说过，好文章不是写爱就是写恨，他便选择了写恨，恨谁呢，当然是恨阶级敌人，当然是恨坏蛋。这个阶级敌人又是谁，这个坏蛋又是谁，不是别人，就是他自己的爹。胡大军父亲是国民党起义人员，过去只知道他是中国人民解放军，因为一直穿着解放军军装，在一所军事学校当教官，"文革"开始了，胡大军父亲被批斗，定性为反动军官，胡大军因此感到特别失落。正好为了一件不大不小的事，他那个当过反动军官的爹，竟然将他狠揍了一顿，于是他就把他爹写进了作文，把他爹狠狠地糟蹋了一通。

在胡大军那篇作文中，他爹罪大恶极，是一个反动军阀。胡大军编造了一个耸人听闻的故事，这就是他爹不仅血债累累，干尽坏事，而且在他们家阁楼上，还藏着秘密向苏联发报的电台。这个作文这么一写，不再是普通的作文，老师看了吓得不轻，立刻向工宣队汇报，工宣队又向派出所汇报。派出所领导对胡大军家情况有所了解，一看就知道是胡说八道，可是也不敢掉以轻心，不能不过问一下，便派人去胡大军家核实，发现他们家根本就没有阁楼。

张左最初的童年记忆，胯下骑着一根竹竿，到巷口小卖部去取牛奶。当时还都是玻璃瓶，要拿着空瓶去，换上有牛奶的瓶子回来。外婆怕他打碎牛奶瓶，不让他去，他就一直闹，闹来闹去，外公嫌吵，外婆只好让步。牛奶是给张左外公喝的，只订一瓶奶，为了保持外公的营养，因为外公是这个家的支柱。外婆说牛奶不能给小孩子喝，小孩子喝了要拉肚子。外婆又说，张左妈妈小时候，那还是在抗战期间，在四川成都避难，外公经常把自己的牛奶省给魏明韦喝，那时候牛奶可不便宜，她几个哥哥也想喝，可是外公偏心，只给女儿喝。

张左母亲魏明韦是张家的唯一女儿，上面还有三个哥哥。外公最疼这个小女儿，对三个儿子管教极严，动辄打，开口就骂，偏偏对魏明韦百依百顺。外婆对张左说起他母亲，最喜欢说的一句话就是，你那个妈呀，活生生地是让你外公给惯坏了。外婆最疼张左的小舅，对魏明韦总是有怨言，喜欢把"不听老人言，吃苦在眼前"挂在嘴上，说你妈这一辈子，要是肯听我的话，只要能听进去一点点，怎么也不会吃那么多的苦，受那么多的罪。

外婆有点重男轻女，她对小舅最照顾，经常偷偷地给小舅寄钱。大舅和二舅都在国外，具体在哪个国外，张左也弄不清楚。那年头，国外不是什么好词，不是帝国主义，就是资本主义，因此大舅二舅仿佛都不存在，多少年来全无音讯。小舅在陕西宝鸡，外婆总说那地方苦，没有大米吃。张左上小学二年级，小舅全家来看外公外婆。那时候，只知道宝鸡很远，坐火车要几天几夜，小舅有个儿子比张左大一岁，外婆对这个孙子，远比要对张左这个外孙好，有点什么好吃的，都留给了他。为这事，张左一直记在心上，觉得外婆不是很喜欢他。

外婆一直是和外公分房睡，张左记忆中，外婆和外公从没在一张床上睡过。直到小学二年级，张左才开始单独在小床上睡觉，这之前，他一直都是和外婆睡。外婆对张左总有点不冷不热，经常抱怨这抱怨那，她喜欢给张左讲故事，讲狐狸精和女鬼如何勾引人。外婆说，这些故事你听多了，长大就不会再怕女鬼，就不会受狐狸精诱惑。张左后来才知道，外婆床头柜上常放的那本书，是蒲松龄的《聊斋志异》，因为"斋"和"异"是繁体字，很长时间不知道这是什么字。

外公家是一栋小楼，平时都住在楼下，楼上房间很矮，大人站直了，一伸手可以摸到顶。小时候，外婆知道张左胆子小，让他一个人上去拿东西。楼上有个房间，里面放着好几个大樟木箱，张左常常怀疑那里面藏着人。夏天开始的时候，要晒霉，要把樟木箱里的东西，都搬出来暴晒。一晒就是好几天，家中立刻狼藉，乱成一团。他们家有个小晒台，到了日子，小晒台上琳琅满目，放满各式各样的衣服，有些衣服的样式非常奇怪，只有电影上的人才会穿。

外婆年纪越来越大，到后来，晒霉基本上成了张左的事，老太太只是在一旁指挥，这个应该放哪，那个应该怎么放。晒台太小了，张左就爬到房顶上去，在房顶上铺上报纸和凉席，这样一来，晒霉效率大大提升。外婆为了这个，不止一次夸张左，这是让她最满意的一件事，平时她很少表扬张左。对外婆来说，晒霉是一年中的大事，每年晒霉，外公和外婆都会有场口角之争，外公嫌麻烦，说她收藏了太多破烂，说她把钱都花在了这些破烂上。

2. 外公魏仁

外公魏仁在张左印象中，一直是个有点派头的老头。在家里，喜欢戴顶很滑稽的瓜皮帽，电影上的地主老财才会戴那样的帽子，平时很少说话，不是戴着老花镜在看书，就是在写毛笔字。到了晚年，眼神不济，他更多的时候，在听收音机。什么都听，新闻、评书，还有越剧和京剧。和外婆一样，外公很喜欢看戏，剧场里演样板戏，电影上放样板戏，只要有，都会去看。

张左对外公的生平所知很少，他们之间的交流并不多，事实上，虽然在一起生活，外公不怎么跟张左说话，他和外婆也没太多交流。外婆有一次对张左发牢骚，说你外公这一辈子就像地主，就是个不知道劳动的地主，年轻时是少爷，以后就是老爷，天生要人侍候，我呢，就是地主家的长工，年轻时是供他使唤的丫环，老了就是保姆一样的老妈子。嘴上这么抱怨，对外公仍然无微不至，穿什么衣服，喝什么茶，什么时候休息，每一样事情都要安排布置。

离外公家不远处，有一家信托商店，也就是旧货店。"文革"中抄家物资会放在这里寄卖，外婆喜欢去这里淘宝，家中有两个樟木箱就是在这买的。还有这样那样的绫罗绸缎，各式各样的金属餐具，奇形怪状的盘子杯子。外公常穿的那件紫红长袍睡衣，也是在这买的。当年在成都避难，外公在中央大学兼课，外婆和几位教授太太打麻将，有位西班牙留学回来的教授，经常会顶替太太打上几圈，他当时穿的就是这样一件丝绒睡衣，他太太说价格非常贵。

外婆从旧货店买回来的这件睡衣，只花了两块钱人民币。外公先是不肯穿，说死人穿过的，他不能穿。外婆说什么叫死人穿过，真要是从死人身上硬扒下来，那才叫死人穿的，这衣服干干净净，一看就没怎么穿过，搁在当年，得要花多少钱呀，花多少钱你都不一定能买到，我是一直都想给你买这么一件，你又有什么好讲究，家里穿穿多好，现在这件等于白送的。张左一直觉得戴着瓜皮帽，穿着紫色丝绒睡衣的外公打扮太滑稽，再加上一副老花镜，显然与时代格格不入。不过外公似乎也喜欢这件睡衣，很快习惯了，天天都神气十足地穿着它。

不管天气如何，冷或热，只要是出门，外公必定是换件非常古板的中山装，上衣口袋必定要插上一支钢笔。张左印象中，外公除了看样板戏，几乎不出门。外婆说外公年轻时，穿衣服相当讲究，很挑剔的，不照镜子不出门。外公的爷爷开丝绸坊，城南有一爿很不错的门面，太平天国时遭到破坏，以后又东山再起，不仅恢复了往日的门面，还在上海开过一家分店。外公小时候确实是个少爷，不愁吃不愁穿，他开始读书识字之际，科举取消了，因此，虽然出生在晚清，上的却是新式学堂。

张左对于外公的故事所知甚少，他老人家有记日记的习惯，他的日记都是用毛笔书写，是繁体字，经常都是草书，而且还是竖着写的，看上去有些像日文，张左看不太明白。大学毕业，张左自学过一年日语，断断续续，学了最基础的发音，几句简单的对话，最后也就跟没学差不多。张左发现自己对外公的了解，也就和他对日语的掌握差不多。外公的生活十分单调，除了写字，就是看书，除了看书，就是写字。

到最后几年，不仅要戴老花镜，无论看书还是写字，还要借助放大镜。写字桌上全是书，书太多了，外公从来不在写字桌上写字，是在一张茶几一样的小桌上写。张左记得小时候，外公就是让他站在这张小茶几前临帖。茶几太小，外公平时很少写大字，偶尔要写，也是在吃饭的方桌上写，铺上几张旧报纸。不像后来那些书法家，字写得好不好，都会有张豪华气派的大写字桌，铺上白的或黑的毛毡。在张左记忆中，外公从没用过毛毡，他写字总是很随意，有时也会让张左为他磨墨，为他牵纸，张左不会想到，外公随手写下的这些字，以后会非常值钱。

张左外公说起来也算上过大学，也是大学生，只是没毕业，没拿到毕业文凭。教会大学的农学院畜牧系，学着学着，觉得没意思，不再继续读下去。作为一名有钱人家的公子哥，外公不愿意继承家业，对做生意毫无兴趣。上个世纪初，有钱人家都相信教育救国，出资办学很时髦，外公家也曾投过银子，不过这钱都打了水漂，好在外公得到历练，从最基础的教员开始做起，从小学教员，渐渐做到了中学校长。

南京国民政府时期，外公是一所国立中学的代理校长。那年头，中学校长必须要有点学问才行，要货真价实，外公的英文比专职的英文教师好，国文比专职的国文教师好，用外婆的话来说就是，你外公年轻时，真是神气得不得了。在外公房间，有一个大镜框，里面放着大大小小的照片，外公外婆的结婚照，外公穿着西装，打着领带，外婆披着白色婚纱。外公年轻时真潇洒，外婆年轻时真漂亮。

外公和外婆的结婚照下面，还有他们夫妇与孩子的合影。照片上张左母亲魏明韦还在襁褓中，无法想象这个婴儿就是他妈。魏明韦与外婆很像，脸型和眼神都像，结婚照上的外婆与张左母亲就像是同一个人。尽管很相似，张左并没感到一种亲切感，心里没有一点涟漪，外婆曾经问过张左，想不想你妈，张左很认真地想过，发现他是真的不想，一点都不想。照片上外公年轻时的模样，经常会让张左想起父亲张希夷，这是一种很奇怪的联想，事实上，张希夷与外公外貌并不相似，穿的衣服也不像。

或许跟父母的初次见面有关，张左自小和外公外婆一起生活，一直到懂事后，才开始有母亲和父亲的印象。第一次见到魏明韦，这个当妈的就没和张左说几句话，那时候她还在哺乳期，怀里抱着的婴儿还在吃奶。她告诉张左，这是你妹妹，她是你妹妹。张左摇了摇妹妹的小手，魏明韦说你轻一些，别弄疼了妹妹。记忆中，好像就说过这些，还有点不耐烦。所谓妈妈就是她来了，她来过，她又走了，然后什么也没留下，张左觉得很受伤。

张希夷第一次来看张左，送给他一把塑料水枪。当然，这只是印象中的第一次，此前听说也来过，张左太小了，没有记忆。同样是对他不闻不问，为什么对父亲的印象要好过母亲，张左也说不清楚，反正他看到镜框里外公年轻时的模样，首先联想到的，不是现实生活中白发苍苍的外公，是父亲张希夷，他觉得自己父亲就应该那个样子，穿着西装打着领带。张希夷送给张左的塑料水枪质量低劣，玩了没两天就坏了，就射不出水来。

张希夷第一次来看张左，还带来一位阿姨，外公和外婆对她很客气。这位阿姨就是吴姨，一位有名的话剧演员，拍过电影，当时很火的一部话剧正在南京上演，剧名就叫《千万不要忘记》，吴姨在戏中扮演一个年轻的老太太。外公和外婆曾带张左去看过这部话剧，他完全不明白戏里面说了什么，留下的唯一印象，就是吴姨扮演的老太太是个坏女人。剧院回家的路上，外婆外公坐在三轮车上，一路都在议论这个戏，都在议论吴姨的表演。外公觉得这个戏很好，吴姨演得也不错，外婆觉得戏不好，吴姨演得也不好，张左听着听着，睡着了。

接下来的一次，张希夷不仅带着吴姨，还有一个比张左大两岁的小女孩素素。外婆和外公热情接待，外婆让张左叫素素为姐姐，关照他跟她一起玩，要听小姐姐的话。那一天很梦幻，时空有些颠倒，张希夷是来接他出去玩的，他们一起去了中山陵，坐在一辆三轮车上。一开始，张左坐张希夷腿上，素素坐吴姨腿上，后来不知怎么就交换了，张左记得吴姨穿着裙子，还有长的玻璃丝袜。去中山陵要爬坡，上坡时，张希夷跳下车帮着推车，车夫说三轮车的链条有些问题，吃不上劲。

登中山陵台阶，素素跑得飞快，给人的感觉，她好像是一路飞跑上去的。对父亲和吴姨的关系，张左当时也不是很明白，他还不知道什么叫结婚，不知道他们已经是夫妻。对于素素更莫名其妙，她就是个天上掉下来的小女孩，有些任性，有些好强，总是指使张左做这做那，不允许张左这样或者那样。一路上，都是素素带着张左玩，玩得很开心。到了中山陵台阶的最高处，素素吓唬他，说张左你信不信，我只要轻轻一推，你就会从这里滚下去，一直滚到最下面。素素以为他会害怕，张左一点都不害怕，他看着脚下一层层没完没了的台阶，觉得真要能从高处滚下去，可能还是挺好玩的。

张左已记不清那天是怎么结束的了，好像还上了馆子，天黑了以后，他被送回去。外婆追着问玩了什么地方，那个叫吴姨的女人对他怎么样。当面外婆对吴姨很客气，在背后说起她，也就没什么好话了。张左后来才知道，那天张希夷夫妇带他出去玩，主要是在考察他，因为他们正在商量，要不要把张左接过去。考察的结果是吴姨不太愿意，她不答应，就仿佛外婆对吴姨一样，吴姨表面上对张左很不错，可是在感情上，并不愿意接受张左，觉得自己当不好后妈。

也就是在那段时间，外婆经常会问张左，想不想去你爸爸那里，想不想跟他们一起住。张左明知道外婆不愿意他去张希夷那里，他不想说谎，不愿意说谎，很老实地回答说想，回答说愿意和他爸在一起。外婆顿时不高兴，悻悻地对外公抱怨，说张左是黑心肠，白把他养这么大了。外婆说张左你不要太高兴，跟后妈在一起，没你的好日子过。

无论外婆在背后怎么说坏话，外公对张希夷这个前女婿，一直都很客气。外公是个非常骄傲的人，他有脾气，脾气很大，有名士风度。张希夷的爷爷，也就是张左曾祖父张济添，是外公的恩师。张济添是前清的进士，学问很大，民国后成了旧朝遗老，在家开业授徒，外公是他的入室弟子。外公身上那点旧学功夫，都来自恩师张济添。一日为师，终身为父，外公与张左的爷爷，也就是张希夷的父亲以兄弟相称，张魏两家结为儿女亲家，本是件很美好的事，可惜劳燕分飞，半道上分了手，让双方大人都很失望。

外公可以说看着张希夷长大，对这个前女婿有过失望，生过气，仍然把他当作半个儿子看。这也是魏明韦要和外公闹翻的原因之一，外公不喜欢女儿后来嫁的那位陆师傅，不愿意接受这个女婿。有些历史纠纷，张左也弄不清楚，都是他有记忆之前的旧账，他人太小了，大约当初魏明韦闹着要和陆师傅结婚，外公坚决反对，不同意这桩婚事。不同意也没用，魏明韦自小任性，陆师傅同样脾气倔，说你们看不起我这个工人，我也就不跟你们来往。因此去四川前，虽然也生活在南京，同一个城市居住，陆师傅这女婿采取的基本策略，就是干脆不上门。

张左五岁时，魏明韦跟着陆师傅去了四川，再次见到，就是那次带着还在吃奶的小女儿回来。这时候，张左是小学二年级的学生，轰轰烈烈的"文革"已经开始。魏明韦夫妇也有了三个孩子，时过境迁，拖儿带女，不远万里来南京探亲，往日的种种不愉快，烟消云散冰解冻释。生米煮成熟饭，木早已成舟，外公也不再像过去那么古板，不像过去那么生硬，女儿毕竟是女儿，这个女婿不认也得认。女婿从四川带过来两瓶好酒，外公本是好酒之徒，平时也没人能陪他喝酒，现在开怀痛饮，川酒又便宜又好喝，勾起了外公抗战期间在成都的许多美好回忆。

喝酒容易话多，话多必失，当时正好"文革"初期，外面很乱。外公退休多年，红卫兵小将懒得来找麻烦，他倚老卖老，基本上算是清闲。陆师傅是工人，工人阶级领导一切，说话难免趾高气扬，喝了酒更有点自以为是。喝着喝着，谈到了共产主义的公平，话便有些不投机，外公当然是发牢骚，说如今世道真变了，那天坐三轮车去医院，与车夫一路随便说话，车夫问老头子退休了，一个月工资多少。外公听对方毫无礼貌，直呼自己为老头子，心里有点不快，也不敢发作，将自己退休工资打了折扣说出来。没想到车夫听了依然不乐意，说你想想公平不公平，你一个坐车的资产阶级，比我一个拉车的无产阶级都多得多，要多这么多，这是不是有些不像话。外公说我听了这话，就笑着说，你说得不错，应该是你坐在车上，我拉着你才对。

外公当时只是把这事当作笑话讲，陆师傅听了也笑，不只是他笑了，大家都觉得好笑。接下来气氛就不对了，陆师傅说这话听着，也不能说没一点道理，说到底，还是劳动人民，养了不劳动的人。外公听了心里很是不爽，一时也不知如何反驳。然后你一句，我一句争起来，陆师傅不是个会说话的人，他一开口，不是你不懂，你不对，就是我不是这个意思，我不是这么说的。外公最烦这些话，说来说去，就是我不懂我不对，就是你不是那个意思，你不是那么说，我也真是老朽了，真不懂你是什么意思，无非就是冤枉你了。

双方都喝了酒，分歧越来越大，声音越来越高。最后火上浇油的是魏明韦，她好不容易把小女儿哄睡着了，大家可以太太平平一起吃顿团圆饭了，外公与陆师傅这么声音一大，把小孩给弄醒了，哇啦啦哭个没完，便指责外公，说外公就是顽固，太顽固了，就是思想没改造好。外公听了不能不生气，勃然大怒，说我是顽固不化，我就是个老顽固，接在这后面还有个词，是死不瞑目，我就是死不瞑目。

外公差一点就把饭桌掀掉，他显然被气得不轻，气得把酒杯砸在了地上。魏明韦也不让步，说有理讲理，你扔酒杯干什么，好好的一个酒杯，就被你砸碎了。外公说我跟你们没理可讲，你们都是对的，我都是错的，说完离桌而去，气鼓鼓地回自己房间。魏明韦继续喋喋不休，火气比外公更大。她此次回南京，不只是要看望年长的父母，还有更重要的事。当年她是因为给领导提意见，被打成了右派，现在这个前领导被打倒了，被检举揭发，证明是走资本主义道路的当权派，是打压革命群众的凶手。魏明韦此次回南京，就是要为革命群众提供炮弹，同时也要为自己当年被打成右派平反。

在张左的记忆中，这次风波，主要是外公和魏明韦在争论，在吵。外婆说外公这是自作自受，几个孩子中，只有你妈敢跟外公顶嘴，这都是外公太宠她的缘故，换作你几个舅舅，你外公这么发脾气，吓都要吓死了。自始至终，外婆都是在劝，都是在充当和事佬，让外公不要说了，不要再说了，让女儿住嘴，赶快住嘴。陆师傅像没事人一样继续喝酒，杯子空了，他拎起酒瓶，给自己斟酒，斟满，然后一边喝酒，一边给自己两个大点的孩子搛菜，他突然冷冰冰地看了张左一眼。

多少年以后，张左仍然还能记得陆师傅那冰冷的一眼。说起来，这个人也算是自己的继父，可是无论是张左，还是陆师傅本人，似乎都没把这层关系当回事，他们之间实在是太陌生了。魏明韦还在说，她说外公看不起陆师傅，就是看不起工人阶级，就是看不起没有文化的大老粗。魏明韦说她就是因为这个，所以不能原谅外公，她年轻时参加革命，参加共产党的地下活动，就是因为相信共产党最后会战胜国民党，相信工人阶级最后会领导一切。魏明韦又说，毛主席他老人家怎么说的，毛主席说高贵者最愚蠢，卑贱者最聪明，所以"文化大革命"，就是要好好地改造你们这些人的思想。

张左记得自己母亲当时一口气，理直气壮说了很多。不过他永远忘不了的，还是外公反驳时说的一句话，说你魏明韦思想那么好，那么进步，还不是一样犯错误。外公指的是她被打成右派这件事，事实上，魏明韦这次回南京，本想为自己平反，她满怀希望去原单位，结果不仅没达到目的，还被原单位造反派狠狠地训斥了一顿，说她是痴心妄想，说党和人民绝不可能为反动的右派分子翻案，命令她立刻回四川接受监督和批判。魏明韦这是自取其辱，在南京碰了钉子，头破血流，回到四川后，罪加一等，又被继续批斗，关进牛棚劳动改造。

也就是吵架的那天晚上，外公写了很长的一封信，写给女儿和陆师傅。这是一封绝交信，在信中，外公说江山易改，本性难移，为父之顽固不化改不了，你们之时髦新思想也改不了，大家不必勉强。明韦是女儿，回家看望老母，于理不应阻隔，至于姓陆的同志，话不投机半句多，思来想去，以后还是不见面为佳。民谚有生不来去，死不吊孝，为父觉得这样挺好。

3. 张希夷

　　张希夷八十岁的时候，他的弟子为他举办了一场书法文献展。晚年的张希夷成了著名教授，有着许多美誉，被称为国学大师，被称为学术泰斗。虽然经历了"文化大革命"的抄家，损失不小，张希夷的个人收藏仍然还算丰富。他的世家身份经常被拿出放大和吹捧，张希夷的祖父进士及第，名列第三，所谓的探花郎。张左大学学的是化学，大学毕业后一直在中学教化学，他对中国封建时代的科举不太了解，只知道排名第一的状元才厉害，他的曾祖父只是个探花，探花又有什么了不起呢。

　　然而在对张希夷的介绍上，曾祖父的探花身份，会被一再提起。在那次书法文献展上，张希夷的弟子竟然还找到了他老人家当年的考试试卷，复印了一份，放在了展厅最显眼的位置上。说老实话，张希夷自己的书法也就那么回事，他的强项是古文字，写的都是些大家不认识的古汉字，看上去就像是甲骨文，或者说像蝌蚪文，很难评价好坏，反正裱出来就不难看，挂在那就像回事，一被评论就有学问。刚开始，张左对许多古汉字也是不认识，在展厅展现的，不仅有张希夷的书法作品，还有他的收藏，许多收藏在"文革"初期都被抄走了，好在"文革"以后，差不多有一半又归还了，也算是不幸中的万幸。

　　开幕式很隆重，嘉宾胸前戴着鲜花，领导应邀讲话，代表热情发言，张希夷很激动地致谢。然后开始参观，放在最前面的，是一篇张希夷的自述。在这篇自述中，他谈到了自己做学问的历史，谈到了自己的书法渊源。更多的是谈到自己的前老丈人，外公对张希夷的学术生涯有着非常大的帮助。展品中既有与张左曾祖父有过交往的名人书法，也有他曾祖父的两副对联，更多的还是外公魏仁的字，有条幅，有对联，还有大量的书信。外公的字确实是好，张左看了十分震撼，他没想到它们挂在展厅里，竟然会那么显眼，那么熠熠生辉。时光正在倒流，站在展览大厅里，张左仿佛又回到了从前。

　　由于这篇自述很长，张希夷老眼昏花，结果便是让张左用小楷抄出来。在张希夷弟子中，其实也有能写毛笔字的，大家一致认为，让张氏后人张左来抄写，显得更有意义。张左的小楷马马虎虎，拿得出手，毕竟小时候在外公督促下，写过许多年《多宝塔》。张希夷的女弟子，一位女博导，看了他抄写的"自述"赞不绝口，说你爸爸曾对我们说过，说他儿子的字比我们都好，尤其是小楷精妙，还是有点功夫的，可惜他后来学了什么化学，没有继续写下去。

张左听了这番话，心里有些说不出的滋味。张希夷很少表扬儿子，他们父子之间，在过去的多少年，接触机会并不多。小时候，张希夷根本不管他，到了晚年，名声越来越大，地位越来越高，也就越来越看不上自己儿子。现如今的张希夷，桃李满天下，名声十分显赫，学生中有做大官的，光省一级的领导就有两个，非常有地位的学术掌门人也有好几位。学生沾了老师的光，老师也反过来沾学生的光。张左只是一名普通中学老师，上大学前，当过四年营业员，恢复高考后，考上了大学，是七七届，是第一批大学生，当时也算是有出息，然而在张希夷眼里，在他那些功成名就的学生弟子心目中，像张左这样书香门第的名人之后，混成这样，多少有些平庸。

张左一手漂亮的小楷，为自己挣了些面子。张希夷当面也表扬过，说你那字写得比我还好，还有点功夫，可惜就是没文化含量。张希夷告诉张左，说你外公的字才是真的好，我那字其实很一般，很狗屁，现在人都不懂字，什么书法不书法，古人从来不说书法两个字，中国古代人就没什么书法家，人真是有了学问，书法自然会好。张左觉得张希夷明面上表扬他小楷写得好，实际上还是嫌儿子没学问，不光是没学问，更是嫌他没出息。与张希夷相比，张左太默默无闻。

也正是在这次为张希夷举办的书法作品展上，张左第一次意识到他外公的字，是真的好，越看越好。难怪父亲会极力推崇，张希夷的字虽然不算第一流，甚至是不入流，但是他的眼光，却没有任何问题，真的懂书法之道。他告诉张左，自己的字没有根基，因为他也是个新派学人，上新式的学堂，小学中学大学都受五四运动的影响，最后还能写几笔，与外公的指点分不开。

张左因此回想起自己外公，想起他当年怎么写毛笔字。说起来也没什么，就是天天一定要写。写多了，自然就好了，外公曾经说过，过去的账房先生都能写一笔好字，为什么呢？因为他一直要写。外公最喜欢写信，只要有人给他写信，一定要回。张左记得外公喜欢在别人来信的背面给人回信，说这样可以节省纸张，写字的人必须爱惜纸张，砚台倒上几滴茶水，用墨轻轻磨上几下，就能一口气写下去。作为二十世纪的同龄人，外公喜欢说自己也曾经是新派人物，五四运动时，也参加过示威游行，那时候他还是一名学畜牧的大学生，他们抬着一口棺材在南京大街上游行，誓死要保卫青岛。

张左只知道五四口号是科学和民主，不明白外公当年为什么要抬着棺材游行。有些事张左永远都搞不明白，为什么一个学畜牧的外公，最后成了一名中学校长，成了一个古文字学家，死后又成了著名的书法家。张左曾收到过一封来信，外公一个学生的后人寄给他的，说手里有两幅外公不同时期的作品，一幅写于四川成都，抗战时期外公自己的一首诗，还有晚年抄写的毛主席诗词《送瘟神》，有行家看过，说这两幅字绝对是外公的书法精品，非常值得收藏，已经有买家开过价，愿意以很高的价格收购。这个学生的后人写信要表达的意思，就是问张左家人想不想收藏，毕竟物归原主才是最好选择。

张左没回信，来信附了两张照片，其中外公写的那张《送瘟神》，当年张左曾看着外公怎么写。当时他还帮着磨墨牵纸，然后又到邮局去寄。张左不知道对方说的高价是多少，决定不予理睬，一来自己没钱收购，二来他们家外公的字太多，不在乎多此一张。张左小时候练过字，对于书法好坏，说穿了也不是很懂。外公的书法作品有了价格，经常有人上门淘宝，张左也卖过几张，张希夷知道了不太高兴，让他以后不要再这么做。

或许童年和少年时期，与张希夷接触太少，张左想不太明白，为什么父亲晚年，会有那么显赫的学术地位，会有那么高的声誉。隔行如隔山，张左确实不太懂那些学问，后来他又做了将近二十年编辑，编过太多张希夷的文稿，还是茫然不解，仍然不甚了了。事实上，小学毕业前，张左与父亲一共也没见过几次，印象深刻的，无非是送给他那把玩了没几天就坏掉的塑料水枪，与吴姨一起带着他和素素去中山陵玩，还有就是他与吴姨分手，跑来跟外公外婆哭诉。

张左永远也不会明白父亲为什么会与吴姨分手，张希夷是美国回来的留学生，"文革"一开始，被打成了美国特务。这是个很严重的罪名，好在张希夷性格逆来顺受，认罪态度诚恳，说他什么都承认。特务这种罪名也不是说是就是，雷声虽然很大，也没吃太大的实质性苦头。所在的单位南京博物院，收藏文物的地方，有学问的老家伙多，年轻人中书呆子多，运动自然要搞的，造反派的队伍也一样会拉起来，像张希夷这样有留学背景的中年专家，更多的只是陪斗，斗过就拉倒。

吴姨不一样，她是著名演员，解放前已出名，拍过电影，脾气又不好。对她的斗争可以说是轰轰烈烈，疾风暴雨，张希夷后来告诉张左，"文化大革命"开始时，他和吴姨商量过，要把张左接到身边抚养。正在很认真地商量研究这事，"文革"开始了，很快张希夷被打倒，吴姨也接着被打倒。大家都被关进牛棚，接张左到他们身边的想法也就没办法再实现。张希夷的描述，与外婆的说法大相径庭，张左更愿意相信外婆，因为后来的回忆，难免添油加醋，他清楚地记得当时的现实，说白了，张希夷和吴姨就是不想接受张左。

事隔多年，想到当初盼望能到张希夷身边，想和父亲在一起，想和吴姨和素素同住，最终又被拒绝，张左心里便不痛快。张希夷自己也忘了有这事，在吃饭桌上，曾亲口对外公和外婆说过，吴姨这人气量很小，非常霸道，她这后妈肯定是当不好的，她根本不同意我把张左接过去。那时候，张希夷刚和吴姨分手，他们刚离婚，马上就要出发去五七干校，临走前，过来看望外公外婆，一起吃了顿饭。吃饭的时候，说着说着就哭起来。他说吴姨很可能外面有人了，说她刚被造反派宣布解放，也就是刚刚结束隔离审查，就一定要跟张希夷分开，说当初跟他结婚就是个错误。

张希夷那天唠唠叨叨说了很多，外公外婆不想让张左知道得太多，催他赶快吃饭，吃完了，又让他赶快离开。那天张希夷只顾着说自己的事，只知道哭诉，从头至尾，没问过一句张左的情况，没与儿子说过一句话。事实上，他当时心目中，根本没有张左这个儿子。外婆在不断地安慰张希夷，外公大部分时间不说话，皱着眉头听张希夷说他的事。张左知道大人不想让他听见他们在说什么，自己也装着什么也没听见，什么也听不懂，但是或多或少，还是听到了一些。他听见张希夷说吴姨和前面的那个男人还有来往，说他知道他们偷偷地见过面，不止见了一次。

那时候，张左已经知道前面的那个男人，就是吴姨前夫。他当时对这个前夫是谁并无兴趣，张左想到的只是那个叫素素的小姐姐，吴姨的前夫自然就是她父亲。张左想到他和素素一起往中山陵台阶上爬，想到素素当时说的那些话，说要把他从高高的台阶上推下去。一想到素素，张左就会有种自己即将会从台阶上滚下去的兴奋，无数级台阶要滚很长时间，他想象自己在空中翻滚，一阶接着一阶，仿佛骑在马上，或是坐在火车上，咯噔咯噔，感觉颠得很舒服。

张左小学五年级了，张希夷哭得像个小孩子，让他觉得十分奇怪。在张希夷的自述文章中，写到了这次他为什么会痛哭流涕。那时候"文革"到了一个新的历史时期，中央下达了"一号命令"，博物院的工作人员，全部要去五七干校。张希夷对去五七干校没意见，坚决服从党的安排，听毛主席的话，他感到最痛苦的是一种中断，当时正在偷偷地写一本书，很快就可以完稿，这本书必须要用到博物院中收藏的资料，离开这些资料，张希夷的研究就进行不下去。想到过去的这些年，作为一名被打倒的对象，他忍辱负重，借着打扫和整理库房名义，一直躲在博物院的仓库里偷偷地写文章，这样的日子说结束就要结束，张希夷不由得悲从中来，泣不可抑。

外公过世后，在外公的书架上，张左看到很多张希夷那期间写给他的信。这些信封和信笺，张左非常熟悉，当年正是他从邮递员手中，将这些信接下来，转交到外公手上。"文革"中的信笺，上方都印有毛主席语录，张希夷的信是钢笔横着写的，还不觉得突兀，外公的书写习惯是竖着写，因此看上去非常特别。从数量上看，外公寄给张希夷的信更多一些，有时候是一天一封，这些信，同样都是经张左之手才寄出去。收信或者寄信，是那个特殊的年头中，张左做得最多的一件事。外公生前，外婆经常忍不住抱怨，说外公在邮票上花的钱太多了。

三十年以后，张希夷让学生整理他与外公的通信，没想到这段时期的来往通信，竟然可以编成一厚一薄的两本书。一本厚书专门讨论古文字，主要是张希夷向魏仁请教，某个汉字的金文与篆体如何演变，它们的源流是什么，和甲骨文有何对照关系。这方面内容十分丰富，外公的恩师张济添，也就是张左的曾祖父，属于国内最早注意到甲骨文的前辈。甲骨文被发现的历史并不长，张济添对古文字有浓厚兴趣，属于第一代甲骨文学者，他告诉自己的弟子魏仁，甲骨文的出现，对他来说已经太晚了，他已到了垂暮之年，这种文字的秘密，应该由外公这辈人来探讨。

事实上，外公对于甲骨文研究的兴趣，一直处于业余阶段，在恩师引导下，也只是刚刚入门。在与张希夷的通信中，外公表达了对不住前辈的遗憾，把自己多少年的一些研究心得，毫无保留地告诉张希夷。古文字研究是一种非常专门的学问，甲骨文又是古文字中的一个重要分支，张希夷在博物院工作，接触的东西多，可谓得天独厚。青出于蓝而胜于蓝，外公与张希夷通信，与其说是给他指导，还不如说是给他鼓励。外公知道张希夷在五七干校没有很好的研究条件，或者说根本没有研究条件，他告诉张希夷，条件的有无，都不该成为放弃的借口。无论如何都要坚持下去，外公以自己的人生经验告诫张希夷，他就是因为没能坚持，一辈子也没有把学问做好。

在给张希夷的信中，外公讲到了自己人生中的放弃，他本是学畜牧的，因为没兴趣，大学没念完就不学了。正式入门拜师，他开始跟张济添学习古文字学。这以后，当教员，当校长，断断续续没有放弃研究。可惜世道渐乱，他当了国立中学校长，收入略有增加，又要忙于俗务，又要养家糊口，最后不得不放弃。再以后，艰苦的抗战期间，外公以一篇谈甲骨文的论文，名动海内，当时的中央研究院史语所所长傅斯年拍案叫绝，写信与之约谈，并推荐至中央大学教书。外公大学没毕业，没有一纸文凭，不是科班出身，没有出国留洋，能跻身大学课堂，按说是很不容易。

可惜古文字学在大学不受学生欢迎，同行之间又多有排挤，研究条件有所改善，心情并不痛快。当时某著名教授，故意将外公所需要的书籍资料，全部从图书馆借走不还，到考试时，又煽动学生与外公作对，打小报告。文学院院长和教授是好友，只知道一味袒护，结果外公一气之下便离开了。这次离开，索性拖儿带女，从国统区回到了沦陷区，回到家乡南京。对当年的这次负气出走，外公相当后悔，毕竟是白璧微瑕清誉有损，他总结自己的人生经验，告诫张希夷，不管时局如何，不管人事怎样，做学问之人，唯有坚持再坚持，鞠躬尽瘁死而后已，一条道路走到黑。

张希夷后来对学生弟子谈及外公的古文字学问，评价非常之高。他说先师魏仁是个极度谦虚的人，一辈子默默无闻，并不知道自己有多优秀，不能因为他为人低调谦虚，就掩盖其学术成就的光辉。以张希夷在学术界的大佬地位，他的这番话很有分量。外公在死后多年，经常还会被人不断提起，他的文稿可以整理出版，他的书法开始在网上被拍卖，与张希夷的推崇有着直接关系。

张左注意到，外公与张希夷的通信中，常常也会提到自己，虽然都是闲笔，他读到时感觉十分亲切。譬如说张左睡觉打呼噜，小小年纪，竟然有地动山摇之势。又说刚上中学的张左，追求进步，学校新近又开始有了红卫兵组织，此"红卫兵"与前些年颇有不同，必须成绩好老师喜欢的学生，才可以参加，仿佛当年之遴选品行优良学生，说张左因为没有被选上，嘴上尽管不说，而心中颇不快乐。

时间应该是1970年，外公与张希夷的通信，除了讨论古文字，就是谈养牛，谈自己的身体。外公身体越来越差，人生七十古来稀，他觉得自己岁数不小了，迁延蹉跎，来日无多，常会发出一些哀叹。外公说外婆时常抱怨，抱怨儿女皆不在自己身边，虽然有张左在一旁可以跑腿，毕竟还是个孩子，还需要大人照顾。外公也说到了自己的担心，担心他们二老离开人世，而张左仍未成年，谁会来负责他的生活。

阅读张希夷与外公的通信，张左感到最有趣的部分，是关于怎样养牛。张希夷到了五七干校，最初安排在炊事班，炊事班油水足，他告诉外公，说自己正在开始发胖，感觉肚子大了一圈，没想到烧饭和做菜那么简单，他不但学会发面做馒头，还学会做豆腐。不久，又被分配去了养牛班，张希夷所在的五七干校，一共养了九头水牛，还有一条很瘦的毛驴。这地方前身是部队的一个农场，不只是博物院，省文化系统的许多单位，都安排在这劳动学习。

张希夷作为强劳力被调到养牛班，刚开始，都觉得养牛班轻松，安排的都是五十五岁以上的老同志。没想到看似轻松的喂牛放牛，实际上非常辛苦，与炊事班相比，有过之无不及。先说喂牛，要把稻草切短，把黄豆磨碎，再掺和在一起喂，这是在牛棚里干。切稻草很累人，把黄豆磨碎了，也很累人。牛食量大得惊人，慢吞吞一直在吃，每头牛一顿要一大桶饲料。放在野外让牛自己找草吃，这要轻松一些，但是花时间，草长的时候，一口气吃两个多小时，才能吃饱。草要是还没长长，很短，牛必须慢慢地啃，啃了三四个小时，还没有吃饱。不管在牛棚，还是在野外，牛吃饱了，会在原地躺下来反刍。牛肚子很大，饿的时候能看见一根根肋骨，一旦吃饱，肚子会鼓起来，像充足了气一样。为了让牛吃饱，养牛班的同志不辞辛苦，一直处于体力透支状态，眼看着坚持不下来，便向师部汇报，请求支援。当时套用军队编制，具体到某个单位，又称之为几连几排几班。张希夷到养牛班报到的时候，离自己五十岁生日只差两个月。

刚到养牛班，张希夷几乎一个人把铡草的任务都承包了。他写信告诉外公，没说累，只是谈到了铡草，谈到铡草的具体时间，谈到烦扰人的气味。从炊事班到养牛班，最大的不同是气味，说自己资产阶级思想还没完全改造好，竟然会觉得牛圈太臭。养牛班的其他同志，早就习惯了，他们住在牛圈旁边的小屋里，土坯墙茅草顶，到处漏风，一个个睡觉都很香。年龄最大的一位同志已快七十岁，博物院的元老，古瓷器专家，喜欢写诗，专门写了一首白居易《琵琶行》那样的长诗，其中有两句让张希夷过目不忘，"牛矢气熏柴火味，陋室从此叫延芳"。

张左不知道什么叫"牛矢"，查字典才知道，牛矢就是牛屎，"酷无文采如我辈，牛矢鸡栖当结邻"。对张希夷五七干校养牛这段经历，张左特别有兴趣，有一段时间，外公对如何养牛也十分有激情，他让张左陪他去新华书店，找跟养牛有关的书籍，自己先研究一番，然后写下心得体会，再与书一起寄给张希夷。外公的口气俨然是科班出身，毕竟他年轻时，大学里学的就是这个。张希夷则回信解释，外公说的这些都严重脱离现实，养牛最烦人的事，书上根本不会说，譬如值夜班，冬天太冷了，要把牛棚封堵严实，然而再冷，半夜里也得起来给牛把屎把尿，要挨个地把过来，水牛一泡尿足足能有半脸盆，要非常耐心把它们牵出来，牵到一个专门拉屎撒尿的地方，要不然，整个牛棚很快就成了尿池粪坑。

那一年国庆节，五七干校组织了一次颇具规模的家属慰问活动，外公外婆年岁太大，有心想参加，想到干校去看看，组织上也不会批准。批准的是他们的外孙张左，张左是张希夷的儿子，他可以去。张希夷在干校表现出色，工作态度认真，劳动改造成绩显著。张左很幸运地被选中了，多少年后，谈及此次家属慰问，张希夷说了一个不为人知的秘密，就是与外宾的参观访问有关。当时与中国最紧张的敌对关系是苏联，到处挖防空洞，城市人员大量下放到农村。以美国为代表的西方国家，表面上仍然敌对，紧张关系已在悄悄改善。有个欧洲友好代表团来江苏访问，参观了南京长江大桥，去了中山陵，看了小红花的演出，突然提出要到五七干校看看。

究竟是这代表团主动要求参观，还是当时的外事人员刻意安排，有着不同的文字记录。对于张希夷来说，就是有一天，突然干校来了几个外国人，来了几个老外，师部领导十分紧张，工宣队军代表手忙脚乱，几个老外提出要分头看看，翻译人手不够，突然想到张希夷是美国留学生，于是先把他们带到了养牛班。张希夷多年不说外语，看到这些老外，有些发呆，老外是欧洲人，他们的英语也没好到什么程度，大家一边说一边比画，很快这些老外发现张希夷的英语，比他们还好。

这件事让张希夷很露脸，也让老外知道，在中国的五七干校，藏龙卧虎大有人才。张希夷向老外介绍怎么养牛，如何给水牛把屎把尿，老外听得目瞪口呆。他还告诉老外，怎么给新生的小牛穿鼻孔，说这个大有讲究，到什么时候应该穿孔，应该在什么位置穿孔，绝对不能马虎。穿鼻孔的位置，必须是牛的敏感部位，这样绳子穿在里面，轻轻一拉，牛会很痛，于是牛也就老实了，就听话了，乖乖地听人使唤。如果穿的位置不恰当，牛不听话犯了脾气，你就是把它鼻子拉豁了，也还是没有用。

张左一生中，第一次有这样的机会，能够如此近距离地接近张希夷。出发地点是在鼓楼广场，前一天就打探好了，什么时候集合，什么时候出发，能够带什么，不要带什么。外婆不放心，毕竟张左第一次出远门。为张左煮了五个鸡蛋，在商店买了六个油球，一种有馅的面食，外表用油炸过，让张左路上肚子饿的时候吃。还有五包奶糕，一包有许多小块，当时给婴儿吃的食物，这是为张希夷值夜班准备的。除此之外，还应张希夷的要求，又为他带了一个搪瓷脸盆，一个热水瓶，张左的小军用书包已装满，只好用一个网线袋装脸盆和热水瓶。

因为有热水瓶，张左一路上非常小心，怕不留神碰碎了。坐车时，干脆把脸盆垫在屁股底下，把它当作了小凳子，热水瓶小心翼翼地抱在怀中。车上人已经挤满，搁了几条长板凳，那种敞篷的军用大卡车，人挤着人，大家或站或坐。前后一共开了将近八个小时，到目的地，天都黑了。

一共两辆大卡车，每辆车上都搁一个大汽油桶，那年头公路上没加油站，跑长途必须要自己带汽油桶。有个老头就坐在汽油桶旁边，一路都在抽烟。公路是石子路，坑坑洼洼，颠簸得很厉害。半途中加过一次油，大家正好下车休息。路边有个茶水摊，顺带卖白面炝饼，大家都吃东西，张左也把油球和鸡蛋拿出来吃，一边吃，一边看司机给卡车加油。到了五七干校师部，张希夷已在等候，事先有通知，大家都在等慰问团的到来。人接到了，在食堂匆匆吃点东西，然后各自分开。

张左跟着张希夷去养牛班，预先准备好了一盏风灯，这玩意张左过去只是在电影上见过，看了觉得新鲜，张希夷便让他提着。幸好有这盏灯，要不然摸黑在田埂上走，一不小心就会跌到水田里去。养牛班离师部不算太远，快到时，张希夷对张左说：

"牛棚很臭的，不过，时间长了，你就不会觉得，时间长了，也就习惯了。"

在张左记忆中，此前张希夷一共也没跟他说过几句话，因此这段话印象特别深刻。牛棚的确是臭，一种很奇怪很难闻的味道，张左跟张希夷挤一张小床，一人睡一头，刚睡下，张希夷突然坐起来，说不行，你得洗脚，又是球鞋又是尼龙袜，肯定臭得不行，我最怕脚臭。他爬起来烧水，烧热了，倒脸盆里，又兑了冷水，让张左洗。脸盆是新带过来的，张左心里就想，脸盆是用来洗脸，怎么先让他洗脚。洗完脚，继续上床睡觉，牛棚里的气味呛鼻子，辣眼睛，在这样的环境里，张希夷竟然还会嫌儿子脚臭，张左感到有点不痛快，觉得父亲在嫌弃自己，并不是很欢迎他的到来。这么想着想着，觉得挺委屈，因为路上太辛苦，很快也就睡着了。

第二天醒过来，张希夷正在牛棚外拌饲料，见张左醒了，让他过去帮忙，所谓帮忙，就是将饲料桶拎去喂牛。关照张左，不要喂太多，千万不要倒多了，今天还要牵出去放。喂完牛，张希夷带张左去打早饭，食堂里人来人往，大家拿着茶缸饭盒，都是打好了回去吃，也有的一边在走，一边已经啃起馒头。那天早上食堂不仅有馒头，还有菜包子，张希夷买了菜包子和稀饭，回去的路上，问张左饿不饿，让他可以先吃菜包子。张左于是开始吃包子，那包子很好吃，吃完一个，又吃了一个。

张左在干校一共待了三天，整整三个白天，他喜欢这个地方，既好玩，又有趣，见识也多。第一天上午召开大会，展示劳动改造的辉煌成果，表扬先进人物，表扬先进事迹。张左听到张希夷也在表扬名单中，念到名字时，他很天真地笑了，眉开眼笑。很少看到张希夷会这么笑，日常生活中，张希夷给人印象比较严肃，有点一本正经，他在《自传》中说，当年在干校一边养牛，一边偷偷地做学问，研究古文字，还写了不少古体诗。年轻时，张希夷写新诗，曾梦想成为一名诗人。他写的古体诗后来也出了书，不是很厚的一本书，张希夷有个学生在古籍出版社当老总，这个学生不仅是这本书的责任编辑，而且还亲自写序，在序中，对张希夷古体诗的最高评价，就是别出机杼独辟蹊径。

张希夷此时还翻译了一本厚厚的传记《卡尔·马克思》，英国当代哲学家以赛亚·伯林的著作。早在"文革"前就开始着手准备，因为搞运动耽误了。当时刚开始恢复工作，分管全省文艺的革命委员会某副主任，让张希夷继续这项工作。翻译这本《卡尔·马克思》，据说也是中央某领导的批示。可惜两位"文革"中春风得意的领导，与林彪和"四人帮"都有些说不清的关系，"文革"后遭到清算，张希夷的译稿完成，交给有关部门，最后不了了之，很长时间里音讯全无。

在五七干校的三天，张左并没看见张希夷研究古文字，也没看见他写古体诗，更谈不上看到他在翻译外国书。三天的时间太短，在张希夷枕头边，张左看到了一本翻得很破烂的英文辞典，几本英文原版书。张希夷的确是一有空就在看书学习，张左不明白他在看什么书，学什么习。这三天，张左大开眼界，看到了太多的前所未有。第一天开完大会，张左跟着张希夷走出会场，一位白发苍苍的老农在会场门口等候，与张希夷说着什么。然后一起去牛棚，一路走，一路还在说。事后张左才知道，这位老农是给牲口看病的兽医，对于水牛配种，有着非常好的经验。

张左第一次看到给水牛配种，这一年，张左十三岁，朦朦胧胧也有点明白怎么回事。早晨给水牛喂食，张希夷特别关照，要他离最顶端的那头小母牛远一些，说小母牛正在发情，会攻击人。张左不知道张希夷说的发情是什么意思，不明白为什么这头看上去要小许多的小母牛反而会攻击人。回到了牛棚，张希夷带着老农直接去看小母牛，老农看了看小母牛的屁股后面，用手指戳了戳，点点头，对张希夷说差不多了，现在这个时间点最好，把它牵出去吧。

张希夷便把这头小母牛往牛棚外牵，小母牛果然是不太听话，把它往外牵的时候，竟然主动攻击那些比它还大的水牛。它显得很兴奋，到处挑衅，用牛头顶了这头牛，又去顶另一头牛。小母牛终于被牵到了外面空地上，老农接过牛绳，绕在手上，又让张希夷去把最强壮的那头公牛牵出来。公牛刚被牵出牛棚，小母牛就向它直冲过来，老农差点被它拉个跟头。接下来发生的事，让张左莫名其妙，既看不明白，也想不通为什么要这样。

公牛牵到了空地上，老农让张希夷放开牛绳，他也把绕在手上的绳子放开，小母牛立刻奔向公牛，用牛角去顶公牛。情形像是在斗牛场上，只是两头牛的体型相差太大，公牛差不多有小母牛两个大。好在公牛态度很温顺，面对小母牛的进攻，基本上没什么反应，它像个威武雄壮的大将军，站在那一动不动，等候小母牛冲过来。小母牛并不是真发力，它冲到公牛面前，会有一个刹车一样的动作，然后又撒开蹄子，围绕公牛打转，转了一圈，再次发动攻击。

老农对张希夷解释，说：

"第一次都这样，它这是在挑逗公牛，先让它们玩一会儿。"

与张左一样，张希夷似乎也不知道接下来会怎样，小母牛跑过来，跑过去，最后竟然从后面袭击，骑跨到了公牛背上。这个动作把张希夷引笑了，他对着老农摊开双手，绝望地问着：

"这怎么办？"

老农成竹在胸，说：

"不着急，再让它们玩一会儿。"

自始至终，公牛都显得特别沉着，特别冷静，它一动不动地忍受着小母牛的挑衅。渐渐地，小母牛好像也累了，不怎么折腾了，老农又去看它的屁股，看见它屁股上像尿尿一样在淌水，便让张希夷抓紧牛绳，一定要抓紧，让小母牛掉转身子，让它的屁股对着公牛鼻子。公牛开始闻小母牛的屁股，它慢条斯理地闻着，舔了几下，小母牛变老实了，然后又是一动不动地僵持着，老农就说：

"你看看，真是沉得住气。"

老农的话音刚落，公牛突然上前一步，骑跨在小母牛身上。公牛的身躯很大，张左正在担心小母牛会被大公牛压垮，没想到小母牛的四条腿颤颤巍巍，居然也挺住了。事情发生得太突然，太快，刚正式开始，已经匆忙结束。老农对小母牛的屁股一番研究，很有把握地说：

"我看没问题，肯定行。"

张希夷似乎还有些不相信，看着老农，说：

"肯定行？"

"肯定。"

接下来，先把公牛牵回牛棚，再把小母牛牵回去。张希夷叹了口气，想不明白地问老农，说这头公牛很有意思，一直都是这么不急不慢，看过公猪和公羊，遇到这事，都是急猴猴的，一看见母猪母羊，跟疯了一样，难怪小公猪小公羊都要骟了。老农听了便笑，说是这道理，俗话都这么说，南劁北骟，猪不劁不肥，牛不骟不壮，其实公牛大都是不骟的，根本用不着动刀子，你看这头公牛多沉得住气。

吃完中饭，张希夷告诉张左，他要认真地午睡一会儿。这一点是必需的，因为晚上起来照顾那几头牛，没睡多少时间，中午必须补个觉。这一觉基本上是倒头就睡，呼噜声惊天动地。睡了足足一个多小时，醒来便带张左去放牛。他本应该轮到铡草，放牛班张伯伯为了张左到来，主动提出要代替张希夷铡草，让他们父子去放牛，顺便也让张左这孩子到周围去看看，看看干校的田园风光。水牛很听话，将绳子解了，吆喝几声，都会主动往牛棚外走。除了今天配种的小母牛留在牛棚里，其他几头牛都要赶出去放。

季节虽然已入仲秋，天气还是有些闷热。张希夷把牛群赶到一片干涸河滩上，让它们自由自在吃草，然后就跟张左聊天。在张左印象中，这也是他们父子有史以来的第一次，第一次这么面对面从谷地说话。因为是第一次，好像人家都不知道要说什么，张希夷问张左上学的事，问学不学外语，外语课上都教些什么，都会些什么。张左胡乱背了几句英语，都是标语口号，张希夷听了很不屑，说没想到外语还能这么学，问他还会什么。张左被问住了，觉得自己就会这个，就知道这么几句，其他想不起来，已经没词了。

就在这时候，张左又一次想起张希夷和老农说的那个"骟"字，当时因为有老农在，没有来得及开口问，后来也就把这事忘了。现在突然想起来，便让张希夷解释什么是骟，他当时只知道读音，也不知道这个字怎么写。张希夷就开始给张左上课，捡了根树枝，在河滩上写字。告诉他骟应该怎么书写，马字边旁，加上一个扇子的扇，与扇的读音相同，字形与骗人的骗很像，意思是把动物的睾丸给割了。还有个字叫劁，意思差不多，都是给动物去势。在中国古代，所谓骟马、宦牛、羯羊、阉猪、镦鸡、善狗、净猫，都是同一个意思。

干涸的河滩仿佛天然大黑板，正好可以用来写字，写大字，张希夷似乎很来劲，一说一大套。很多话张左根本不明白，有个意思他是懂的，无非是把那玩意给割了，给动物做，叫作骟，叫作镦，给人叫作阉，叫作宦。汉代写《史记》的司马迁，就让皇帝把玩意给割了。张希夷告诉张左，为什么叫阉党，为什么叫宦官，因为这些人生理不健康，所以心理会特别变态。张希夷诲人不倦，张希夷一说就没完，根本不管张左听懂了多少，越说越来劲，张左听着听着，有点不耐烦，晚上睡觉时做噩梦，老是觉得有人在追他，追上了，就把他按在了地上。他觉得自己下面凉凉的，用手摸了摸，那玩意还在，一切都还完好。

4. 还是张希夷

张希夷生于1919年的5月4日，这日子特别好记。介绍他的这个生日，喜欢说自己这一生有五四的两个口号伴随，本质上是爱国的，或者说天生就是爱国，不只是爱国，而且还讲科学，讲民主。当然这种自我介绍是在张希夷的晚年，都是冠冕堂皇的后话，事实上，他年轻时并没觉得自己生日有什么特别。张家是世家，计算生日用的是阴历，张希夷生于己未年戊辰月丙辰日的午时，也就是阴历四月初五，过生日从来都按照这个日子，直到解放后，一个偶然的机会，才查到自己生日跟五四运动竟然是同一天。

张希夷的晚年被尊为国学大师，他很不喜欢这个头衔，因为国学二字，常会被一些别有用心的人利用。国学之门槛听上去很高大，很名正言顺，最容易被不学无术的人拿来蒙事，拿来招摇撞骗。张希夷一再表示，作为五四文化运动熏陶出来的一代人，自己的一生都是新派，他喜欢新生事物，喜新不厌旧，不愿意让年轻人觉得他保守，觉得他陈旧和顽固。类似的话，张左也听外公说过，上了年纪的人都这样。外公和张希夷如出一辙，一辈子都不愿意说自己保守，最恨别人说自己落后。再往前看，张左曾祖父张济添也是著名的新派，虽然是旧朝遗老，当年也属于维新人士，名列新党之榜，遭到朝廷弃用，郁郁不得其志。

后之视今，亦犹今之视昔，无论张希夷如何强调，如何反对，一次次标榜自己从不落伍，在别人眼里，他就是代表着传统，早就已经掉队。好在他晚年的时代风气，是尊重传统，讲资历看资格，越老越吃香，越老越值钱。古语说寿则多辱，这话用在他身上，正好反过来。张希夷这一辈子，越活地位越高，越活越有身份，用他自己的话调侃，老而不死是为贼，三千宠爱在一身。八十岁为他举办了书法文献展，九十岁是关于他的学术道路回顾周，整整研讨了一个星期。一百岁还没到，张希夷的弟子和学生，为如何隆重庆祝，已经讨论过好多回。

张左与张希夷几乎同时进入同一所大学，在此之前，他是一家小烟酒食品商店营业员。1975年中学毕业，街道办事处以张左不是独子为由，要安排他下乡。那时候外公已过世，外婆身体也不太好，居委会派人上门了解，向街道汇报情况，如果让张左去农村插队，外婆由谁来照顾。知识青年上山下乡到了尾声，不像前些年一刀切，只要能找到理由，就可以逃避下乡，获得留城名额。最后张左被分配到小巷中的烟酒食品商店，一干就是三年。当年在南京城区，类似的小店很多。恢复高考以后，张左参加了考试，最后被金陵大学的化学系录取。

对张左来说，考上大学属于非常幸运，被化学系录取，是心想事成。当时还填报了数学专业，并不是他对数学有兴趣，根据要求，必须填写两个志愿。张左高考分数还可以，他担心会被数学系录取，随着录取越来越近，对数学兴趣越来越远，担心也越来越重。事实上，不仅对数学兴趣不大，对化学也是自以为有爱好。中学化学老师是隔壁班主任，他喜欢她班上的一位女生。吴姨女儿素素是工农兵大学生，学的正好也是化学，张左对她一直有些暗恋。于是阴差阳错，化学纯粹成了一种情结。

与张左一同进入大学的张希夷，当时也面临同样困惑。粉碎了"四人帮"，高校迫切需要引进一些人才，张希夷同时被中文系和历史系看中，也就是说，那时候中文系和历史系都想要他，或者说都可以要。张希夷有些为难，一方面，两个系都要他，另一方面，两个系老教授都还在，和真正有学问的老先生相比，他知道自己远不如他们。张希夷的诉求并不复杂，在博物院他只是普通职员，这时候，已经五十九岁，第二年就要退休回家。进入高校，意味着还可以再干几年，可以延迟退休。最后同样是阴差阳错，他选择了历史系，选择了考古专业。

说起考古专业，张希夷也算正牌的科班出身，当年在中央大学学的就是这个，留学美国，学的也是这个。然而他知道，在过去的二十多年，大多数时间所做的学问，与考古基本上没关系。当时中文系的一号老先生与张左外公是好朋友，年纪比魏仁都大，学问也更好，已经八十多岁，对张希夷知根知底。张希夷登门请教，虚心聆听意见，老先生力主他先去历史系，具体落实在哪个专业，并不重要。先进了高校再说，尺有所短寸有所长，取长补短相得益彰，时不我待，真要有心想做学问，在哪都行，只要能做就行。

时间退回到四十年前，1937年的初夏，十八岁的张希夷中学毕业了。他当时绝对想象不到，接下来会发生一些什么样的事，六月初，通过了自己学校的毕业考试，紧接着七月初，参加教育部举办的全国会考，会考及格，领取中学毕业证书。有了这一纸证书，才能获得报考大学的资格。在这个节骨眼上，张左的曾祖父张济添逝世了，张济添有过功名，张家是世家，就算是有些破败，丧事也不能从简。张希夷是长房长孙，这个规矩那个礼数，一样也不能少，磕了无数头，烧了无数纸，续了无数香，最后自己也生病了。请医生来看，说是受了风寒，中了邪气，需要服中药。

这一年，国立中央大学，国立北京大学，国立清华大学，国立浙江大学，国立武汉大学，在全国进行统一招生考试，也就是俗称的"五大名校联考"。虽然是在病中，联考本身并不紧张，还能够对付，张希夷对考试内容很快就忘了，可是所服食中药的那个苦，却一直牢记在心头。做试卷的时候，他喉咙口全是残存的药味，那种苦涩让人作呕。后来在自述中回忆这次联考，张希夷用了一个十分形象的比喻，说自己当时的状态，活脱像个新婚后害喜的孕妇。

如果不是后来教科书上反复提到，作为土生土长的南京人，张希夷对发生在北方的七七卢沟桥事变，完全不知晓。会考终于结束，他的风寒也好了，喉咙口连绵不断的苦味，那种动不动想吐的感觉，不再让他烦恼。天气非常热，热得让人无法睡觉，这是一年中最热的日子，仿佛生活在火炉之中。会考后的各地试卷，集中在中央大学评阅，就在这时候，抗战突然开始了。对于南京人来说，真正的抗日战争，从上海的八一三抗战开始。这是真刀真枪地打，很快，日本人飞机到南京来轰炸，一时间死伤无数，群情激昂，人们纷纷上街，游行，示威，募捐，呼喊口号。

那是个动荡和激动人心的年代，就在这时候，张希夷被中央大学历史系录取。这也是预料之中的。他的英文和古文成绩很好，与其他同学相比，不只是很好，是相当突出。张希夷父亲是大英帝国留学生，学习法律，谈不上有多大出息，法律在中国根本没什么用，对儿子的英文一直抓得很紧。张希夷的古文受教于祖父，老人家从小就让他背古文，背了一篇又一篇，张济添相信只有背诵，才是最有效的学习方法。进了历史系，张希夷攻读的是考古专业，这也是他爷爷张济添生前的遗愿。

录取的是中央大学，这所大学校址在当时的首都南京，可是张希夷没在南京上过一天课。刚报到，学校便西迁重庆，一路颠簸，到达重庆不久，南京沦陷了。大学四年，张希夷算不上用功的好学生，也不能算是不用功的坏学生。国难当头，大家心思很难用在学习上，有一段日子，张希夷兴趣完全不是考古，他更想研究中国的改朝换代，对农民起义兴致盎然。当然也只是脑子里想得多，或者因为老师的课讲得好。大学毕业前，一度还想报名参加远征军，他外语好，可以当翻译，为盟军服务，结果去报名的途中，遇上抓壮丁的国民党军队，看见壮丁像螃蟹一样被捆绑着，就果断地放弃了从军的念头。

这以后，断断续续干过许多事，张希夷当过中学教员，当过银行职员，在一家制造肥皂的工厂，给老板当文书，一度还升级做过襄理。没有一件差事干得长久，终于熬到抗战胜利，国民政府胜利还都，西迁的难民纷纷东归，张希夷没有选择跟着人流返回故乡南京，而是参加留美升学考试，获得了留学美国的资格。在美国一待就是四年多，眼看要拿到博士学位了，学位论文已经准备得差不多，张希夷忽然又有了归国的决定。

张希夷的归国与失恋有关，在美期间，他与一位叫卡戴珊的美国姑娘有了恋情。六十岁之前，张希夷从不主动跟人谈及这段异国之恋，除非向组织汇报，除非向造反派交代。向组织汇报，张希夷强调了自己的爱国，控诉美帝国主义对中国人民的不友好，歧视亚洲人。向造反派交代，除了以上两点，张希夷还增加了两点，一是卡戴珊有狐臭，人又太风骚，他很难接受，适应不了。

二是卡戴珊个子太高，人太健壮，比他高出半个脑袋，对此也不是很喜欢。这两点说得都有些轻薄，在后来的自述中，张希夷做了检讨，说他当时这么说，只是为了讨造反派喜欢，只是觉得造反派希望他这么说。

在自述中，张希夷几乎用了完整的一章，叙述卡戴珊的故事。他纠正了此前对卡戴珊的不实之辞，强调与卡戴珊的那段恋情，其实是非常美好的。卡戴珊很漂亮，非常善良，出生于一个比较保守的美国家庭，父母不赞成女儿嫁给一个中国人。上世纪八十年代初期，张希夷在美国读书时的一位中国同学回国探亲，老友相聚，出示了一张当年拍摄的照片。照片上不仅有老同学与自己女友，还有张希夷和卡戴珊。当时是四个人一起去郊游，从照片上看，卡戴珊确实很漂亮，确实比张希夷个子要高一些。老同学与女友结婚了，此次回国也一起同行，卡戴珊因为与张希夷分手，再也没有任何消息。

张希夷说他与卡戴珊的恋情，是人生第一次真正意义的初恋。此前也短暂交过一个女朋友，那是大学毕业在四川，肥皂厂老板的女儿看中了他，或者换句话说，只是老板夫妇看中他。交往时间很短，大家都有些勉强，很快觉得不太合适。老板女儿也是受过新式教育的，对包办婚姻抱有反感，交往了一些日子，和平地分了手，张希夷也离开那家肥皂厂，两人之间并没有实质性接触。与卡戴珊则不一样，他们在一起同居一年，后来有了孩子，正式去教堂结婚。

导致分手的真正原因，是孩子夭折，张希夷忙于博士论文，无法理解卡戴珊的过度悲伤。他觉得孩子可以再生，可以再生一个健康婴儿。意外夭折并不是张希夷的过错，他们的孩子是个早产儿，生下来后，一直都是病歪歪的，虽然不幸夭折，未尝就是什么特别糟糕的事情。人算不如天算，他这样说，本来也只是想安慰卡戴珊，希望她从痛苦中解脱出来，没想到却火上浇油，成了分手的导火索。贫贱夫妻百事哀，那段日子是张希夷手头经济最窘迫的时候，他自小是个公子哥，在抗战期间也有过几天苦日子，可是一旦手上有钱，花起来就是大手大脚，完全不考虑以后怎么过。

张希夷从美国回来时，中美关系已经很糟糕，有人好心劝过他，让他不要回国，让他再观察观察。时间是1951年春天，这时候，轰轰烈烈的抗美援朝战争打响了，也就是美国人说的韩战，正打得不可开交，如火如荼。张希夷说他当时多少还是有些爱国之心，既然中美如此敌对，为什么非要赖在敌国不走呢？况且自己已与卡戴珊离婚，美利坚合众国并没有什么值得他太留恋。张希夷在美国学的仍然是考古，论文说的是中国地底下的文物，他的导师威尔逊也赞成他回中国去做学问。

回国第一站是广州，买的是美国到香港的船票，从香港到广州，坐火车到上海，从上海回南京。一转眼，离开家乡十四年。离开南京的那一年，祖父张济添过世，这次回来，母亲也过世了。父亲还健在，已经有了续弦，也就是为他找了个后妈。到家与家人相聚，老老少少，先一起上馆子聚餐，然后弟弟妹妹分别向张希夷告状，诉说后妈的种种不是，说她在经济上如何克扣，对老爷子如何照顾不周。回国前，张希夷曾写信与父亲商量，问及找工作事宜，父亲回信说，你一个堂堂美国留学生，回来报效祖国，还害怕找不到工作，他忘了自己就是学习法律的大英帝国留学生，忘了自己一辈子都没找到过合适的工作。

一年以后，经历了十分严格的政治审查，反复地甄别，张希夷总算入职南京博物院。这个博物院，前身是国立中央博物院，创建于民国二十二年，也就是1933年。和北京故宫博物院一样，其中很多精华已被国民党带到台湾去了。不过瘦死的骆驼比马大，即便有这样那样的损失，馆藏依然足够丰富。接下来，听到最多的词汇是思想改造，是劳动锻炼。运动一个接着一个，要让知识分子洗澡，要让资产阶级知识分子，变成无产阶级知识分子。博物院的生活相对平静，张希夷从来就是喜静不喜动，因为美国留学生的身份，很容易被怀疑成美蒋特务。审查来审查去，交代完再交代，玩到最后有点荒诞，审查的人相信他不可能是美国特务，张希夷则怀疑自己是不是真有问题。

张左的母亲魏明韦早在十四岁，就参加过南京地下党领导的寒假生活营。那时候，还是汪伪时期，魏明韦还是一名初中生。在生活营里，与同学们一起，歌唱进步歌曲，阅读进步书籍。她积极向上，一直都在追求进步，在地下党组织的引荐下，十八岁时正式参加了共产党。入党的第二年，南京解放了，共产党得到天下。当时的魏明韦可以说是前途似锦，她根正苗红，又光辉又灿烂。张希夷回国，与魏明韦初次见面，她问的第一句话就是：

"从黑暗的资本主义社会，来到光明的社会主义社会，你不会感到后悔吧？"

听上去很像是一句玩笑，又不太像。张希夷有些哭笑不得，不知道如何应答。事实上，这句话对于魏明韦来说，既是玩笑，又不是玩笑，既大大咧咧，又一本正经。当时是在吃饭桌上，张希夷去张左的外公家做客，外公留他吃晚饭，两人正喝着酒，魏明韦穿着列宁装，从外面下班回来，弄明白张希夷是谁，互相招呼，很不客气地问了这么一句。张希夷心里不由咯噔一下，暗想这个小妹妹怎么会变得这么厉害。说起来也是老相识，小时候见面不能算，那时候她还是小黄毛丫头，谁想多少年后初次见面，刚二十二岁的魏明韦，竟然这么咄咄逼人。

张希夷比魏明韦大十一岁，他们的婚姻有点像火星碰地球，本应该是个非常小概率的事。两人性格中有太多不和谐，太多的难以理解。他们的结合从一开始就是错误，魏明韦热情似火，心直口快，嫁给张希夷，用她自己的话说就是，要改造好他的思想，要让张希夷建立工人阶级的正确立场，要让他建立正确的观点和方法，只有这样，才能很好地为人民服务。年龄虽然要小许多，然而在张希夷面前，更像一个革命的老大姐。张希夷在自述中，说起这一段婚姻，也是说他当时思想比较落后，与她结合，成为革命伴侣，更有利于自己的思想改造。

魏明韦后来承认，自己当时看中张希夷，不是因为他是美国留学生，那时候的女孩子，思想都很进步，并不觉得留洋回来的男人有什么了不起，不过张希夷人长得很精神、很帅气，女人难免会喜欢帅气的男人。她已经二十二岁了，在那个年代，女孩子到这岁数，也不能算太小，关键在于张左的外公和外婆，都还喜欢张希夷。解放后实行新婚姻法，男女婚姻自由，父母之命可以不从，媒妁之言可以不听，男大当婚女大当嫁，这个谁也拦不住。

魏明韦与张希夷之间有太多的不应该，她觉得自己与张希夷的关系中，她可能更主动一些，两人很相爱算不上，很相恨更算不上，只是有些遗憾，有缘而无分，注定不能白头到老。1978年落实政策，给右派平反，魏明韦又一次回到南京，回到了市机械局，她就是在这个单位被打成右派的。事过多年，仍然坚持认为当年自己是被错划，不应该把她打成右派。不是因为她当时思想有什么问题，完全是个人恩怨的打击报复，也就是说，是当时有关领导的错误决定。

婚后的张希夷和魏明韦，似乎一直都处在运动之中。他们属于不同的单位系统，各自上班，张希夷和魏明韦经常会好多天不见面。博物院的库房动不动就是搬家，一会儿往东搬，一会儿往西挪。有一段时间，张希夷上班只做两件事，搬家，为搬动过的文物写卡片，填登记表。魏明韦则是没完没了地集中学习，学习一结束，又立刻深入基层工厂，指导这个指导那个，即便已经怀孕了，仍然还是这样。在轰轰烈烈的"反右"运动中，魏明韦突然被打成了右派，回到家中，向张希夷诉说委屈，发牢骚，张希夷安慰说：

"你应该好好地想一想，要想明白自己为什么会犯错误？"

"我犯什么错误了？"

"你反党了。"

"谁说我反党了？"

魏明韦在婚后始终处于强势，她想到自己在单位里受委屈，回到家里，居然还会被思想落后的丈夫质疑，心中顿时怒火万丈。让魏明韦更加难以接受的是，张希夷不仅质疑，而且还主动检举揭发，说自己的思想觉悟不够高，一直都以为魏明韦思想进步，没想到她竟然会是个反党分子。多少年以后，魏明韦成了一名离休干部，她回忆当年，说当时要离婚也是她的意思，张希夷并不想离，魏明韦坚决要离。她觉得被张希夷这样的书呆子质疑，被他检举揭发，是不能容忍的，是可忍，孰不可忍。

5. 张左和张希夷

1982年1月初，张左大学马上就要毕业了，临毕业，辅导员挨个找大家谈话。轮到张左，辅导员说你这情况比较复杂，可以留在南京，也可以不留南京。情形和中学毕业后该不该下乡的遭遇相似，张左并不能算是独子，他母亲再婚，又生了三个孩子，他父亲也再婚，虽然没生育，可是有个继女，由于长期在一起生活，从法律上来讲，也可以等同亲生子女。因此他没有资格享受独子留在父母身边的待遇。张左对自己是不是要留南京，并不是很在乎，不过当时他已经有了对象，对象是南京人，她对张左是不是留在南京，非常在乎，觉得这并不是小事。

张左的对象叫卞敏霞，一直到离婚，他都是叫她"小卞"。小卞与张左同校，低一级，是历史系78级的学生。她听说张左毕业分配，有可能不留在南京，便让他去找自己父亲张希夷。张左也就是在那时候，发现对父亲的了解，还不如自己对象小卞。小卞告诉张左，张希夷是历史系这次评上的唯一一名博导，这个博导含金量非常高。能评上"文革"后第一批博导的人数非常少，当年在审报时，历史系的著名教授排名第一的老先生已经过世，正处于青黄不接之际，校方反复平衡，精心设计，最后为张希夷量身订制了考古史。在考古学方面，张希夷有影响的论文并不多，可是他是国外名校的留学生，在同年龄教授中，有这资历的绝无仅有。

第一批博导的光辉，奠定了张希夷此后的显赫身份和地位。有时候，机会就这么来了，天上突然掉块大馅饼下来。历史系一号老先生不在了，二号三号四号老先生还在，二号老先生岁数太大，比一号老先生都大，身体也不太好，不能进入评定名单。三号老先生很有学问，毫无疑问比张希夷更有资格，更有学术地位，可惜批林批孔运动中，表现太过积极，跟四人帮走得太近，竟然给江青同志写过几封信，在学界名声极坏，就算是报上去，肯定也会被评委淘汰。毕竟"文革"结束不久，大家记忆犹新，这种事情是不太肯原谅的。四号老先生的学问，与张希夷旗鼓相当，只比张希夷大一岁，他与当时的校长是儿女亲家，据说为避嫌，内部讨论时，校长投了张希夷一票。

都说张希夷最初是沾了年龄的光，最后也是这样。一开始，是因为年轻，顶替了二号老先生。三号老先生后来再评，已经是第二批，说是过七十岁，不能再评，讨论了半天，连报上去的资格都不允许。四号老先生第二次报上去没评上，直到七十岁退休前，第三批才赶上一个末班车。这以后，张希夷成了当仁不让的第一号人物，在这个位置上越坐越稳，他活得又长久，年龄越大，资格越老。刚评上博导，还会有人不服气，觉得名不副实，渐渐地，别人想不服气都不行，能称为老先生的，包括比张希夷年轻的，一个个都不在了，都走了，张希夷仍然还是很健康，精力充沛。

张左与小卞去见张希夷，他刚评上博导，刚在学校分配了新房子。这已经是他第二次调整新居，进校不久，学校分过一个小套给他。原来在博物院分配的房子，腾出来让继女素素结婚。张左他们去的那天，吴姨正在为素素整理嫁妆，沙发上堆的都是新的绸被面。张希夷见张左带着一个女孩子来，有些诧异，问他有什么事。张左怔了怔，开门见山地问张希夷，能不能跟校长打个招呼，让他可以留在南京。

当时是在客厅谈话，张希夷没听明白，张左又说了一遍，张希夷直截了当地拒绝了：

"这怎么行，校长那么忙，有太多的事要做，才不会管你一个大学生应该如何分配。"

张左立刻哑口无言。

张希夷看了看吴姨，回过头来，对张左说：

"大学分配这种事情，应该服从组织安排。"

张左无话可说。

小卞也有些尴尬，没想到他们父子之间，会是这样的对话。而且张左傻乎乎的，也不介绍小卞是谁，这样一来，她傻傻地站在张左旁边，说话也不是，不说话也不是。还是吴姨解了围，问张左这位是不是他女朋友，问明白了以后，吴姨又主动与小卞敷衍，小卞也因此从尴尬中解脱出来。张希夷听说小卞是历史系的学生，脸上开始有了笑容，问她有没有听过自己的课。张希夷给本科生开的是选修课，小卞并没有选，不过她听过他的讲座。

胡乱地聊了几句，小卞解释说张左想留在南京，目的也是为了以后和将来，对家中的老人可以有所照顾。吴姨听了这话，顿时不乐意，冷笑着，说这个倒也用不着，用不着你们操心，我们呢，确实是年纪越来越大，不过我们的女儿素素很懂事，她会照顾我们，我们有她照顾就行了。说着，似笑非笑地看着张希夷，让他表态：

"老张，你说我说得对不对？"

离开时，张左心里很不痛快。今天只是自己碰壁，只是自己出丑出洋相，也就罢了，没想到会害得小卞跟着一起受委屈。小卞倒是一副无所谓的样子，走出来很远，才安慰张左，说我总算明白后妈是怎么回事了，总算明白你为什么不太愿意找你爸，没关系，我们另想办法。小卞说到做到，她父亲是某机关不大不小一位领导，小卞让他为张左的分配想办法，未来的岳丈嘴上说不一定有办法，说开后门不太好，可是立刻就打了电话，托人去打招呼。结果，张左还是留在了南京，有两个选择，去化工局搞行政，去中学当老师。张左不愿意搞行政，选择了去中学。

小卞比张左低一级，时间上只相差半年，他去中学报到，不久小卞也毕业，去了省级机关事务管理局。张左说你一个学历史的，去那个地方干什么，有什么意思。小卞说我也知道没意思，不过跟你说实话，学历史更没意思，我从来也没觉得学历史有什么好玩，女孩子学历史，从一开始就是错误。小卞承认自己上大学只是为了混个文凭，这一代人中小学没好好地上课，数理化程度一塌糊涂，考文科是没办法，像张左这样，居然还考上了化学系，真是太不容易了。

大学毕业了，自然要考虑结婚，婚房倒是现成的，就是原来外公的房间。外公过世，张左搬进了这个房间，这是小楼中最好的一间房子。有一段时间，一直都是张左一个人住。右派平反，魏明韦先回来，很快陆师傅和三个孩子也一起过来，住进了小楼。张左上大学，住学校宿舍，他的房间一直空着。魏明韦听从前同事的意见，以无房户身份回原单位，先取得了一间单身宿舍，这样就有了新房的分配资格。根据当时公房政策，有私房的不可以参与分配。陆师傅带着三个孩子回来，户口也落在魏明韦单位，就是机械局宿舍，因此虽然住小楼里，户口并不在这。

因为地处市中心，早在上世纪八十年代初期，就有风声要拆迁。当时城建拆迁很野蛮，主要是看户口，私产保护几乎不存在，也就是大概估价，三钱不值两钱地就打发了。因此最好的办法，先找买家出手，卖掉房子。旁边一家福利好的单位，正准备盖房子，看中了这块地皮，可是公家不可以买卖私房，就请懂行的人帮着操作。借张希夷的名头，买下这个小楼，当时作价一万元人民币，钱是福利好的那家单位出的，张希夷不过出个人名，然后再搞转赠手续，将房屋转赠给福利好单位，双方签字盖章，私转公便告成功。

本来很简单的一件事，当时也绝对程序合法，福利好的单位许诺，在原址新建公房后，按户口，每户给一个小套。对张左夫妇来说，这是件好事，老房子卫生设备早就不能使用，能搬进新房子求之不得。但是陆师傅不干了，他已经住在这，虽然户口不在此处，按照现在这样的操作，岂不是要把他们赶走吗？魏明韦不吭声，她在机械局新分了房子，有了公房，不能再说话。陆师傅的态度很坚决，他可以和魏明韦离婚，离了婚，他和三个孩子没地方住，怎么办。这有点胡搅蛮缠，当时社会风气，就吃这一套，福利好单位也没办法，只好答应再拿出两个小套，给张左的两个异母兄弟。

张左的大舅二舅在国外，对卖房子不发表意见。小舅在宝鸡，对卖房子也没什么意见，毕竟也是迫不得已，可他有意见的是卖房子那一万块钱。一万块钱进出与张希夷无关，最后应该落实到谁的手里，总不能让魏明韦一家，得了那么多套房子，又不声不响地把卖房款独吞了吧。大舅二舅发表意见，说小妹吃了很多苦，只有他们家生活在南京，这钱就给小妹吧，外公在世，最疼小妹，这钱给了她，老人家也不会有意见。小舅坚决不答应，那年头，一万块钱对国内的人来说，不是小数目，他提出来要打官司。

真的差点闹上法庭，闹到最后，经过多方调解，这钱一分为二，小舅和魏明韦各得五千元。魏明韦从此不与小舅来往，所得的五千元重新进行分配，她和陆师傅得一半，剩下的二千五，四个孩子平分。

外公在张希夷结束干校劳动不久过世，从干校回来，过一段日子，他就会过来看望外公，谈谈读书做学问的体会，留下来吃顿便饭。也正是在那段时间，外公身体突然就变得不好了，去医院看病，也查不出有什么太大问题，医生说岁数大了，建议吃些中药。外公过世，张希夷匆匆赶过来，脸色阴沉，跪在地上，给外公磕了三个头。

这以后，有相当长时间，张希夷没再露过面。外公有退休工资，他老人家在的时候，日子还好过。外公走了，外婆没了生活来源，靠存款过日子，岁月立刻开始变得艰辛。刚开始的怨言，还是觉得多了张左一张嘴，毕竟两个人花销，要比一个人大，因此她动不动会冒出来一句，你为什么不跟你爸去过，他是你爸，为什么他就不能养你呢？这些话从来只是嘴上说说，外婆并没有真赶他走过。

过了也就一年多，外婆身体也开始走下坡路，先是一条腿变得僵硬，走路必须要用拐杖。于是许多家务事，不得不交给张左去做，譬如买菜，又譬如倒马桶。张左家小楼原本挺不错，有卫生间，有抽水马桶，外面的下水道年久失修，张左记忆中，自他懂事后，好像从未畅通过，老是堵塞，最后是绝对不能再使用，只好与周围老百姓一样，不得不用马桶，天天要去倒。刷洗马桶向来被认为是女人做的事，张左为此非常难为情，时间久了，也就习惯成自然了。

外公的一位学生，过来看过外婆几次。这位学生对外公十分敬重，不过外公生前并不是很喜欢他，觉得他太笨。每次来，对外婆都有所接济，会留个五块钱十块钱，外婆感到难为情，说怎么可以用你的钱呢，老头子要是知道，会怪我的。这位学生走了，外婆便会忍不住嘀咕，说知人知面不知心，要说天下最黑良心的，就是你的那个爸爸，这个张希夷吃了我做的多少顿饭，我们帮他养儿子，帮他这样，帮他那样，他呢，唉，不说他了。

晚年的外婆全靠张左照顾，张左中学毕业，上班当营业员，下了班忙这忙那，尽心尽力。外婆感到欣慰，常对人说，我这个外孙，真是没白养。有时也对张左发出感叹，说外婆拖累你了，我还是死了算了。张左也不知说什么才好，他不太会安慰人，没觉得这是一种拖累，反正是应该要做的，他不照顾外婆，谁来照顾呢？好在他上班的商店离家不远，一起上班的同事，都知道他家里有个瘫痪的老太太要照顾，对他也是网开一面，他要请事假或病假，迟到或者早退，都是睁只眼闭只眼。

外婆逝世前，吴姨来过一次，空着手来的。那时候外婆已卧床不起，吴姨说来看看外婆，其实是来告状，那时候，她刚从下放的地方重新回到南京，见了外婆，先诉说这几年吃的苦，诉了一会儿苦，又说在下面也不算特别苦，工资照发，乡下东西还便宜，当地老百姓尊重她，知道她是著名演员。如果不是想到以后南京看病方便，不是想到女儿素素的前途，在乡下一直待着也没关系。聊了半天，话才转入正题，原来她回南京后，与张希夷又有了联系，大家都吃过苦受过罪，又有了破镜重圆的意愿，又住到了一起。吴姨说当初就不应该离婚，说他们还是有感情基础的。

吴姨说她和张希夷同居后，才发现他还有别的女人。外婆听她这么说，便让张左离开，吴姨说张左不要走，他也不小了，让他也听听，让他知道知道张希夷是个什么样的货色。吴姨说张希夷与一个姓胡的女人不干不净，这个姓胡的女人是博物院一位老先生家的保姆，这个保姆很厉害的，解放前是上海一位著名画家的女佣，能烧一手好菜。张希夷是单身，在老先生家尝到了她的手艺，便也约她每周为自己做几个菜，改善一下伙食，一来二去，就那个了。

时隔多年，张左再次看到吴姨，他首先想到的是素素，想到张希夷和吴姨带他们去中山陵玩，他与素素往高处爬，站在高处往下看。从那以后，他就没有再见过素素。现在，张左当然知道吴姨说的"就那个了"是什么意思，他不明白的是她为什么要跑来说这个。吴姨说不仅有这个姓胡的女人，张希夷还和一位有着三个孩子的年轻女人不清不白，这年轻女人的丈夫是造反派，武斗时把小命给送了。

外婆听了，摇着头说：

"想不到他会是这样一个东西，会这么不要脸。"

吴姨脸上表情很夸张地说：

"说给人听都会不相信，他就是这样不要脸。"

吴姨走了，外婆咬牙切齿地对张左说，过去我和你外公，总觉得你妈太要强了，总觉得你妈也有点不对，现在想想，你那个爸爸张希夷真不是东西，一脑子资产阶级坏思想，一脑子资本主义。外婆说，我死了，你也不要去告诉他，我生不想见他，死了也不想见到他。外婆是带着对张希夷的忿恨离世的，这一点张左始终不能想明白，为什么她老人家临终前，没有想到大舅，没有想到二舅，没有想到小舅，也没有想到魏明韦，外婆总是在喋喋不休地念叨张希夷，恨他对张左不闻不问，恨他对张左没尽到抚养的义务。尽管张左已经成人，已经可以独立生活，外婆仍然还当他是个孩子，对他的未来不能放心。

外婆过世，魏明韦和小舅都赶回来奔丧，魏明韦是独自来的，小舅带着两个儿子，匆匆来去，也没什么说话的机会。大家都走了以后，张左第一次感受到了孤独。突然发现原来独栋的小楼，居然会是那么大，那么空旷，那么多房间，阁楼上有那么多灰尘。多少年来，他一直与外公外婆生活在这，外公死后，张左与外婆相依为命，现在，他将开始真正意义的独自生活，好在已工作了，有一份不太高的薪水，衣食已经无忧，可以这么浑浑噩噩地过下去。

如果不是恢复高考，未来的生活会是什么样子，无法想象。张左并不是一个积极向上的人，他从来没觉得自己应该要求上进，恢复高考，能够考上大学，最要感谢的是烟酒食品商店的无聊。那年头当营业员很清闲，因为物质极度匮乏，买什么都要票，烟票酒票酱油票，连肥皂和卫生纸都要票。当时每家每户都会发一种豆制品副票，上面是编了号的，到时候会发出通知，具体什么号码，能买什么样的物品，遗失不补过期作废。

张左的同事是两位中年妇女，她们的年纪可以当他的母亲了。本来还有个老头，张左上班不久便退休了。营业员的工作实在无聊，上班除了等待下班，并没有太多的事需要他去做。两位女同事对张左都很好，其中一位同事长得特别像吴姨，尤其是眼神像，看人时眼睛会闪闪发亮。都说女儿会像妈，无聊的时候，张左便会联想到吴姨的女儿素素，想到她小时候的样子，想到她以后很可能也会像吴姨一样，也就是眼前中年妇女的这个模样，便忍不住要笑。

事实上，吴姨在那次上门告状不久，正式与张希夷复婚了。外婆过世的第二年，她带着素素又一次上门，听说外婆已走了，大吃一惊，眼睛顿时红了，很伤心地流出眼泪。素素默默看着张左，不说话。自那次去中山陵游玩，这是第一次又见到她，此时的素素已二十岁，美丽动人，是一所师范学校的工农兵大学生。工农兵大学生是"文化大革命"的产物，素素跟吴姨下放农村，初中毕业插队，不久因为普通话说得好，成为公社广播员，以后又借调到县人民广播电台，再以后，便被推荐上了大学。

与素素再次见面，张左激动不已，平静的生活立刻变得不再平静。他忘不了那次游中山陵，那时候张左和素素都很小，他还只是小学一年级。这件事久久不能忘怀，与童年和少年时太多的寂寞有关，魏明韦从未带张左出去玩过，张希夷基本上也没有。那次游中山陵之外，张左与他在一起相处，也就是干校那几天。因此对素素的记忆，其实就是对家庭的记忆，就是对父亲的记忆，它意味着一种对正常家庭生活的渴望。张左常会有一种错觉，觉得吴姨才是他妈，而素素则是他姐姐，与这个姐姐相比，父母更喜欢女孩子，他们不喜欢男孩子，所以张左被扔给了外公外婆。

素素大学学的是化学，怎么就谈到这个话题，怎么就有滋有味地开始讨论，张左已回想不起来。这显然不重要，重要的是他和素素从此有了联系，然后就连绵不断，一直都保持着。他们都默认了那种不同父不同母的姐弟关系，都对对方怀有好感。吴姨那时候刚拍完一部电影，她扮演了一位农村妇女，可惜内容与反击右倾翻案风有关，最后并没有能够公映。吴姨告诫张左，不能满足于一直当个营业员，应该抽空读些书，看些好的外国小说，他毕竟还年轻，要积极向上。素素则是鼓励他，希望他能像她一样上大学，学什么不重要，关键要不断地学习。这次见面，她们好像就是专程过来为张左打气的。

对张左来说，粉碎"四人帮"，最大好处是恢复了高考。不恢复高考，永无出头之日，永远都是个站柜台的营业员。不恢复高考，不可能离开小巷深处的商店，不可能有上大学的机会。与当营业员相比，他毫无疑问更愿意上大学，更愿意当化学老师。很长时间，一直觉得对化学有兴趣，一直觉得自己喜欢化学。渐渐地，张左开始有所怀疑，开始厌倦，想改行，想干些别的什么事。作为一名中学老师，他最多也只能算称职，反反复复教同样的课程，始终面对同样的高考升学压力，这与当年的站柜台一样无聊。

高考改变人生，调整了命运，也促成了张左和小卞的姻缘。不恢复高考，他们不可能走到一起。都说干一行讨厌一行，与张左情况相仿佛，小卞对自己工作也不满意。机关事务管理局干的活，全都是婆婆妈妈，什么破事都管。西方政府有不管部，有不管部长和不管部大臣，管的事比其他部门更多。"文革"后最初毕业的两届大学生很吃香，各单位青黄不接，急需用人，无论张左还是小卞，即使对自己工作不太满意，仍然不影响成为业务骨干。张左是教研组长，小卞没几年提了副处。他们有个儿子，小卞单位又分了新房，原来的小套，换成两室半的中套。

1989年以后，小卞遇到了人生瓶颈，因为参与游行，有传言说再也不可能得到提拔。于是就突然动了要读在职博士的念头，张左觉得这不太可能，她根本不是个读书人，也不喜欢历史。结果还是考上了，小卞说在职博士就是蒙人，凭我这外语水平，凭我这管理局的副处头衔，最关键一点，还是张希夷的儿媳妇，他们说什么也得录取吧。小卞并没有去找谁，并没有动用张希夷这块金字招牌，她只是嘴上这么说说。这时候，张希夷在历史系的地位，在学界的影响，已经无人可以撼动，她根本不用再托人去打招呼。

接下来，小卞的人生开始步入辉煌，博士还没读完，她就跟着历史系同学辞职下海做房地产。改革开放后，文科生中敢在商海打拼，最后又获得成功，绝对是学历史的居多。用小卞的话说，我们学历史的人，更具有超前目光。当然只是一句玩笑，历史系出身的，还真是人才济济，小卞一连报了几个房地产大亨的名字，说谁谁是学历史的，谁谁谁也是学历史的。隔行如隔山，张左并不知道这些谁是谁。小卞成了人生的赢家，说起来是在做房地产，其实是房地产公司里的高层，分管人事和财务，拿非常高的年薪，忙得不可开交。

1999年的秋天，张左和小卞分手了，离婚的导火索是儿子的中考。儿子张卞性格有些叛逆，初中升高中没考好，小卞决定让儿子去英国留学。平时张卞的学习都是由张左负责，儿子没考好，责任当然在张左。小卞因此很自责，说没想到你就是这样管儿子的。接下来，前前后后都是小卞做主，联系学校，送儿子出国，都是她一手操办。最后，儿子安顿好了，小卞很认真地与张左摊牌：

"张左，你我的缘分到头了，我们离婚吧。"

张左很吃惊，虽然心理已经有所准备，还是觉得很突然。说分手就分手了，自从下海经商，小卞变得越来越难以捉摸，她变得有些神秘，张左根本不知道她成天在忙些什么。有些事是阻拦不了的，张左并不想离婚，强扭的瓜不甜，小卞要离，他也就只能随她了，张左只是想要一个答案。

"为什么？"

"不为什么，就是缘分到头了。"

小卞不愿意解释，她只强调了一点：

"我没有做任何对不起你的事情，这个，你用不着多心。"

小卞把房改房留给了张左，又留了不小的一笔钱给他，然后净身出户。张左有些莫名的惆怅，倒不是感情上的依依不舍，而是不习惯那种久违的孤独。儿子不在了，老婆也没了，他好像又重新回到了外婆过世后的那段日子，心情变得非常不好。这样懵懵懂懂过了三年多，儿子在英国高中毕业，选了一家仅次于牛津和剑桥的名牌大学读书。小卞突然打电话给张左，约他一起去英国看望儿子。张左喜出望外，儿子出国，三年中只回来过一次，与张希夷不一样，张左心中一直惦记儿子，毕竟在国内时，儿子都是由他照顾，张左真的很想念儿子。

出国探亲这事，都是由小卞手下的人代办，当然是很顺利。这是张左第一次出国，乘坐的竟然是公务舱。三年多不见，小卞没什么变化，依然那么精干，办事更利索，说话更干脆。到了伦敦，有一位女司机来接，这是小卞事先雇好的专职导游。见面前，小卞白了他一眼，说：

"我没跟导游说我们的事，你就装糊涂好了。"

张左立刻明白，小卞是不想让导游知道他们夫妻已经离婚。从伦敦直接驱车，去儿子所在的城市，先入住一家五星酒店，然后去看张卞，把儿子接到酒店一起住。订了三间房间，有一间是为女导游预订的，没想到她在这个城市有相好的情人，当晚要住到他那里去，儿子傻乎乎地说：

"这样也好，我们可以一人住一间房。"

吃完晚饭，海边散了一会儿步，回房间说话。儿子说学校里的情况，小卞听着听着，睡着了，她显然是太累，没有休息好。接下来，由导游陪同游览英伦三岛，这一路，都是住最好的酒店，安排张左和小卞住一间，儿子单住一间，导游另住，因为旅游公司有规定，会安排导游的住宿。儿子嫌张左睡觉打呼噜，不愿意跟他一间，小卞就让张卞跟自己住，儿子说，你是女的，我才不会跟你住呢。张左和小卞知道，儿子其实是希望他们复合，故意这么说的。

与小卞在一起，很有些鸳梦重温的感觉，既陌生，又熟悉。张左说，我现在睡着了，可能会打呼噜，会影响你睡觉。小卞便说，你真要是打呼噜影响我，我就给你另开一间房。结果张左没有什么呼噜，呼噜声更响的，反而是小卞。她好像平时太缺觉，只要有机会，就一直睡，一直在睡。在床上，在浴缸里，在旅途中，一连昏睡了几天。终于变得清醒，开始愿意跟张左说说话、聊聊天了，问他这些年有没有别的女人，有过几个。张左说没有，真的没有。小卞说你用不着瞒我，有也很正常，没有呢，也正常。小卞又说，当初提出来要分手，并不是说她有了别人，并不是觉得张左有什么不好，是觉得像她这样，确实不太适合有家庭，不适合当别人老婆，太耽误人家，她如果不提出分手，这是不对的。

小卞非常诚恳地向张左表示歉意，当初提出离婚，她很纠结，很难受，因为张左父母是离婚的，她知道张左很在意家庭的完整。事实也证明，张左其实是一个非常不错的男人，一个很称职的丈夫。小卞父母刚开始不赞成他们谈恋爱，理由是父母离婚家庭的孩子，心理会有阴影，以后很可能会重蹈父母覆辙，没想到最后提出来要分手的，竟然是小卞，她觉得自己这么做，真的很对不住张左。

小卞与张左相约，如果到六十岁，她还是单身，他也还是单身，他们两人就一起养老。到那时候，把第三代也接过来，让他们也好好地享受享受，享受一下当爷爷奶奶的清福。小卞说到时候我会主动来找你，我们先说好，先这么说好，如果你愿意等，如果你还是一个人，大家就真的在一起，再不分开。

张左对张希夷一直有这么个童年记忆，他与吴姨结婚后，怕老婆，什么事都是吴姨说了算。传说张希夷可怜兮兮地到处跟别人讨香烟抽，理由是吴姨在经济上控制，不让他抽烟。又说他穿衣服，穿来穿去，总是一件四个口袋的中山装，上衣口袋永远插着两支钢笔，也是因为吴姨对人民币的管控，没钱买新衣服。这都是"文化大革命"前的旧事，外婆经常会当笑话讲给张左听。由此也得出一个简单结论，因为怕老婆，所以张希夷也不敢去看儿子。童年记忆中的张希夷，一直是个懦弱男人，一个书呆子，别人说起他，难免都带有一些取笑的意思。

男孩子不会喜欢一个文弱父亲，童年记忆让张左对张希夷的感情，打了一个大大折扣。相比较而言，虽然没血缘关系，儿时的张左更喜欢吴姨，首先外公和外婆喜欢她，她拍过电影，是个有名的演员。其次她强悍，就像在舞台上扮演的那个坏女人一样，男孩子有时候会觉得坏女人挺好玩，譬如说女特务。小时候见面不多，吴姨并没给张左留下太坏的印象，起码每次遇到，表面上都还算客气。如果说后来有过不愉快，就是那次与小卞为工作去找张希夷，那一次，吴姨真是太不客气、太不给面子了。从那以后，她的态度完全改变了，对张左始终抱有一种莫名其妙的戒心。

张希夷的形象也被吴姨那次登门告状，彻底颠覆了。根据吴姨的描述，张希夷简直就是个大流氓，一个不折不扣的下流坏，他和姓胡的保姆有过私情，还和有了三个孩子的年轻寡妇有过一腿。张左从小接受正统教育，这种事照例都是非常无耻的，只有坏人才会这么干，才可以这么做。更让张左感到吃惊的，是与张希夷有过苟且的那个保姆，那个胡阿姨，在张家当保姆，一直干到七十多岁。也就是说，吴姨与张希夷复婚，明知道曾发生过那样的故事，这位善于做一手地道南京菜的胡阿姨，依然还能泰然自若，依然还能在女主人吴姨满怀妒意的眼皮底下，继续做她的保姆工作，一直干到再也做不动。

张左有时候也怀疑，传说中这事那事，其实很可能是捕风捉影，根本就没事。曾与小卞讨论过父亲可能有过的风流，她对这事倒是很看得开，说你爸首先是个男人，年轻时应该还是个很帅的男人，有点这有点那，也不奇怪。小卞见过姓胡的保姆，吃过她做的菜，对她印象并不坏。小卞说女人漂亮不漂亮，有时候也无关紧要，有时候，能做一手好菜，比漂亮更讨男人喜欢。小卞还说你爸这人，很可能是个直截了当的男人，根据我的判断，不太可能在女人身上花太多时间，有出息的男人都这样。

张希夷晚年成了他所研究领域的祖师爷，他的弟子和学生，遍布各大高校，占据重要位置。学界有种种传闻，说张希夷是一棵大树的根，根深则叶茂。都说他做学问善于布局，能够开风气，他的学生只要肯学，肯下功夫，按照他设计的思路深入研究下去，发扬光大，便能够曲径通幽，前途无量。名师出高徒，强将手下无弱兵，张希夷太厉害了，在学术上没有点成就，没有点江湖地位，都不好意思称自己是他的学生。在声势浩大的学术道路回顾周活动中，高龄九十的张希夷神采奕奕，作了一个多小时的演讲。他回忆了自己的人生，总结成功经验，无非是干活，一直都在干活。张希夷强调他一生的经验，在于坚持不懈，在于不浪费时间，没有浪费时间。

张希夷回忆人生，说自己这一辈子，也浪费过三次时间。一是大学毕业，没找到正经工作，东一榔头西一棒，活活糟踏了一段日子。再就是回国，在博物院里打杂，动不动搬家，整天搬箱子，没完没了登记卡片。三是在干校养牛，吃辛吃苦把牛养健壮了，为了什么，为了让它在春耕时可以犁地，结果呢，要过年了，先拉出一头来杀了吃了，水牛肉又不好吃，杀它干什么。说起干校这段日子，张左已开始有印象，毕竟在那里待过，虽然短短三天，隔着时间长河，重新回想都不太真实，然而张希夷半夜起来，在风灯下看书学习的情景，仍然记忆犹新，历历在目。

张希夷的用功，确实有过人之处。他一生中只要有时间，一定是在读书学习，能不放弃绝不放弃。这也是外公喜欢他的原因，外公曾十分后悔负气离开高校，放弃了一个做研究的好机会。在张希夷的演讲中，他又一次说到这个故事，有时候，负气出走并不能解决问题，关键还是要把学问坚持做下去。张希夷的学生经常会跟学生谈到忍辱负重，这是他们导师传授的制胜法宝。做学问靠的就是一个熬字，熬了才可能出头，熬了才会有机会。一个人不可能一辈子都顺心，都事事如意，总会有些沟沟坎坎。

张希夷的学术道路回顾周活动，在他学生的学生建造的私人山庄进行，这学生下海经商，赚了很多钱，是这次活动的重要赞助商之一。听了张希夷的演讲，学生的学生大发感慨，说自己生意虽然做得风生水起，可是最后把学问丢了，这个实在是有辱师门。他的博士论文是《中国农民起义中的经济原因》，非常好的一个选题，可惜写到一半，这样那样原因，并没写完。有人劝他找枪手帮助完稿，他也确实动过这念头，最后想想也没必要，做学问就跟娶老婆一样，本来是自己的事，自己不做，让别人去做，何苦呢。

整个回顾活动就像一个大 party，或者说是师门的大聚会。为了这次活动，筹备小组一个多月前就成立了。领衔挂名的是张希夷大弟子严群峰，他是学界领军人物，是文科教授中的资深教授。具体操办人是历史系支部书记徐丽华，也是张希夷的在职博士。还有就是素素，早在十多年前，素素已调到历史系资料室工作，资料室是挂名，实际干的活是张希夷的秘书。为了素素的调动，还发生过一些小小不愉快，最初是想调张左，起因是他借调在出版社，参加了张希夷文集的编辑工作，活干完了，不想再到中学去教书，便与当时一起参加编书的徐丽华商量，能不能调到他们系里去，徐丽华一口答应。

眼见着事要办成，让吴姨知道了，正好素素在机关里很不开心，也想调换工作，说既然是要调人，为什么不调我们家素素呢。系里只好再征求张希夷本人意见，张希夷连想都没想，一锤定音，说当然是应该调我女儿。于是张左的调动就黄了，煮熟的鸭子顿时飞了，他跟自己单位领导都打过招呼了，告别酒也喝过了两次，没脸再回到中学去，便赖在出版社不肯走。最后也是张希夷的弟子出面，跟出版社老总疏通，才解决了工作调动。这以后，张左一直在出版社上班，不仅为张希夷编书，也为他的学生编书。他是学化学出身，编史学方面的学术著作难免吃力，不过吃力归吃力，下点笨功夫，还是能凑合过去。他的一手小楷帮了大忙，大家看了，都说他家学渊源，书香门第出来的就是不一样。

这事弄得素素有些歉意，过去多少年，她与张左很少接触，随着张希夷名声越来越大，打交道也越来越多。在张希夷晚年，张左和素素作为张希夷的家属，做事基本上都是围绕张希夷。素素成了张希夷的专职秘书，跟老先生有关的事都要管，都得过问。张左略好一些，只是阶段性地参加一些活动，筹备一些会议，做一些事务性工作，主要还是编书，为张希夷的著作分门别类。张希夷一生中涉及的学问太杂，他当年在干校翻译的以赛亚·伯林的《卡尔·马克斯》手稿，竟然也被发现了。徒子徒孙很兴奋，一个学生自告奋勇，愿意把它整理校对出来。以赛亚·伯林前些年刚过世，是当代西方著名思想家之一，国内知道的人并不多，张希夷能在"文革"中就注意到他，就能翻译他的著作，真是不容易，太不容易了。

张希夷在张左心目中，变得越来越神秘，越来越高大，也越来越陌生。张希夷渐渐成为一个现象，成了一门学问，他的学生把他塑造成一尊神像。吹捧和宣传还是有用的，张希夷的一名弟子做总结，说我们导师这一生思想上是自由的，厉害就厉害在想成为什么样的杰出人物，能够做到绝对的自由，随心所欲。换句话说就是，张希夷有那个能耐，想成为什么样的人，想在哪方面做出成就，都可以做到。学术已经被他打通了，他是古典诗人，他是考古学者，他是古文字专家，他是书法家，他是南北朝历史研究的绝对权威，他是翻译家，他有思想，他在很多方面，都足以成为我们的楷模。

离婚后的张左形单影只，老婆没了，儿子在英国念书。下班回家，孑然一身，除了看电视，还是看电视。那段日子，正好开始流行DVD，张左收集了许多盗版碟。主要是欧洲电影，还有一些色情片，也就是所谓黄色影碟。卖碟片老板知道他的爱好，每有新碟，会向他隆重推荐。过去小卞在，经常骂张左下流，她害怕儿子会看到这些东西。现在反正没人管了，想怎么看就怎么看，担心邻居听见，又专门配了一副无绳耳机。随着张希夷名声越来越大，张左难免自惭形秽，觉得自己越来越没出息。

张左与吴姨母女的关系，也大大改善了。张希夷生前立了遗嘱，他死后，收藏的名人字画，古书善本，以及自己手稿，统统要捐献国家。多少年来经济都是吴姨一手控制，她并不担心张左会跟素素争遗产。张希夷发过话，他的房子以后要留给素素，因为她对他照顾更多。社会上房改已开始，大学教师的房子暂时不参加，只有居住权。晚年的吴姨经常会想到要关心张左，张左离婚后，家里没人收拾，她便让家中的保姆小聂，每周半天去张左那里，帮他把房间收拾一下，好在他住得也不远。

小聂来自南京郊区，与素素同岁，人高马大，很健壮，相貌也就那样，挺普通的那种。通常是周六下午，过来里外收拾一通。或许因为孤男寡女，张左有时也会产生不健康的念头，怀疑吴姨派小聂来，有些别有用心。但是他不敢出格，至多就是把色情DVD碟片东一张西一张乱放，这么做非常猥琐，通过碟片盒上封面图片，小聂应该知道那是什么。张左很想知道她看了这些碟片后，会有什么样的反应，当然只是这么乱想，没胆子深入。有一次，挑了部有裸体镜头的欧洲艺术片，故意在小聂打扫卫生时播放，电视上女主人光着身子走来走去，小聂看到了，立刻停下手上的活，很认真地跟着张左一起看，看完了，若无其事继续干活。她若无其事，张左心里却咚咚乱跳。

张左知道自己不仅猥琐，有贼心没贼胆，而且还假正经。他从来都不是争强好胜的人，从没想过要与不同父不同母的姐姐素素争什么。眼见调动就要成了，活生生地被她挤掉了位置，张左也没觉得怎么样。他没有一点记恨，如果要考虑照顾张希夷，素素确实也比他更合适。素素比张左更像是张希夷的亲生骨肉，或许自小不在一起，张左始终觉得张希夷这个父亲难于接近，除了见面喊一声，平时是能躲就躲，能不喊就不喊，素素不一样，她叫爸爸叫得非常亲热。

儿时印象一辈子都不会忘，张左对素素有种特别的好感，真心希望有个像她那样的姐姐。他小时候一直以为素素就是自己亲姐姐，外婆喜欢骗人，说张左不乖，不听话，所以爸爸妈妈就不要他了。素素说她也遇到过同样的威胁，吴姨和张希夷结婚时，她还小，还没有记忆，只知道自己有个弟弟，因为调皮不听话，就搁在外婆家了。吴姨警告她，如果不听话，也要把她送外婆家去。张希夷很喜欢素素，对她就像亲生女儿，知道他不是自己亲生父亲，那也是后来的事，这事曾让素素很伤心。

在张希夷晚年，张左和素素因为工作关系，经常要碰面。小时候，素素是姐姐，当然要比张左个子高。后来才发现，她其实很矮，非常矮，比他矮一个头都不止。与张左的性格内向不同，素素生得小巧，为人雷厉风行，说一不二。她酒量非常大，自称从来没醉过。俗话说女将上场，必有妖法，都知道她能喝，别人轻易也不敢跟她喝。她呢，仗着自己酒量好，经常在酒桌上逞能。张希夷八十岁寿宴，弟子中有一位能喝酒的不服气，说是想与师妹见个底，看看究竟是谁能喝。喝到最后，这位弟子钻到桌底下去，吐得到处都是。

素素最后也出过洋相，能喝的名声在外，迟早都会翻船。一晃又是十年，张希夷的一位弟子评上了博导，一定要请帮过他忙的人喝酒。选择的时间是在学术道路回顾周结束之际，会已经开了好几天，很多人离开了，剩下的都是具体办事的。这位弟子说，好吧，我要请的就是你们这些办事的人，筹备这么一个活动不容易，我一定要请你们喝酒。于是就喝，大家确实也累了，学术道路回顾周办得很成功，参会者一致叫好，张希夷的弟子之一，参会的一位省领导倡议，以后类似的活动，最好每年都能搞一次，这样的聚会很有意义。

那天剩下的也就一桌多人，买单请客那位，徐丽华，张左，素素，还有几个在读的张希夷学生的学生，有男有女，加上山庄两位副老总。中午喝过一轮，请客的那位特别能闹酒，盯住素素不放，说我知道师姐酒量，今天一定要跟姐姐好好喝。给人感觉是早就喝高了，一会师姐，一会姐姐，一会又喊起了吴姐，颠来倒去乱叫，说你干吗是吴姐，不是张姐。素素不把他的酒量放在眼里，说我姓吴，跟我妈姓，你当然应该叫我吴姐。没想到这是个越喝越清醒的家伙，一开始，他老是要说，我不行了，今天真不行了，素素还跟他说笑，说男人不能说自己不行，不行也要说行。喝到最后，真正不行的是素素，素素喝高了。

这可能是素素平生第一次喝醉，是大醉，她不承认自己喝多了，一个劲地说没事。本来说好要与徐丽华一起连夜赶回南京，看她走路东倒西歪，徐丽华便说还是在山庄再住一夜吧。开回南京要三个小时，徐丽华怕她在路上会吐，让张左留下来陪她。山庄副老总立刻表态，说这没问题，房间反正都是空的，就安排老先生住的那间豪华套房，我们明大派专车送好了。素素使闹，嚷着非要一起走，她越是要闹，嚷得越凶，徐丽华越是不敢让她走。结果一辆面包车把大家都拉走了，剩下素素和张左姐弟，加上两个女学生。

面包车刚离开，素素就吐了。她依然觉得没什么事，说吐了就好，吐了就轻松了，说还真从来没吐过。张希夷住过的豪华套房确实够气派，有两个卫生间不说，大沙发大电视，竟然还有小书房。素素依然疯疯癫癫说自己没事，拉着副老总的手要聊天，引得两位女学生不住地暗笑。张左也是第一次看素素这样，站都站不稳了，说话颠三倒四。终于副老总找到了借口脱身，说我有点事，一会儿再来吧，或者这样，有事你们打电话给我。副老总走了，素素对两位女学生说，哼，他是骗我，以为我不知道，他不会来了，你们也走吧，我没事，有我弟弟陪就行，你们走好了。

说着站起来，作势要轰那两位女学生走，刚站好，又跌坐下去。然后就是想吐，张左赶紧扶她去卫生间，两位女学生也跟着一起照应。到了卫生间，素素仍然说我没事，没事，憋了一会儿，又翻江倒海吐起来。这次吐得有些难受，坐在地上，抱着抽水马桶，折腾了半天。终于平静下来，对两位女学生说，不好意思，吓到你们了，其实我没事，我好了，你们走吧，我没事了。两位女学生早就被她闹得吃不消，听她这么一说，也不客气，说吴老师你要没事，我们就真走了，有事给我们打电话。

素素吐的时候，张左也不知道怎么帮忙，只能一直帮她揉背，一把一把给她搓毛巾，换毛巾。她坐在地上不能起来，一动就吐，吐到最后，竟然趴在马桶沿要睡着。张左说我抱你到床上睡，素素说好吧，到沙发上去躺一会儿。于是张左就将她抱起，她死死地勾住他脖子，说想不到你还有点力气。到沙发上，素素又没了睡意，人也清醒多了，闻了闻自己，说不行，我得洗个澡，身上难闻死了，必须得洗，要洗一洗，去帮我放一浴缸热水。

张左去为素素放热水，一边放，一边担心，怕她会跌倒在浴缸里。水放得差不多，素素洗澡。张左打开电视，一边看电视，一边胡思乱想。担心她洗澡时睡着，浴缸很大，弄不好会淹死人。因此隔一会儿，张左便到浴室那边去敲门，问候一声。素素回答说没事，看来是真没事，泡了一会儿，开始改洗淋浴，哗啦啦的冲水声。再过一会儿，她穿着浴衣，湿漉漉摇摇晃晃走了出来，跌坐在沙发上，与张左一起看电视，身上依然带着酒气。张左先以为她没穿内衣，瞄了一眼，不由得心惊肉跳，忍不住又瞄几眼，弄明白了，原来是一条黑色内裤。电视里正在播放情感类综艺节目，素素很吃惊，说你怎么喜欢看这种节目，真是没有档次，其实张左平时从来不看这个。

6. 通往父亲之路

张希夷直到九十八岁，才真正显露出了老态，开始老态龙钟。他令人惊叹的记忆，开始出现了严重问题。这一年，张左正好六十岁，说起来也是年过花甲，可能是老父亲还在的缘故，他似乎感觉不到自己正在衰老，虽然办理了退休手续，张左的实际工作状态并没有改变。张希夷的书还是他在编，编不完地编，他属于返聘性质，工资还是和原来一样，还是要上班，还是原来的那张办公桌。

变化只是张左当了爷爷，两年前就当上了。张卞结婚了，娶了个英国的混血女孩，祖上有黑人血统，还有拉丁人和斯拉夫人的血统，皮肤有点黑，人很漂亮，非常像一位电影明星。张卞去英国之前，一直都是张左在照顾，儿子去英国读高中，张左刚开始很不习惯，总觉得生活中少了什么。再后来，他终于习惯了一个人，一个人自由自在，也没什么特别的不好。中途和小卞一起去英国看过一次儿子，儿子回国，也过来看他。现在，有孙子的感觉十分奇特，小孩出生后，张卞给他传过照片，张左想象不出这孩子长大，会是什么模样。他可能是有些返祖，既不像张卞，也不像母亲，比他妈黑得多，完全像个小黑人，张卞夫妇给他取了跟英国王子一样的名字，叫查尔斯。

张左带着回国的儿子和英国媳妇，抱着小孙子查尔斯，一起去看望张希夷。张希夷一会儿清醒，一会儿糊涂。素素大声地告诉张希夷，这是他的重孙，他老人家当老太爷了。张希夷便很认真地问什么是重孙，谁的重孙，这外国人是谁呀。大家都笑，素素让小查尔斯开口叫太爷，小家伙不会说中国话，用英文叫张希夷，张希夷一听到英文，立刻来劲，竟然也用英文与小查尔斯对起话来。大家都说了不得，太厉害了，老爷子的英文真棒。

素素叹了一口气，说：

"唉，完了，我们家外语都不行，就老太爷能和小查尔斯说话。"

张卞一时不知道查尔斯应该怎么叫素素，素素说：

"叫什么，叫姑奶奶！"

这时候，吴姨过世也好几年了，保姆小聂还在，不过也可以算是老聂了。除了她，还有一位中年男护工帮着照料张希夷。房子足够大，张希夷又分到了一套院士和副省级干部享受的住房，二百多平方米，离张左与素素住的地方都不远，他们要过来还算方便。当然，素素对老爷子的照顾，肯定要更多一些，她远比张左更负责任。

过去二十年里，张左所做的一切，都与张希夷分不开。但是对张希夷还是会有那种陌生感，那种陌生感与生俱来，好像永远不会改变。他们在一起，常常找不到话说，张左觉得张希夷距离别人更近，距离素素和他的学生，要比他这个儿子近得多。张左觉得他与张希夷始终隔得很远，不知道儿子张卞与自己，张卞的儿子小查尔斯与张卞，是不是也有同样感觉。通往父亲的道路太漫长，张左发现他从来就没有真正走近过张希夷，有时候走得越近，感觉越远。张左现在只剩下一个身份，这就是国学大师张希夷的儿子。与父亲有关的书编过越多，他越觉得不了解张希夷。

最后是拍照和录像，除了张左，除了张希夷，大家都用手机不停地拍。张希夷颤颤巍巍坐在轮椅上，提出要抱着查尔斯认认真真照张相。素素便把小查尔斯抱到张希夷膝盖上，张希夷搂着查尔斯，查尔斯因为害怕，怕摔下来，也搂着张希夷，紧紧地搂着。一时间，站在父亲身后的张左，感到了一种从未有过的亲切，他印象中，父亲从未这么抱过自己，也从未这么抱过张卞，他们父子从未有过这样的待遇。

负责拍照的是小聂，她的头发也都已经开始花白了，兴高采烈地让大家看着她的镜头，扯开了嗓子，大喊了一声：

"茄子——"

2020 年 5 月 12 日　三汊河

（原载《钟山》2021 年第 2 期）

以鸟兽之名

◎孙　频

1

去年春天，我整个人变得越来越焦虑，失眠也越来越严重，经常半夜的时候赤足在屋子里游荡，或是守在窗前，数着爬进来的月光的脚印。下弦月总是在后半夜才悄无声息地出来，脚印洁净极了。如此一段时间之后，眼看就到了桃花盛开的时节，我决定回一趟老家。

我的老家是一个北方小县城，很多人家的门口都种着桃树。那些桃树，平日里看上去也就是一棵棵树，谁也不会朝它们多看一眼。但是一到了每年三月，它们就会从各个隐蔽的角落里集体杀出来，艳丽凶猛，带着一种极其盛大的节日气氛，张灯结彩，把整座老县城照得像宫殿。

我选这个时节回去，一来是为了赏桃花，二来是为了打捞点素材。我的焦虑也与此有关，这些年里，我虽然出了几本书，但几乎没什么反响，也没多少销量，稿费连在北京租房都不够，为了生活，近两年不得不写一些不入流的悬疑小说，以求多些销量。写悬疑小说的后遗症之一就是，看什么都觉得其中有蹊跷。所以每次有人叫我作家的时候，我心里都是既恼怒又得意，恼怒的是，就连我都能算个作家？得意的是，居然有人知道我是个作家，我还以为全世界只有我一个人知道这个秘密。母亲就从不和别人说我在北京做什么工作，我估计她是觉得羞于启齿。

青砖的院门已经日益破败，朽坏的木门吱嘎作响，但从墙后伸出的那枝桃花却依然天真妩媚，走到门口，忽然与它迎头撞上，那种欢喜热烈，简直让人想落泪。坐在桃树下和母亲寒暄一番之后，母亲忽然一拍大腿，说，你不是每次回来都先问我，最近县里有没有发生什么吓人的事情，这次怎么不问了？我还真给你攒了这么一桩事，晓得不？你那个同学，杜迎春，在山上被人杀了，杀了以后又被烧成了灰，连案子都破不了，听说连脖子上的一条金项链都被人家拿走了，你说怕不怕？死了有一个多月了吧。

我大吃一惊，杜迎春是我小学同学，我同学里面居然也会出杀人案？杀人是一件多么遥远的事情啊，却忽然长出腿跑到了我面前。小时候因为我们两家离得很近，我和杜迎春从小就在一起玩，长大以后她名声不是很好，中间有几年我们失去了联系，但后来加上微信之后，她偶尔还会从手机里跳出来，和我聊上几句无关痛痒的话。

杜迎春在我们县城里也算是一号人物，初中毕业后读了个中专，十八岁的时候就爱上了一个男人，爱得死去活来，一定要嫁给这个男人。她母亲看不上那男人，咬牙切齿地骂她，跳着脚说，嫁去，嫁去，把老娘给你买的衣服脱下来。话音刚落，她就把身上的衣服脱了个精光，包括内裤，然后赤身裸体地站在院子里，仰脸数着头顶一共飘过几朵白云。和这男人结婚六年便离了婚，然后又在网上认识了一个广东的网友，在网上爱得轰轰烈烈，天昏地暗，又坐上绿皮火车跑到广东去找那男人。结果两个月之后又悄悄跑回来了。后来还是经熟人介绍，嫁了一个面相老实的男人，生了个女儿。结果过了几年又离婚了，因为她有了相好的，说是又找到爱情了。就在去年过年前，她还在微信里主动和我说起过，说她现在这个男朋友性格有些反复无常，不知道是不是因为从山上搬下来的缘故。我回她说，你口味倒变得快，开始喜欢山民了？山民被文明驯化得更少，性子和我们也不大一样吧。她回道，我要的是感觉，说不来他身上有股什么劲儿，反正挺吸引我的，再处处看吧。我说，感觉又不能当饭吃。之后便是大年初一互相发了条拜年短信，然后再无联系。

我忙问，那凶手抓不到？母亲说，人都烧成灰了，又是在山里头，你说怎么破案？我想，确实，大山里没有监控，可杜迎春对山上并不熟悉，为什么却要跑到山上去？这说明杀害她的人对山里很熟悉。我赶紧问，她后来不是又有了个相好的？那男人没嫌疑？她想了想，说，不关那人什么事吧，要不案子早就破了。我问，你见过那人吗？母亲摇摇头，光是听她妈在我耳根子底下提过一回，好像那人是从山上下来的，就住在移民小区里。我忙问，这移民小区叫什么名字？她说，大足底小区。我说，这小区的名字怎么这么怪？

母亲白了我一眼，起身说，你又不是公安局的，管人家闲事干什么，我看你是越来越呆了，难怪找不到老婆。阳关山上修水库，正好淹了大足底村，他们就整村搬下山了，这多好，下了山直接就住进楼房了。你看看连人家山里人都在县城有楼房了，再看看你。我说，你再写上一年就快不用写了吧，你还能写出个房子来？

我急急打断她，这个大足底小区在哪边？

母亲见牛头不对马嘴，只挥手往西边比画了一下，懒得再搭理我，又随手拔了两棵葱，准备做饭。

我果然在县城的最西南角找到了这个叫大足底的小区。我自己都觉得自己有点好笑，写了两年悬疑小说，没见写出什么名堂，倒把自己搞得像个业余侦探。只见这小区孤零零地悬在那个角落里，孱弱瘦小，天外来物一般。小区周围围着一圈矮矮的围墙，有一只长胡子的山羊居然稳稳地站在墙头，我看了半天它都掉不下来。小区的西面和南面皆是旷野，旷野里隐隐可见一棵棵孤零零的柳树。小区对面立着两棵粗壮的大白杨，树上筑着巨大的鸟窝，小房子似的，看起来里面住个人都不成问题。我绕着小区转了一圈，只见小区周围开垦了几块奇形怪状的菜地，犬牙参差，在小区后面还有猪圈、羊圈，里面养了几头猪和几只羊，很是热闹。小区旁边的旷野里还搭了个简易厕所，就是刨了个坑，周围插上四条木棍，拿块破布一围。我不禁有些疑惑，难道还有人每天千里迢迢从小区里跑到野地里，就为了上个厕所？

我正在门口徘徊，小区里走出来一个人，在与我擦肩而过的一瞬间，我俩对视了一眼，我忽然认出，这人却是我当年在县文化馆的同事，叫游小龙。那人走过去两步忽然也停下了，回过头看着我。我说，游小龙吧，我是李建新啊。他盯着我又认真看了几秒钟，然后走过来，忽然伸出一只手，像领导一样，要非常正式地和我握手。我不太情愿，觉得这样太过隆重，但我们的手还是轻轻碰了碰，然后他用标准的普通话对我说，多年不见，没想到会在这里遇到故人，请问你来这里有何贵干？我犹豫了一下，笑着说，没事，瞎溜达到这里了，你怎么也在这？他淡淡说，我就住在这小区里。我惊讶地说，好事啊，什么时候搬到楼房里了？他却忽然说，真是抱歉，我现在出去有点事要办，欢迎你明晚到我办公室来叙旧，我还在原来的办公室，那么，再见。说罢便扬长而去。

多年前我本科毕业在县文化馆工作的时候，游小龙就已经在那里了，比我早去了两年，据说他老家在阳关山的某个小山村里。那时候他极不喜欢说话，还有个忌讳，不愿听别人说他是山民。平时同事们极少有机会能听到他说话，所以，他偶尔说一句话，哪怕是再平常的话，也总会让人觉得惊天动地，怎么，这个人居然会说话？我后来慢慢发现，他虽然平素寡言，总像静静潜伏在水面之下，有时候却会忽然从别的什么地方浮出水面，且姿态悠扬，头顶着水草或月光，使他看起来就像只华美的海兽。

那时候，我们都是这个县城里稀有的文学青年，虽然很少交谈，但光闻着对方身上的气息，就知道是同类。我发现每天下班之后他都不走，也不是加班，只是蛰伏在办公室里不停地写东西，有人说他在写小说，有人说他在写诗。不管我多晚离开，都能看到他办公室里还亮着灯光，有时候还会碰到他像个夜游神一样正在楼道里游荡。

后来我才知道，他根本不需要回家，因为他就住在办公室旁边的小杂物间里。那时候我觉得他简直像个国王一样，每天晚上等所有的人都下了班，这整栋楼就都成了他一个人的疆域。他办公室里的那点灯光一直压迫着我，我担心他写着写着会忽然变成一只庞然大物，然后绝尘而去。而我则被遗弃在原地，变得越来越颓败平庸，最后彻底淹没在人群里。

只要他的灯光还亮着，恐惧感便会让我又悄悄折回自己的办公室去，重新坐到椅子上，即使坐半天也没写出一个字，但只要自己的灯光也陪他一起亮着，心里便像抛了锚一般，多少觉得稳妥了点。这样过了两年，我还是做出了辞职的决定。辞职之后，我离开县城去了北京闯荡，在京城一流浪就是十年。工作一换再换，没想到最后还是混成了一个靠写作为生的人，租个小房子，偶尔去凑个酒局。

看着他的背影，我忽然想起来了，游小龙就是个山民。他是在大山深处长大的，在县城里读完高中，又出去读完大学之后，再回到县城工作。我们这个县以山地为主，县城坐落在巴掌大的平原上，而大大小小的村落则像珍珠一样散落在连绵起伏的大山里。如果是土地肥沃的截岔地带，就会形成比较大的镇子，但更多的山村就几户人家，甚至还有独家村，一口人就是一个村庄，孤零零地镶嵌在大山的褶皱里。

在我们这里，平原对山地的歧视由来已久。山民的口音和平原上的口音略有不同，但即使只是一个叹词也能被平原上的人轻易嗅出来，哦，山上下来的啊？好像山上便是另外一个星球。山民们去一趟县城也自称是下山一趟，下山的方式多种多样，从前主要靠搭着木排走河道或步行，走河道必须在七八月份的旺水期，人如蜻蜓般立在木排上，顺流而下。步行的时候则需要身上带足干粮，一走就是几天几夜。后来有了自行车，骑车需要骑一整天，屁股都能摩擦起火。再后来林场有了东风大卡车，山民们搭便车，站在卡车后面的车厢里，人人头上顶着一团飓风。再后来有了客车，一般都是那种体型不算太大的中巴车，载着满满一车人，像只肉罐头一样摇摇晃晃地滚动在山路上。

次日，等我到了，文化馆已经下班了。从前就是这样，只要一下班，整栋楼就变得像一座荒宅，散发出阴森的气息。爬上三楼，我一个人穿过黑暗的楼道，向游小龙的办公室走去，感应灯随着我的脚步声一明一灭，楼道忽而浮出来，忽而又掉进黑暗里。

走到那间杂物间门口的时候，我站住踟蹰了片刻，四顾无人，我还是悄悄推开了那扇小杂物间的门。我总是疑心里面其实还藏着一个人。没有人，它已经恢复成了杂物间本来的面目，只是那张单人床还在，落满灰尘，几只拖把披头散发地立在墙角，84消毒液的味道割着我的鼻子，这样荒凉的角落在夜深人静之际颇有些坟墓的气质，很难想象游小龙曾在这个角落里住过几年之久。

走到游小龙办公室门口的时候，我看到了门缝里裂出来的灯光，一切又和十年前天衣无缝地对接上了。这十年时间里，我很少回乡，即使回来了，也是匆匆待几天。因为当年辞了职去闯荡江湖，亲戚邻里都知道，结果却不能衣锦还乡，便总觉得羞于见人。这十年时间里，我和游小龙也再没见过面，我想象过我走了之后，游小龙会是什么样的感受，我那盏灯光也在深夜陪了他两年，也许他也曾偷偷在门口观察过我的灯光灭了没有。

现在，在空寂黑暗的楼道里重新遇到了这点熟悉的灯光，我不无伤感。轻轻推开那扇门，只见他办公室里又多了些摆设，看上去十分拥挤，桌上摆着一只粉瓷梅瓶，梅瓶里插着一枝桃花。桌子上还摆着一方砚台，笔筒里插着几只毛笔，还摆着几只粗糙的根雕。一只细口瓷瓶里插着一把团扇，扇子上随手画了几支竹子，旁边还题了一首诗，墨迹洇开，无法辨认写的是什么。墙角还站着一只大胆瓶，胆瓶里插着一大束干枯的花草。

桃花下坐着一个人，正趴在桌上奋笔疾书，桃花像烛光一样照着他的脸，此人正是游小龙。游小龙见我进来，先是一愣，好像并没有认出我来，继而便站起来，不冷不热地招呼道，足下光临寒舍，真是蓬荜生辉，请坐。他讲的仍是普通话，不过他一直都这样，我毫不奇怪。在一个小县城里，讲普通话的人总会被人多看几眼，好像是哪里派来的间谍。我猜他讲普通话是为了掩饰自己山民的口音，于是我也一直陪他讲普通话，两个土著摇身一变，好像一不小心都变成了外地人。

十年不见，他居然没有太大的变化，除了眼角多了些细碎的皱纹。我拉了把椅子坐到了他对面，只见他正在一个本子上写着什么，也和从前一模一样，我简直怀疑这中间的十年其实根本不存在。桌上还摆着一把白瓷酒壶，一只酒杯。他略一沉吟，从柜子里取出一只柿黄色的天目杯，用手托着，小心翼翼地吹了吹，从酒壶里给我倒了一杯酒，翘着小拇指把酒杯推到我面前，一片花瓣落下，刚好飘落到我的酒杯里。他微微笑着说，春梦秋云，聚散真容易。我说，我记得你从前不喝酒吧，现在也开始喝了？他脸色雪白，目光远远地看着我说，劝君莫做独醒人，烂醉花间应有数，这是玫瑰汾，用玫瑰花泡出来的汾酒，很雅致，你闻，有玫瑰花的清香。

他的话忽然比十年前多了很多，不只是多，这些话还好像都戴着礼帽，穿着西装，或涂着脂粉，摇着扇子捂住嘴角浅笑。因为写作的时候总是要用文学性的语言，出于补偿，我平时说话都是能怎么糙就怎么糙。我不愿听下去，但还是做出很有兴致的样子说，好啊，今晚咱俩就喝点，有十年没见了吧？你这里有没有下酒的？他往桌角指了指，下酒菜是一只削了皮的梨。他解释道，花生还得剥皮，粗俗了些，肉食又有味道，不够洁净，不如这雪花梨，清甜干净，配玫瑰汾的花香倒正好。

我刚端起杯子，他忽然又小声说，你不欣赏一下酒器吗？喝美酒是要讲究酒器的，这天目杯堪称美器。喝下去一杯酒，他用小刀削了一块梨给我，我接住塞进嘴里，一边悄悄打量着他。他虽然看起来老了一点，但从头到脚还是那种过度的崭新感，他的皮鞋永远纤尘不染，镜子一样明亮，简直让人怀疑他的鞋不是用来走路的。那时候，他总像一件新打出来的家具，崭新僵硬地立在某个角落里，万一哪天他忽然多说了几句话，又会让人觉得害怕，仿佛暗中设下了什么圈套。

我想起那时候，单位里流传着不少关于游小龙的传闻，说他如何节俭，当年他在县城里没有房子，为了能省下房租，他硬是在逼仄的杂物间里和拖把扫帚一起住了几年。如果单位食堂的伙食哪天好一点，他自己就不吃，用饭盒装起来，带回家里去。他一年四季就那么两三套衣服，夏天永远是白衬衣黑裤子，春秋加一件黑西服，冬天再加一件黑色羽绒服。但他极爱干净，衣服洗一遍自己熨一遍，一点褶子都没有，永远像新的一样。

那时候，我们两人都是沉默寡言的人，又都揣着点文学梦，所以看着对方总觉得像看着镜子里的自己，总是忍不住要偷偷观察对方。在我印象中，我们只有过两次近距离的接触。有一次，我们被派到一个乡镇做捐书活动，在乡政府做完捐书仪式，我看到他顺手把一支放在桌上的圆珠笔装进了自己包里，一支圆珠笔而已，我假装没看见。在回去的路上，他一语不发，只是扭脸看着窗外，脸色有些难看，我以为他是身体不舒服。第二天他请假要再去那个乡镇一趟，因为是个人私事，他坐着城乡公交车，中途又换了一趟公交车，半天时间才到那个乡镇，紧接着又用了半天时间慢慢返回来，等他回来了我们已经下班了。我实在忍不住好奇，在楼道里碰到他时，便问了一句，你又去那乡镇上干吗了？

他看了我一眼，径直从我身边走了过去，这在我的预料之中。我止准备走开时，忽听见他在我身后说，我把那支笔送回去了。我扭脸看着他，他也看着我，他的目光在昏暗的楼道里变得很亮，像刚刚擦拭过一般，语气里也隐隐浮动着一层光亮，他的话猝不及防地就多了起来，他说，昨天我也没有多想，下意识地就把那支笔装进了自己包里，大概是因为觉得它不是什么值钱东西，拿回去也可以用。它确实不是什么值钱东西，可是拿了这支笔，我一夜都没睡着，我必须得把它送回去。

我站在那里，迟疑了片刻才说，其实没有人会在意的，只是一支圆珠笔而已。

他对着我慢慢绽开了一个笑容，同时又满足地叹息道，就是因为只是一支不值钱的圆珠笔，我才必须得送回去。

我们之间从没有说过那么多的话，简直要把我吓住了。

还有一次，也是我和他一起去下乡，下午返城的时候，单位的车没空来接我们，而最后一趟公交车已经过去了。他忽然想起来手机里存着一个出租车司机的电话，便赶紧给那司机打了个电话，对方爽快地答应了，声称二十分钟后来村口接我们。结果，我们一等等了两个多小时，直到天完全黑了那出租车才到。坐上车之后游小龙忽然大发雷霆，用普通话冲那司机大喊道，说好的二十分钟，怎么能让我们等两个多小时，你还有没有一点信用，人不讲信用还有什么意思。那司机忙赔着笑说，今天是我不好，本来都准备过来了，忽然有事又返回去了，这样吧，我就少收你十块钱，你也消消气。等到下车的时候，游小龙果然少付了十块钱。

出租车开走了，我们呆呆站在路边，谁都没说话，也没有离开，我点了一根烟，也递给他一根，他从不抽烟，本以为他会拒绝，没想到，他接过去，很笨拙地抽上了。他抽得很快，几口就把一根烟抽完了，倒好像是大口吃下去的。抽完一根烟，我小心翼翼地说，不早了，我先回家了，你回单位？他扔掉烟头，使劲踩灭，忽然说，我要去找那出租车司机。我诧异道，又怎么了？他一边往前走一边说，我得把那十块钱还给他。

如今，他不只是话多了，连酒量也变大了，好像整个人忽然变大了一号。我正不知道该从哪里说起，忽听见他笑着说，故人重逢真是人生一桩快事，我一定要敬你几杯，不知怎了，这两年我开始怀念从前，想起那时候下班之后，你见我还在办公室里坐着，你便也不肯走，像是一定要和我比赛一样，那时候觉得你挺可笑，现在想想，倒觉得有种无邪之美。

我什么都没说，只是靠在椅背上，对他宽容地笑了笑。只听他又说，现在我总是会想起那些从前的美好，我以前不喜欢和人讲这些，讲了也没人懂。我上大学时有个室友，很有些风度，别人学习之余会去打打篮球什么的，他不同，他有闲的时候就作几首诗，或是自斟自饮几杯，借着酒兴赏月或吟诗，真正是个风雅的人。我记得有一次，我和他一起坐着公交车去看电影，公交车里挤得水泄不通，连站的地方都没有，又是大夏天，我们身上的衣服很快都湿透了。就在这个时候，我们身边站着的一个女人手里拎着的一桶菜籽油忽然爆炸了，可能是温度太高的缘故，溅出来的油正好喷到了我们两人身上。你猜怎么？那么拥挤的车厢里立刻给我们两人让出了一个圈，我们俩油光满面地站在那个圈里，身上还不停滴着油，一边享受着人群让给我们的某种特权，一边高声谈论着诗歌。下了公交，我们就那么淋着一身油进了电影院，从容看完了电影，又淋着一身油走出电影院，再次上了公交车。我们很油腻很骄傲地站在别人专门为我们让出的领地里，兴致勃勃地讨论着博格曼和塔可夫斯基，不知不觉就到了学校门口。尽管从不联系，我却时常会想起他，这样风雅的人如今不多了，我心里很仰慕他。

我感觉我们两个像站在剧场里的话剧演员，背着台词，追光灯正好打在我们头上，四周一片寂静，没有一个观众，难免觉得古怪。我呆坐片刻，便转移话题道，你这是在加班？他捡起一片花瓣放进自己杯子里，闭上眼睛闻了闻，冷笑一声道，加班又有什么意思？其实早在八世纪，人们就已经开始在高官和隐士之间寻找一种平衡了，这种平衡一直延续在中国的传统文化中，从未中断过，大隐隐于市，小隐隐于野，中隐入丘樊，我可算中隐。

他喝下一杯酒，也不用下酒菜，抿抿嘴唇，傲然靠在椅背上。

我只好又转移话题道，你们小区的名字倒是挺有意思的。他又冷笑着说，是你不明白，大山有大山的文化，平原有平原的文化，文化这个东西，处处都有，可别以为只有城市才有。其实深山里的村庄都有这样的嗜好，越小的村庄越喜欢在自己的名字前面冠上一个“大”字，以显示某种气派，像阳关山里的大游底，大岩头，大石头，大水，人塔，其实都不过是几户人家的小村庄。比大塔村海拔更高的一个村，是一个独家村，只住着一户人家，却取名叫塔上村，大概当初暗暗发过誓，在气势上一定要盖过大塔村。虽然我们整个大足底村都从山上迁移下来了，但村名肯定是不能改的，如果连村名都改了，村民们就彻底没有身份感了。

第一次听他如此磊落地说自己是山民，我心里很是诧异，只记得他从前很避讳提这个。我点点头，说，也算好事，省得你在县城里买房了。他又给我倒酒，半只嘴角翘起来，微微笑着说，你敢确定是好事？我说，现在的姑娘们找人结婚，都是先看对方有没有房子，对了，你早成家了吧？他又冷笑一声，说，成家做什么，一个人多清静。我一听这语气，忙说，一个人确实清静自由，这不，我也没成家。话音一落，我忽然感觉到，我们不约而同地都轻松了一些。

梅瓶里的桃花又簌簌地落下去几瓣，我看着那些花瓣，感觉它们像一种静谧且艳丽的时间。这时候他像忽然想起了什么，嘴角还高傲地笑着，把桌上的本子慢慢推到我面前，说，你现在不是变成作家了吗？来，作家，看看我写得怎么样，我也想写本书，我要把整座阳关山都写进书里去。

我大惊，说，你怎么知道？同时，因为他用了"变成"这个词，我眼前立刻出现了一只大飞蛾从茧里爬出来的笨拙情形。他把一条腿搭到另一条腿上，微微有些得意地打量着我，半天才道，你这些年出的每本书我都买来看过，虽然卖得不怎么样，但我觉得有些地方写得也还行吧。

我假装没听到他在说什么，拿过那本子，只见上面用钢笔记得密密麻麻的，有点像高中生的笔记本。

　　从前我在大山里生活的时候，只以为阳关山里的方言是世界上最土最笨的语言，被遗弃在与世隔绝的深山里，后来我才慢慢明白，我们的语言里其实残留着几千年前的远古文明，夹杂着匈奴等少数民族的游牧文明，我们的语言像大山里的那些沉积岩，一层一层累积下来，又经受了几百万年里地壳运动的断裂，低谷变成高山，高山化为海底，它就是时间沉淀下来的文明本身。

　　在大足底，把"天"叫"乾"，把"月亮"叫"月明"，把"星星"叫"星宿"，把"没听说过"叫"未见其"，把"吵闹"叫"聒噪"，把炒菜锅叫"吊子"，"吊子"是古代一种罐状器皿。我猜测这都是一些流传下来的古音，因为大山里的山村都是很封闭的，而这种封闭性正好能把一些上古的东西完整保存下来。大足底还有一个特别的叹词"兀得"，一般用于前缀，没有实际意义，后来我才发现这个词是从蒙古语里出来的，可能与当年匈奴在这阳关山上的活动有关。

　　再比如"狮子搏肚"这个奇怪的词我从小就耳熟能详，连村里不识字的老汉老太都喜欢用这个词来形容人的勇猛。后来我忽然想到，他们所说的"狮子搏肚"应该是"狮子搏兔"的误传，应该是很久以前的一个读书人把这个词带到大足底的，虽被读错了一个字，但从此却流传下来。"押韵"也是我从小在大足底听惯的一个词，用来形容一个人不识好歹或阴阳怪气，后来我细细一想，这个词在大足底应该也是一个舶来品，恐怕最早是用来嘲笑某个格格不入的读书人的。再比如说一个人忽然明白了什么，就用"地懂"或"地醒"，这些词里折射出先民对土地的崇拜，是典型的农耕文明的产物。

还有一些山民自己发明的四字常用语，极其形象，甚至带有画面和色彩，形容一个人喜欢串门就用"刮达流西"，形容老年人气色好就用"红花木古"，形容一个人精力充沛用"五脊六兽"，形容一个人有气无力用"死妖害命"，形容一个人满不在乎时用"扬长五道"，这神态，多潇洒。形容一个人说话不爽快用"以以人人"，好像在模仿女人的说话声音，有一种韵律上的迟疑和反复，一个人含羞的神态就出来了。

我一时猜不透他让我看的用意。我想到我离开之后的这些年里，他也许每天晚上都要趴在这里写点什么，却可能至今没有发表过一个字。我曾听一个做编辑的朋友说起过，有个老汉经常去他们编辑部，每次去了都拿着自己厚厚一摞手写稿，很神秘地对他们说，这部小说马上就要获诺贝尔文学奖了。我踌躇了一下，还是对他说，等你什么时候写完了，我倒可以试着帮你介绍到出版社去，但也只能是试试。这时候只见他慢慢地笑了，那种笑容打开得很缓慢很用力，散发着金属的味道，简直有点可怕。他笑着说，不必，我的书不需要出版，因为这本书压根儿就不是写给人看的，是写给阳关山上的鸟兽草木的。就像古人，最好的文章都是用来祭天的。

我也笑笑，一时无话，我们便又默默喝酒。我想起多年前守在我们办公室里的那两盏灯光，那时候，我们谁也不敢先灭掉自己那盏灯，多少有些相依为命的意味。我心中不由得伤感，却见他只是专心致志地削了一块梨，塞进自己嘴里，慢慢嚼着，直到嚼完才闲闲地问了我一句，对了，你那天去我们小区是不是要找什么人？你要找谁可以问我，我们都是一个村的。

我心里忽然觉得有些奇怪，他并不是一个热心人，却为什么对我去找谁这么有兴趣？我敷衍了几句，没有没有，我那天就是瞎溜达着玩的。他好像不放心，又补充了一句，你要找谁真的可以问我。尽管他的神情很镇定，但我还是感觉到了他语气下面隐隐约约的急切。我一时有些摸不准他的用意,他是怕我在这小区里认识什么人? 还是希望我在这里认识什么人? 我不好多问,他也没有再说下去。

我的好奇心更重了,第二天,我又来到了大足底小区门口。这次看得更仔细了些,只见小区门里蹲着一只风化严重的石狮子,一头卷发,瞪着两只失神的大眼,像只苍老的看门狗一样。正对着门口摆着几个圆形的石磉子,一群山民正坐在门口晒太阳,有男有女,都穿得黑压压的,像一群栖息的大乌鸦。我也凑过去,坐在旁边看热闹。原来他们正在研究那几个石磉子,很激烈地争论石磉子到底是什么材料做成的,又互相猜测石磉子到底有多重。然后男人们排着队,一个一个走过去轮流抱石磉子,看谁能抱得起来。

我正在观看,旁边有两个壮汉忽然抱在了一起,嬉戏打闹起来,你撞我一下,我撞你一下,像两头站立起来的熊。众人笑嘻嘻地围观着,并把其中厉害的那个称为是"狮子搏肚"。我吓了一跳,我第一次看到一个词语在我面前现出了形状,就像一个透明的魂魄忽然长出了面目。打闹了一会儿,其中一个壮汉想去旁边撒尿,还要把另一个也捎上,好有个做伴的。于是两条大汉搭着肩膀嘻嘻哈哈地一起去几米外的地方,解开裤子就撒尿。门口坐着的女人们捡起地上的石子和烂菜叶,一边笑骂一边往他们身上扔。两条大汉也不躲闪,头上顶着烂菜叶,还在比谁的尿程射得更远。

我注意到人群里有个五六十岁的女人,长着一双奇异的眼睛,很大很亮,里面装得满满的,整个人却极安静极轻盈,连点脚步声都没有,简直像缕青烟一样。她总是半低着头,趁人不注意又悄悄抬起头,眼睛闪闪发光地看着别人,她朝我偷偷看了一眼又赶紧把目光移开。我发现她像喜鹊一样,极喜欢亮晶晶的东西,一看见闪亮的东西就悄悄扑上去,左看右看,喜笑颜开。隔一会儿,她就走到门口的垃圾箱旁边,埋头翻找半天,捡出别人扔的空瓶子和纸盒子,装进一只蛇皮袋里。一旦翻出什么亮晶晶的东西,比如半截镜子,一只玻璃瓶,她就会眉开眼笑地举起来,对着阳光左看右看,爱不释手,咧开的嘴巴里不发出一点声音。她还扎在人堆里专心寻找亮晶晶的纽扣,一看见谁衣服上有发亮的纽扣,就眉开眼笑地凑过去,趁人家不注意伸手摸一下,过会儿再偷偷摸一下。看到男人们腰上挂的钥匙串上有一把亮晶晶的指甲剪,也会凑过去看了又看，摸了又摸。

我忽然意识到她可能是个哑巴。

大约是因为门口的石礅不够坐，他们从自己家里抬出了破沙发、破椅子，一字摆在门口，还有人搬出了一面破鼓当椅子，还有的人垒了几块砖头，也能勉强算把椅子。这样看起来，小区门口倒有了点沙龙的味道。我发现他们聊天的内容主要是围绕着阳关山。

"那年文谷河里漂下来一段好木头，额想着赶紧捞上来，打个家具用用，结果搬起木头一看，木头下面还压着个死人，眼睛半睁半闭地看着额，死人是抱着木头漂下来的，脑袋肿得有南瓜那么大。额是谁？额才不怕它，额把那段木头打了个桌子，到现今还用着。"

"那死人就住在桌子底下，没看见？"

"额还怕个死人？倒是你，杀了那来多野猪，不怕下辈子投胎成猪？"

"投胎成猪又如何？额那年在山药（土豆）里埋上炸药，结果一头三百斤的野猪过来吃了，半个头都被炸掉了，那头猪可吃了额半年哪。还有一回额跟着一只豺，想把它捉了吃，结果找见了一只狍子，是那豺捉到的，把狍子藏在自己洞里，额就把狍子背回去，做了顿狍子扁食，啧啧，满嘴流油。"

"等你投胎做了猪，额也好好包顿猪肉扁食。"

"你等下辈子吧。额有一年还捉住了一只狐子（狐狸），从嘴上开始剥皮，额是什么手艺，整个狐皮剥卜来都是囫囵的，额就做了个标本摆在炕上，外人进来一看，呵，呵，狐子都上你家炕了呵。"

夕阳开始慢慢落山，光线变得迟钝而柔和，一个枯瘦的老汉披着一身霞光回头看了看落日，脸上被染得金光闪闪，他长叹了一声，又把一天用完了呵。众人如石像一般，沐浴着晚霞，都久久不动。只消片刻，落日便完全坠入山谷，暮色变得苍茫起来，众人陆续起身，开始慢慢回巢。

2

我再次走进游小龙办公室的时候，他又趴在桌上奋笔疾书，旁边摆着酒壶和酒杯。桃花大概已经谢掉了，梅瓶里换上了一枝白丁香，花香馥郁，比桃花的香味要黏稠很多，闻多了让人觉得有些眩晕。

他见我进来，忙起身给我倒酒，我说，又写着呢？他把本子推到我面前，翘起一只小拇指，颇有些得意地说，你来看看，这些阳关山里的动物有意思不？

　　阳关山上最常见的动物有麝香、獾、狼、花豹、野猪、蛇、花鼠。麝香自带着香囊，但属于进化很慢的动物，性格又孤僻，一般生活在悬崖峭壁上，如避世的隐士。它们的饮食习惯很奇怪，喜欢吃苦辣的针刺，我猜测，喜欢吃长刺的植物，可能是因为吃的时候会有某种快感。难道有点像人类的卧薪尝胆？时刻提醒自己一种不安全感的存在？

　　花豹也属于进化很慢的动物，阳关山上，二十平方公里之内只能容得下一只花豹，它们是地盘感极强的动物，很骄傲，也很孤独。花豹一般不会去吃山民的家畜，一来是不屑于吃蠢笨的家畜，二来是怕山民会报复，只有生了孩子的母豹无法走远捕猎，会贪图方便去吃家畜。它们的习惯是先喝血，再吃内脏，最不好吃的肉，也是最容易保存的部分，它们会刨个洞埋起来，储存着慢慢吃。只要有人的地方就看不到花豹，它们会尽量躲着人，追踪花豹的最好时机是在雪后，因为它们会在雪地里留下脚印。

　　我爷爷曾经遇到过一只花豹，那个黄昏他在山腰上种完地，在回家路上觉得累了，决定歇歇脚，便坐在石头上点了一根烟。刚把烟点上，一只喝完水的花豹就走了过来，他们面对面地僵持住了。对峙了不知多长时间，谁也不敢动，最后还是那只花豹一声不吭地先扭头走了。等花豹走了之后他才发现嘴唇上已经被烟头烫起了一个大水泡。他回去之后还神不守舍了一周时间，谁叫他都听不见，一天只吃半个馒头。这是因为与花豹对峙时精神太紧张的缘故，没缓过来劲儿，一周以后才慢慢正常起来。

　　有花豹的地方就没有狼，但我小的时候，山上还是有狼的，不过阳关山上的狼并不是土著，大都是被蒙古草原赶出来的孤狼。狼是很讲究科学的动物，为了避免近亲繁殖，狼群会把所有的小公狼赶走，有的小公狼走的时候会顺便拐走自己的妹妹，兄妹兼夫妻俩从此浪迹天涯。还有的就彻底沦为孤狼，孤狼太孤独，没有伴侣和孩子，心理也脆弱，多活不久，真是和人类一模一样。

獾很喜欢一大家子穴居在一起，它们的洞穴特别有意思，有卧室有卫生间还有储藏室，布置得整整齐齐，就差添置几件家具了。冬天的时候，獾是要一大家子集体冬眠的，男女老少都睡成一团。山里的蛇也要冬眠，也是一大家子睡在一起，冬眠的时候，大蛇睡在里面，盘成一个大饼，小蛇在外面缠在一起相互取暖，小蛇因为脂肪不够，很多都过不了冬天。

野猪也是阳关山上最常见的动物。野猪很凶残，一只野猪死去了，尸体很快会被同伴吃掉，公野猪长到十岁才开始长獠牙，两百斤以上的野猪才能拥有一口向上卷起的獠牙，阔气得很，所以獠牙是野猪身份和资历的象征。小野猪都是由母亲带着的，公猪单独活动，母猪还会和其他母猪生活在一起，像闺蜜一样，共同抚养它们的孩子，所以野猪的世界还处在母系氏族社会。

山上所有的动物都能看得懂星宿，星宿是它们判断节气的重要标准。

我说，有意思，原来动物也能看懂星宿。他端起酒杯小啜了一口，然后用端庄的普通话说，我早就发现了，这大地上所有的生物都能看懂日月星辰，就连天上的候鸟，也是靠着星辰来分辨方向的。荷尔德林的诗中说，大地之上可有尺规？绝无。其实他说得不对，天地之间永远不缺尺规。

已经很久没有人这样和我说话了，我有些不适应。我面带微笑，下意识地往周围看了看，就像是怕周围有什么人会听到我们说的话。他好像并没有注意到我的微笑，准备继续说下去的时候，我忽然打断了他，我说，你为什么一定要用普通话呢？阳关山的方言我也能听得懂，我觉得我们用方言说话，会更自然一点。

他停住了，有些吃惊地看着我，然后又慢慢转头看着一个角落，沉默了很久，他对着那个角落说，我觉得用方言表达一些东西，会给人一种羞耻感，比如我说星空之下人会觉得自己渺小，这样的话就不适合用方言讲出来。还有的话即使用普通话讲出来也还是会觉得羞耻，那就只能用诗，只能用诗把它写出来。其实，我还写了很多诗，不过，这些诗也不是写给人看的，都是写给山里的鸟兽草木看的。

我笑道，看来你这些年也写了不少东西啊。他沉默不语，盯着一个角落，脊背挺得直直的。我自觉无趣，又补充道，其实出书不重要，写自己想写的就好。半晌，他才对着那个角落说，我不过是写着玩的，有个问题我倒想请教你一下，你们作家会不会把认识的人都写到小说里？

我忙说，千万别叫我作家，我就是混口饭吃。他微微一笑，起身给我倒酒，然后看着我的眼睛说，你是不是打算把我也写到小说里？我一惊，怎么可能。他忽然大笑了起来，说，哪天你要是真把我写进小说里了，一定要让我看看，我看写得像不像。我正不知如何应答，却又见他收起笑容，正色道，你来我这里不就是为了找素材吗？我是真的希望能被你写进小说里。说罢朝我晃了晃酒杯，把一杯酒一饮而尽。

屋子里的空气忽然变得有些紧张起来，我心里咯噔一声，却还是努力笑着说，我就是过来找你聊聊天。他又独自饮下一杯酒，然后慢条斯理地说，我原来以为你去我们小区是找什么人，后来我想，你可能是想找点小说素材。我们那小区是移民小区，和别的小区都不一样的，山民的性情和你们平原上的人也不一样，素材挺多，就是不知道你想找的是什么样的素材，说说看嘛。

我想，他可能在试探我，看我对这个小区到底了解多少。这不太正常，从悬疑小说的逻辑来看，他如此戒备，应该是知道关于这小区的某个秘密，或者，他本身就离秘密很近很近。

我正坐在那里发呆，忽见他又站到我面前，给我倒了一杯酒说，你好歹也是个作家，我再请教你个问题吧，你说我们这些山民到底是从哪来的？最后又会到哪里去？不是只有柏拉图才能问这样的问题，对吧？

周末，我再次来到大足底小区的门口，小区门口照例黑压压坐着一片人。墙根下阳光煦暖的地方陈列着一排老人，姿势和表情都一模一样，满脸金光，看着像一排庙里的塑金菩萨，都把两只手笼在袖子里，牛一样的目光慢慢反刍着什么。你觉得他一直在盯着你看，看得你都有点害怕，同时又觉得他压根儿就没看见你，因为他们的目光是空的。我走近了才发现，他们的嘴唇正在一张一合，原来正在小声聊天。

"人家你是发财了吧，看抽的这好烟。"

"少聒几句，抽吧，人能有几天好活？"

"你说什么时候天就塌下来了？塌了把所有的人都埋住算啦。"

"你少聒，额现在每天晚上睡不着，两三点就起来听猫儿打架，猫儿那吊客，半夜叫得瘆人，黑夜喝半斤酒都不顶事啦，最少得喝一斤，额每天四点就到街上溜达，街上连个鬼都看不见。"

"额在山上半年花不出去一分钱，在这山下倒好，哪天不花钱都木办法活。"

"现在连候儿们（孩子们）上个学，花钱都霸气得很哪。"

"候儿们在山上连学也没得上，如何考大学？将来又如何吃婆姨（娶媳妇）？"

"额不稀罕这楼房，整天把人圈起来，额一个人回山上去住呀，山上气宽。"

"回呀，回呀，不回的是王八。"

"回就回嘛，看到底谁是王八。"

旁边坐着几个女人，正围在一起绣花，现在已经很难看到绣花的女人了，猛地看到，又有些怀疑她们的真实性。她们在绣一堆花红柳绿，鲜艳的颜色浮动在黑压压的人群之上，像一群举止欢快的小孩。这些女人的手上都戴着闪闪发光的大戒指和大手镯，似乎要把整个家底都披挂出来，再加上那些鲜艳的刺绣，使这群女人看起来个个都富丽堂皇。我后来才意识到，她们把所有的家底披挂在身上，是怕被平原上的人看不起。

一个满脸皱纹的傻子把自己当马骑，正拍着自己的屁股，欢快地在人群中跑来跑去，看看下棋，看看绣花，不时又跑到垃圾箱旁边看看可有能捡的东西。

女人们旁边是一群男人正围着一张棋盘，两个下棋的人，一个光头坐着，一个戴帽子的蹲着，在他们头顶围着一圈黑压压的脑袋。光头刚拈起一匹马，周围立刻叫声一片，走炮，快走炮。走车，赶紧走车。话音未落，又有十几只手同时伸过来，七手八脚地帮光头走了一步棋。人群中立着一尊方脸大汉，体型壮阔，两只手一直插在裤兜里，只是站在旁边冷眼看着棋路，并不出手，也不插话，稳如一座铁塔。稀里哗啦的几步棋之后，光头被打得落花流水，光头恼怒地抬起头，对着上方的一圈脑袋骂道，聒什么聒，长了一脑袋的嘴。

棋重新摆好，方脸大汉忽然一把推开光头，自己亲自上阵，他既不坐也不蹲，而是立在那里下棋，看上去极其威武，打了个丁字步，目光稳稳垂下，扣在棋盘上，依旧把两只手都插在裤兜里。对方跳出当头炮，周围又是叫声一片，走马、走炮。他并不急着走，沉吟半晌，终于从口袋里掏出右手，稳稳地走了一步炮。我一怔，倒吸一口凉气，那只手坚硬凶狠，并不像一只手，倒更像一只铁钩。那只手上只剩下一只大拇指和一截小拇指。

我后来发现，在大足底小区，这些局部的残疾和残缺都会被无视掉，没有人把他们当残疾人看待。甚至连那个跑来跑去的傻子，他们也只是把他当成一个孩童，有时候还递给他一块糖吃。

看棋的观众里，有人尿急，便嘱咐周围的人给他留着位子，他火速去解决一下。然后，我看到他跑出人群，跑到墙根下，那里正陈列着一排晒太阳的老人。他就在离他们一米远的地方撒尿，而那些老人依旧眯着眼睛晒太阳，好像压根儿没看见他。那排老人里有几个是老妇人，每个老妇人嘴里都叼着一根烟，正坐在那里吞云吐雾。不知是谁的手机忽然叫了起来，一个老妇人跟着音乐缓缓站了起来，两根手指夹着烟，嘴里嚷道，吓死额了，这是谁的手机在聒？没人吭声，手机还在哇啦哇啦地叫，那老妇人站着愣了半天，又抽了一口烟，忽然像想起了什么，把手机从口袋里徐徐摸了出来，很不相信地说，是额的手机在聒？

在人群的正中间坐着一个瘦小干枯的老汉，戴着一顶灰色的八角帽，穿着半个世纪前的中山装，眼睛浑浊发黄，嘴里叼着一杆一尺多长的黄铜烟枪，烟枪下吊着烟袋，右手上佩戴着一块巨大的手表。他不时高高抬起胳膊，凑到眼皮子底下，看看那块大表上奔跑的时间。这时，不远处的垃圾堆上吹过来一截红布绳，老汉看到了，浑浊的眼睛倏地亮了一下，站起来，健步向那条红布绳走去。他身上不知什么地方竟挂着铃铛，走路的时候叮当作响，像圣诞老人坐着雪橇过来了。他捡起那条红布绳，绑在了自己腰上，摆了个很威风的姿势，嘴里说，额来给你们打一段丰收鼓吧，在山上，一到过节就打鼓，一打鼓人也快活。说着便蹦蹦跳跳地开始打一只想象中的鼓，众人只是笑嘻嘻地看着他，并不上前阻拦。

我担心他会摔倒，便上前搭话，老人家你小心点，多大岁数了？他淡淡地说了一句，八十八啦。因为说得太淡了，反而显得他很骄傲，我惊讶道，八十八了，好身体啊。他兴致勃勃地挥舞着红布绳说，额早就在等死啦，连棺材都割好二十年啦，那可是一口好棺材呵，柏木的，可惜下山的时候送了亲戚了，说是楼房里没地方放棺材呵。额就等额老婆来叫额啦，活一天算一天，她一来叫额，额拍拍屁股，跟着她就走。

我说，你老人家下山后适应不？他停下打鼓，慢慢眨了眨浑浊的眼睛，一边摸出烟枪点着一边说，山下倒是有楼房，可额在山里住了一辈子了，一抬头看见的都是山，结果搬到这山下来，周围都是平地，搞得额每天头晕。山下的时间是真难熬哪，额每天八点半就睡觉了，半夜两点半就起来了，起来就抽烟嘛，一边抽烟一边听收音机，额有两台收音机，额就都打开它，放在一起听，热闹得很。

我注意到有些人从小区里出来，专门跑到小区旁边的野地里解个手，然后又晃回去了。我心想，莫不是他们用不惯马桶？还是为了省水？这时候有更多的人陆陆续续地从小区里走出来，涌到了小区门口，每个人手里都抱着一只西瓜大的碗，碗比头还大，埋头吃饭的时候，头几乎要掉到碗里去。原来是午饭时间到了，捧着大碗的人或坐或站，边吃边聊，门口变得像集市一样热闹。原先坐着的人陆续开始往回走，说是回去拿饭，估计回家捧个大碗还会再下来。

这时候我一扭头，正好与身后一个人打了个照面，再一看，竟是游小龙。

3

他看见我先是一愣，然后便做出很高兴的样子，上前道，作家，这是又过来找素材？

我就怕在小区门口碰到他，结果还是撞上了，有种莫名的心虚，感觉自己像做贼一样。我不自在地笑道，你才是作家，我就是出来瞎转悠，在家里快憋死了。只见他在家门口居然也像在办公室里一样，穿得一丝不苟，白衬衣扎在黑裤子里，戴着眼镜，皮鞋锃亮，站在一群黑压压的山民里显得有些格格不入。我惊叹道，小龙啊，你怎么在家里还穿得这么正式？他正色说，慎独是一个人对自己起码的道德要求，在有人的地方和没人的地方都是一样的。说完，他忽然上前一步，笑着拍了一下我的肩膀，问道，建新，你到底想找什么样的素材？不能透露一下？我看我能不能帮上你，这小区其实就是我们村，那门房就是村委会，村里的事情我基本都知道。

他的动作来得很突兀，还有几分狎昵的感觉，我感觉到，这狎昵的下面隐隐藏着些紧张。和他的眼睛对视了几秒钟之后，我下定决心要试探他一下，看看他的反应如何。于是我悄声说，你听说过这个事没，前段时间有人在山上被杀了，死的是我小学同学，叫杜迎春，因为被毁尸灭迹，一直也破不了案。我听说她死前还处着一个男朋友，好像就住在你们这个小区，我就想着能不能找到这个人，看他是不是知道些关于杜迎春的事情。

他脸色倏地一变，十分震惊地问道，居然有这种事？我冷静地看着他，他表现得过于惊讶了些，但也许他自己并没有感觉到。再者，就在一个馒头大的县城里，怎么可能完全没有听说过此事。顿了一顿，他又补充道，像这种杀人案，被杀的还是女人，大概不是为情就是为钱，写到小说里是不是有点低级？我说，我写的东西本来就不高级。他便微笑着，又拍了拍我的肩膀，说，这个我真帮不了你，不过也好办，你就多过来几趟嘛，说不定就有了什么重要发现。一听这话，我连忙解释，我又不是公安局来破案的，你也知道，我就是找点小说素材。他笑着点点头，当然，我也是读过不少小说的人，小说就是一种虚构的艺术。

我正要走却又被他拦住，说既然都到中午了，就顺便去他家吃个午饭，顺便认认门。我推辞了一番，他忽然打断我，不容置疑地说，我们好歹也是故人一场，何必这么客气。我只好答应下来，但心中却有些忐忑不安，毕竟，我之前从未走进过这个小区。他又顾盼着左右说，等一下，我把我妈也叫上，午饭我已经做好了，本来是下来叫她吃饭的。

他带着那个大眼睛的女哑巴走到了我面前，很郑重地向我介绍道，这是我母亲。然后向女哑巴打了个手势，女哑巴偷偷看了我一眼，也用手势和他说着话。周围忽然静下来，只有他们的手势上下翻飞，这使他们看起来像某种鸟或昆虫，扇动着翅膀，轻盈异常。当他再次转向我时，已收起翅膀降落下来，忽然间又有了声音，我母亲很欢迎你去我家做客，粗茶淡饭，还请你不要介意。

小区里十分简陋，几栋灰色的楼房，一座破败的水泥凉亭，里面堆满了老人们捡来的破烂。他家是六十多平方米的两室一厅，简单地装修过，摆着几件劣质家具，一只柜子上摆着各种颜色的玻璃瓶。白色的地板干净极了，像湖泊一样，能映出我们瑟瑟的倒影。两间卧室，一间敞着门，一间关着门，那扇紧紧关着的门看起来有些神秘，我也不好多问。只见母子二人又用手语讲了半天话，屋子里安静得有些吓人，又因为上下翻飞的手语，感觉屋里好像站满了人影，透明的没有面目的人影。我心里还是有些不安，悄悄朝那扇关着的门看了几眼。

女哑巴凑到我面前，抬起眼睛，怯怯地仔细地看着我，我猜测她可能是在看我的眼镜，因为我记得她特别喜欢亮晶晶的东西。她仔细看了我一会儿，忽然咧开嘴对我笑了一下，然后指了指自己的嘴巴，又指了指门，便从那扇门里跑出去了，连一点脚步声都没有。游小龙一边给我倒水，一边说，来，喝点水，我先给你解释一下，这也是山地文化的一部分，因为闭塞，山村里近亲结婚的就多，所以哪个村都有几个傻子，傻子们最是自由自在，经常从一个村窜到另一个村，山民们一般以大足底的傻子，大游底的傻子，这样来区分他们。又因为山里医疗条件不行，所以哪个村都有一两个脑膜炎留下的哑巴或聋子，聋子听不见，最后也会变成哑巴，我母亲就属于这类。

我不知道他居然是被一个哑巴母亲带大的，难怪他从前话那么少，但现在忽然又变得话这么多，好像在恶狠狠地补偿自己的过去。我一时不知道该说什么，只是局促地坐着，他又说，你喝点水啊，给你加了蜂蜜，山里的野蜂蜜。我便拿起杯子喝了一口水，听到自己喝水的声音极大，轰隆隆地回荡在客厅里，竟把自己吓了一跳。我说，好喝。我们又沉默了片刻，我再次朝着那扇门悄悄看了一眼，我感觉那门后一定藏着什么。他忽然很客气地说，如果你不介意的话，我们就开始吃午饭吧，你有没有什么忌口的？

我有些厌恶他过度的礼貌，连忙摆手道，没有没有，我这人糙得很，吃什么都行。他坐在椅子上，叉着两只手，字正腔圆地说，在吃饭前，我还是先给你解释一下山民们的饮食文化，我也是后来想明白的，到底什么是文化，其实衣食住行都是文化。土豆是山地文化的重要象征符号，已经远远脱离了食物的范围，只要家里还有土豆，山民们心里就无所畏惧。土豆也是山民们一年四季的主要食物，从山上搬到平原上之后，山民们的吃食仍然保持着山上的习惯。山民们可以把土豆做出几百种花样都不止，而且一天都离不了土豆，基本上是顿顿要吃土豆，今天中午我们吃炒"恶"，其实"恶"也是用土豆做成的一种食物，来到山民家里就入乡随俗，就是不知你能不能吃得惯。

我忙说，可以可以。他端上来两碗所谓的"恶"，我一看，原来就是把土豆淀粉蒸熟切成块，又和青红辣椒炒到了一起，便笑着说，看着倒也普通，只是这名字起得怪凶的。他做了个请的姿势，道，山民们一向把有本事有能耐的人称为"恶"，把这食物也取名为"恶"，估计是因为当年刚发明出来的时候给了山民们不少惊喜。

我想，他确实和从前不同了，从前他最怕别人提到山民二字，现在却是一口一个把山民挂在嘴上，唯恐别人不知道他是山民。

这时候，女哑巴推门进来了，手里拎着豆腐干和猪头肉，她把两样吃食切了盛到盘子里，推到我面前，一边无声地笑一边指着我的嘴巴，她居然还朝我做了个鬼脸。游小龙抱歉地说，哑巴不会说话，面部表情就比常人丰富些，她觉得你是客人，所以一定要出去买两个菜来招待你，不过这猪头肉实在是粗陋了些，上不了台面，你不吃就是。我忙说，哪里，我从小就爱吃卤猪头肉。

他起身从厨房取出一瓶酒，两只酒杯，把酒倒上。我叹道，你现在酒量真是了得啊。他扬起一只嘴角笑了笑，人总要为自己找一些小情趣的，不然人生该多难熬，你看古人多有情致，松花酿酒，春水煎茶，或是，绿蚁新醅酒，红泥小火炉。

我心中越发诧异，不知道这十年时间里他究竟遇到过什么事，才变成了这样。我很快把一碗"恶"吃完，放下碗筷赶紧说，好吃好吃。他微微笑着，一副很宽容的样子，过了半天才说了一句，建新，你现在故意把自己弄得这么糙，大概也是一种对自己的保护吧。我一愣，不知该说什么。屋子里始终有种阴沉沉的感觉，为打破沉默，我只好又找话说，你这几年工作还顺利吧？他只用一句轻飘飘的话就把我打发了，在这种小地方还想怎样，混日子而已。我说，在大地方也一样，混日子而已。

他和我碰了碰杯，又一口喝了下去。他喝酒不上脸，相反，越喝脸越白，到最后简直变成了雪白，像化了妆，有点瘆人。这时他像想起了什么，又笑着对我说，建新，你是出了几本书，不过你那几本书真不值得我羡慕，我唯一羡慕你的一点，你猜是什么？你这个人倒是为自己活着的，不像我。

我反复揣摩着他的最后一句话，觉得他可能正在暗示我什么。他想暗示我什么？我又悄悄打量着周围，那扇门还是紧紧地关着，里面静悄悄的。女哑巴不时从厨房里游弋出来看看我们，再游进去。因为她一点声息都没有，她在的时候也很难感觉到她的存在，只能感觉到她的两只眼睛，像鱼一样静静游弋在我们周围。

就在这时候，那扇紧闭的门忽然从里面被打开了，一个人蓬着头发走了出来。那间卧室里还拉着窗帘，光线昏暗，散发着浑浊的味道。这个人看起来就像刚从一只山洞里爬出来的，衣衫不整，穿着一双缝补过的拖鞋，针脚粗大。我看了他一眼，忽然大吃一惊，我看到另一个游小龙从那间卧室里走了出来，简直像一个魔术。我连忙扭头朝那张椅子上一看，游小龙还好端端地坐在那里。我忽然明白过来，游小龙居然有个双胞胎兄弟。

我想起上小学的时候，班里就有一对双胞胎兄弟，那时候我刚刚当上小队长，急于行使一下自己的权力。排队的时候，那个双胞胎哥哥在前面说话，我刚过去制止了，那个弟弟又在后面说话，我又跑过去制止他说话，然后那个哥哥又在前面说话。到最后我已经分不清哪个是哥哥哪个是弟弟，我感觉他们其实是一个人，一个会变魔术的人，一个可以分身的巫师。所以双胞胎一直给我一种很鬼魅的感觉，就像一个人的倒影居然也慢慢地长出了肉身，变成了一个真人。

那人看到我先是一愣，然后便对着我羞涩地笑了一下，算是打过了招呼。从外貌上看，他和游小龙几乎没有区别，身高也差不多，只是可能长期不见阳光的缘故，脸色白得吓人。笑起来也怯生生的，不敢多与人直视，他遇到我的目光便慌忙避开，好像他做错了什么事，随时都会有人对他兴师问罪。他好像也不敢与游小龙说话，只是漫无目的地在客厅里来回走动着，走到窗前看了看外面，又像被阳光刺了眼睛，跌跌撞撞地弹了回来。

他站在那里忽然不动了，好像不知道自己接下来要干什么，他空洞地朝周围看了一圈，没有坐到椅子上，也没有坐到沙发上，而是坐在了沙发旁边的一张小板凳上。他把自己尽量埋在那个角落里，低下头，用手挠着头发，一句话都不说。这时候女哑巴又从厨房里游弋了出来，端着一碗"恶"，送到他手边，一边飞快地打着手势。他也不回应，只是呆呆看着她的手势，嘴角挂着一缕可怖的笑容。过了半天，他终于端起碗来，心不在焉地吃了两口，又轻轻把碗放下了。他整个人看起来呈一种梦游的状态，松散薄脆，随时都可能从这屋里消失掉。

游小龙一声不吭，我也不敢说话，屋里横着铁一般的寂静，只有女哑巴的手势上下翻飞，我猜测她正在劝她那个儿子吃饭。忽听见一个声音轰地从什么地方炸响，管他干什么？他不想吃就让他饿死，多大的人了，还一觉睡到大晌午。

我半天才反应过来，竟然是游小龙的声音。我悄悄扭脸一看，他一反常态，脸色铁青，鼓着眼睛，正对着那板凳上的人咬牙切齿。女哑巴看起来很着急的样子，拼命打着眼花缭乱的手势，她身上好像一下长出了很多只手，蜈蚣似的乱舞着。那坐在板凳上的人不动，也不还口，看起来像游小龙沉在水底的倒影，阴沉模糊，不可触摸。游小龙对他咬牙切齿说话的时候，就像他正对着自己的影子自言自语。整个屋子变得十分诡异，女哑巴的手语却轻盈异常，如水草飘摇。

过了好一会儿，那阴沉的倒影才慢慢抬起头来，他翻起眼睛，对着游小龙那个方向笑了一下，笑得十分卖力，有些讨好的味道，笑完又慢慢把头埋了下去。游小龙似乎更被这个笑容激怒了，放低声音却依然愤愤地说了一句，活成这样还有什么意思。那倒影不知听到这句话没有，我看到他还坐在那里呆呆微笑着，好像正对着那碗饭微笑。他母亲一直用手势劝他，他便用两只手又捧起了饭碗，盯着碗里看了半天，并没有送到嘴边，却忽然一松手，把一碗饭扔到了地上。他低声说了一句，我不饿。声音居然也和游小龙一样。然后，他站起来，拖着两只拖鞋，像受伤了一样，脚步踉跄地又回到了那间卧室，那扇门又悄无声息地合上了。

像是过了很久很久，才听见游小龙在我耳边说了一句，真是抱歉，我今天有点喝多了，言多必失，请你不要见怪。我忙说，你说什么了？我怎么一句都不记得，我喝得比你还多。

离开大足底小区的时候，我暗暗松了一口气。在回家的路上，我脑子里一直盘旋着游小龙和他的双胞胎兄弟，他那个兄弟一副蓬头垢面的样子，看起来已经在家里窝了不短的时间了，估计连下楼都很少。也就是说，他可能正处于一种藏匿的状态。想到藏匿这个词，我猛地打了个激灵，这个时候他为什么要藏匿起来，他会不会和杜迎春的案子有关？我又想到游小龙对他的态度，分明是对他有些嫌恶的，亲人之间不应如此，除非他真的有什么大过在身，且连累了亲人。可关键是，既然家里藏着这样一个人，游小龙又为什么要请我到他家里呢，我甚至怀疑，他是故意要让我看到他那个双胞胎兄弟的，这又是为什么？

我再次来到游小龙的办公室里。花瓶里的丁香已经换成了海棠，海棠有一种宋词里才有的香软和娇媚，游小龙独坐在花下，依然边写边喝酒。我进来的时候，他看起来已经喝了不少了，脸色煞白，没有一点血色，再加上过度整洁的衣服，整个人散发着石像的清冷之气，眼睛里却静静地燃烧着。他看到我进来了，好像很是高兴，一把将我拉过去，摁在桌子旁，让我看他刚写的几段话。

　　阳关山上的鸟儿也有很多，个头小的有百灵、布谷、乌鸦、喜鹊，个头大的有鹰、隼、鸮、雕、鹫之类的猛禽，还有个头不小但其实属于弱势群体的褐马鸡。这些鸟儿里面有留鸟，有候鸟，还有旅鸟，留鸟就是一直住在本地的鸟，从不搬家，比如乌鸦。候鸟是要每年南北迁徙的，比如赤颈冬。旅鸟则像旅客一样，只是路过一下，行迹潇洒，比如天鹅和鸳鸯。

　　鸟儿们的迁徙主要靠星辰引导，还要靠月光、山川、地磁等。有星辰在头顶，它们就不会迷失方向，甚至可以飞过茫茫大洋。乌鸦是一种非常聪明的鸟，智商很高，和三四岁的小孩子差不多，乌鸦喝水的故事也是真的。松鸦，山民们管它叫"山和尚"，模仿能力超强，特别喜欢模仿猫叫，狗叫，小孩哭，简直像个相声演员。还特别喜欢藏东西，这里藏一点，那里藏一点，有时候藏多了，自己就忘了。星鸦也喜欢藏东西，把辛辛苦苦找来的种子藏起来，后来自己便忘了，结果那种子发了芽，长成了树，星鸦心里还奇怪，怎么这里忽然又长出一棵树？杨树上那种整洁的大鸟窝一般都是喜鹊的，有时候蛇会偷吃喜鹊的蛋，吃了蛋的蛇是走不动的，它还得把自己盘到石头上，把里面的蛋慢慢磨碎，喜鹊两口子一旦发现了，冲下来就咬它，直到咬死为止。

　　鸮就是猫头鹰，最大型的猫头鹰叫雕鸮，有一米多高，两只铜铃大眼像灯泡，如果半夜碰到还是很吓人的。鸮是夜行动物，白天睡觉的时候一只眼睁着，一只眼闭着，因为它们的左右大脑是分开休息的。猫头鹰飞得不快，飞起来没有一点声音，它们喜欢坐在树枝上守株待兔，猛地一看，真的像只大猫坐在树枝上。人们以为它们只吃老鼠，其实猫头鹰还经常到河里捉鱼吃。

隼被山民叫作兔虎，鸷则被山民叫作飞花豹，山民就这样，喜欢给这些猛禽起些极威风的外号。猛禽们飞的时候为了节省体力，经常只在天空里滑翔，看起来十分优雅。

实在没有比褐马鸡更奇葩的鸟儿了，它长得很漂亮，尤其是耳边戴着两只白翎毛，简直像个唱戏的武将。但它其实是一种很弱势很笨的鸟，智商不高。褐马鸡白天只敢在油松下活动，不会走远，晚上它们会跳上油松和松鸦一起睡觉。褐马鸡到了晚上视力很差，所以只要上了树，就是树下敲锣打鼓放鞭炮它也不管，还在上面稳稳地睡觉，就是在它旁边杀了它的同伴，血流成河，它也假装不知道，还在那里一动不动地睡觉。

我默默看了两遍，然后把本子轻轻推到一边。我把两只手叉在一起，放开，又叉在一起，反复几次，才终于说，小龙，还有很多比写作更重要的事情。我不知道你还有个双胞胎兄弟，和你长得真像，是你哥哥还是弟弟？他把鼻子凑到海棠旁边闻了闻，兴奋地说，写完鸟儿我还要写植物，我要给山里的每一种花都写一首诗，没有人比我更了解它们。我打断了他，我说，他是你的双胞胎兄弟，你不应该那样对待他的。

他好像真的喝多了，歪在椅子上，白着一张脸，笑嘻嘻地说，今天翻古书时看到一段话，极美，记载了你们这个县城在古代的风雅，是你们的县城，不是我们山民们的，阳关山才是我们的。当年士大夫们月夜泛舟却波湖，酒阑月皎，兴复不浅，缓步而至湖滨。当时月光如昼，湖风吹衣，钟声塔火隐隐波际，扣舷而歌，水之中，有离相寺，后峰石塔，左右则真武，圣母诸庙。绿荫浓处，时眺城北，群山隐入湖际。

我再次打断了他，我说，你不应该那样对待他，他毕竟是你的兄弟。

他伸手抓起一支毛笔，蘸了蘸水，在桌面上龙飞凤舞地写了一个"缘"

字，写完把笔一扔，忽然又笑着对我说，世间万事万物都讲一个缘字，我们还能见面，说明十年前的缘分未尽，亲人之间也是这样，缘分尽了，他就会离你而去，从此以后你再也找不到他。我们这样边喝酒边聊天，什么目的都没有，你觉得像不像魏晋时代的清谈？士人们挑选一个清幽之地，或是山水之畔，或是杏花飞雪，或是月下荷风，通宵达旦地争论关于理想人格的问题，他们争论的居然都是关于理想人格的问题，多好啊。我真是倾慕他们，闭门视书，累月不出，或登山水，经日忘归。

我有些担忧地看着他，说，你每天都要这样喝酒吗？这样下去会有酒瘾的。

他一边背着手来回踱步一边笑着说，怕什么，阮籍与王安丰常从妇饮酒，阮醉，便眠其妇侧，何其有风度。踱了几圈，他忽然站到我面前不动了，我才发现他满脸都是泪水。他说，建新，我承认我是有些酒瘾了，我喜欢喝酒的感觉，因为我无处可去。我早已经承认我在这世上是个没什么用的人，不怕你笑，我时常想着能躲到什么地方去，每日吟诗赏花喝酒，身上若能有一点点清华之气，也算抵消这半世的不堪了，可是你说又能躲到哪里去，我们连家乡都回不去了，只能在梦里回去。所以我就想着，如果能写出点什么，我这一生多少也算有了一点意义。

我用一只手绞着另一只手，犹豫了一番才试探道，小龙，你是不是遇到什么难事了？

可他已经迅速收起眼泪，整理了一下衣襟，倨傲地说，真是抱歉，我又有点喝多了，失态了。我们是故人了，我便实话和你说，从我来到县城上高中的那天起，我就知道，平原上的人看不起山民，觉得山民粗陋野蛮不文明，所以从那时候起，我就天天要求自己，要文雅要有礼貌，一定要给自己创造出一个理想的人格。不怕你笑，这么多年了，我每一天都是这么要求自己的。

我说，我知道。

他忽然扭过脸来看着我，你肯定还记得吧，那年我们一起下乡的时候，我拿了会议上一支圆珠笔。

我假装想了想，说，有这事？

他看着我微微笑了起来，说，你记性不会这么差吧，我拿了人家一支圆珠笔，第二天又送了回去，就是这样，我又送了回去，怎么可能不送回去？不然连我自己都看不起自己。今天我喝多了，就多给你提供点素材吧，愿意听吗？你肯定愿意听，因为你是作家。我一个月的工资是三千两百块钱，当然，以前还没这么多，靠这点工资，我不仅要养着自己的母亲，还要养着自己的弟弟，游小虎只比我晚出生了一分钟，我就是他的兄长。和你说句实话，他是我最恨的人，也是我最怜悯的人。早在我们上初中的时候，我们就没有父亲了，家里只能供一个孩子继续上学，后来我去上学，他留在山里。是我亏欠了他，这一点，我知道，他也知道，所以还在我贷款读大学的时候，他就隔三岔五问我要零花钱，我自己省吃俭用，每天吃馒头，省下钱来给他，一百，两百。等我工作以后，更是这样，今天要钱，明天要钱。后来我们整村都搬下来了，他也下山了，结果下山之后，诱惑太多，挣不来钱还总想挣大钱，他很快就迷上了赌博。有时候我特别恨他，也会骂他，可是骂完就后悔，作为补偿，我就给他更多的钱，一次又一次帮他还赌债，帮他还高利贷。我已经习惯了，我所有的东西都不是我自己的，都要分给他一半，不管是什么，不然我良心上会过不去，会觉得欠了他。我时常假设，如果当年留在山上的是我呢？你说我怎么可能不管他？我自己只能节俭再节俭，自己少花点少用点，买什么都买最便宜的。我每次吃到什么好吃的东西，心里就会难过，因为我母亲和弟弟吃不到。有时候为了省钱，给他们买了太便宜的东西，我又会后悔，会痛恨自己如此自私，然后会花更多的钱重新再买一个好的。实话告诉你，我到现在还欠着几笔债，都是为游小虎还高利贷的时候借的。不怕你笑，游小虎倒是经常发誓，发誓再不赌了，不过他发过的每一次誓都是假的，都是假的，其实我早就把他看透了，看得透透的，可就算是这样，我又怎么能不管他？你说，除了我，这世上还有谁会管他？

我呆坐在那里，半天说不出一句话来。他却又笑着说，这素材怎么样？建新，你好歹是个作家，你把我们这些山民都写进去吧，把我和游小虎也都写进去，我希望你把我们都写进去。

我骇然看着他，他顿了顿，又淡淡说，对了，你不是问过我为什么还不成家吗？那我也告诉你，在这县城里我们只有一套楼房，也就是说，在我和我弟弟之间，只可能有一个人结婚。

晚上，母亲早已经睡下了，我又失眠了，便干脆爬起来，独自在院子里一边抽烟一边徘徊。院子里种的豌豆和丝瓜已经开花了，在深夜闻上去朴素而幽静。和出版社签的书稿眼看要到期限了，是这几年比较流行的罪案题材，我却迟迟动不了笔，因为没有找到一个合适的素材。月光下，我再一次开始考虑这个小说，我已经让杜迎春做了这小说中的主人公，她在小说中会再死一次，只是，这杀她的人又会是谁。

月光到了后半夜才渐渐盛大起来，周围却已是阒寂无声，好像整个世界里出没的都是月光。房屋和桃树沉没在阴影中，一动不动，植物的叶子却反射着温柔的银光。失眠的夜晚，我经常一个人看着万物渐渐沉入黑暗，又一个人看着它们从巨大的黑暗中慢慢浮出来。那感觉，就像一个人守着一个浩瀚孤寂的星球。

我又点上一根烟，深深吸了一大口，我再次想到了游小龙，没想到游小龙有这样一个家庭，可他为什么要把他弟弟的事情告诉我呢，这样的家事，不算光彩，他完全可以不告诉我，也不符合他的性格，这其中肯定有什么原因。他口口声声说要给我提供素材，也让我觉得很是不安，仿佛他暗中设下了什么圈套。

我一边徘徊一边细细琢磨他说过的那些话，我所有的东西都不是我自己的，都要分给他一半，不管是什么，不然我良心上就会过不去，会觉得欠了他。

我猛地停住，心里不知什么地方忽然一凛，什么都要分给他一半。什么，都要分给他，一半。包括房子，甚至女友？是的，对于任何人来说，要在一开始区分清楚一对双胞胎都是困难的，对于杜迎春来说，也是如此。而她曾在微信里对我说起过，她现在的男友性格有些反复无常。会不会是，她所说的男友其实根本就不是同一个人，他们是一对双胞胎，只是她把他们误当成了同一个人。我又想起今天白天见到的游小虎，他明显正处于一种藏匿状态，会不会他就是那个凶手？可是，如果游小龙兄弟真的与杜迎春的案子有关系的话，他又为什么要对我说这么多？为了替自己开脱？但我只是一个作家，并不是警察，他心里也很清楚这点。最关键的是，他为什么还要让我把这些写到小说里去？

我想起我的一个作家朋友，被他一个熟人告到了法庭，因为他把熟人的部分形象写到了小说里，还给主人公虚构了一个出入过风月场所的情节，结果熟人被同事举报了，理由是嫖娼，证据就是他的小说。小说何时有了这等伟大功能？

4

这天，来大足底小区之前，我特意买了两包芙蓉王装在身上，随时准备着给他们打烟。走到小区门口的时候，听到传达室屋顶上的大喇叭正在广播，啊喂，游起明家刚刚杀了一头猪呵，要买猪肉的村民快快去买，快快去买，迟些就没了呵。

有一队人马正在小区门口的空地上扭伞头秧歌，领队的正是那个八十八岁的老汉，戴着墨镜，鬓角插着一朵红花，嘴里吹着哨子，举着一把五颜六色的花伞。后面跟着十几个男男女女，每人手里舞着一把扇子，队伍呈蛇形，正逶迤向前。我悄悄坐在了墙根处，和众人一起观看秧歌。

艳丽的花伞像一只巨大的热气球，正在徐徐飞向空中，那队人马都像是乘坐在热气球上，脚步轻盈，一起离开了地面。见他们跳得那么起劲，我猜测还有一个原因，这也算是一种山地文化对平原文化的挑衅吧。可以想见，山民们迁徙到平原上之后，还是必然要经过一个痛苦的过程的。伞头秧歌是一种山地特产，大山的封闭性导致了山民们对一切鲜艳颜色的嗜好，伞头秧歌更是艳丽至极。我曾见过更正宗的伞头秧歌，男女老少都在头上戴着大红花，脸上抹着胭脂，手里舞着葱绿色和水红色的扇子，凡他们走过的地方，颜色的洇迹都会滞留在空气里，久久不散。

大概是跳累了，不断有人从蛇尾巴上掉下来，最后渐渐地只剩下了那个打着花伞的老汉。他全然不顾身后还有没有人，继续扭着秧歌，表情庄重，用力吹着哨子，花伞上缀着的亮片在阳光下闪闪发光，看起来就像一只刚刚被砍下来的诡异蛇头，还能独自扭动，竟然有了几分悲壮恐怖的意味。

我有心劝他歇一歇，毕竟年龄大了，但见周围的人都看得津津有味，便也不好开口。事实上，在这群山民里，对我最友好的就是这个老汉了。正是他给我讲了不少关于山民的事情。我想他愿意和我说话，也许是因为他很孤单，我只知道他老伴已经走了十多年了，有两个儿子也住在这个小区里，分到的都是六十多平方米的户型。这个小区里的大部分人对陌生人是排斥的，我猜测，这种排斥里多少还带一点恐惧的成分。

来的次数多了，我对这些山民也渐渐了解了一些。下山之后，山民们首先是觉得不自在了，以前整座阳关山都像是自己家的，上山下沟，随便抬抬腿就是二十里山路，根本刹不住，山民把出门一趟称作是"刮"，倒是形象，"刮出去刮进来"，像风的动作。山里的野果蘑菇木耳药材随便采，就连狍子香獐野猪也像是自己家的，肉虽然长在它们身上，但可以随便捉了吃啊。祖祖辈辈喝着山里的泉水，世上居然还有水费之说？笑话。想去谁家串门了，一脚踢开门就进去了，进去往炕上一躺，连鞋都不用脱，正巧人家在炸油糕，那就再好不过了，人家炸一个他吃一个。想去下地就扛着锄头去地里挥舞一番，不想下地就眯着眼睛去晒太阳，山民们都喜欢在冬天给自己寻觅一块称心如意的"阳阳坡"，日光充足煦暖，可以在那块风水宝地上一躺一天，不吃不动地晒太阳，类似于光合作用。

下山之后，山民们被关在几十平方米的鸽子笼里，去串个门居然还得脱鞋。在山上的时候，因为见人太少，一旦有人去走亲戚，还脱鞋？那真是恨不得把心都掏出来煮了给人家吃，人家晚上要走，死活不让走，全家哭着拖住胳膊，硬是要留人家住一宿。在山里蘑菇多得连猪都不吃，现在一朵蘑菇都要花钱买，老汉说他就想不通，蘑菇不就是山上野生出来的吗？还要掏钱头？

因为串门不再方便，"饭市"便尤其显得重要。后来我才搞清楚，其实饭市就是一种山村的小型聚会，带有派对的性质。在山里的时候，一到饭点，男女老少都抱着大碗，纷纷聚在村头，蹲成一排，捧着碗，边吃边聊，这里就慢慢形成了一个饭市。没想到搬到山下之后，饭市不但没被取消，反而变得更为隆重了。一到午饭时间，就是住在六楼的，也要捧着一口碗，千里迢迢下来，大家自发聚在小区门口吃饭，聚成黑压压一片，有几次差点把警车招引过来。

刚刚下山那阵子，山民们还有点兴奋，像跑进戏场一般热闹。以前对于山民们来说，唱戏和放露天电影是两大娱乐，像过节一样重要。一个村一年到头就唱一次戏，还是敬神的，人是占神的便宜。所以，即使是听说三十里外的村子里要唱戏，全村人也要扑过去看一场戏，会骑自行车的骑着自行车，前面塞一个小孩，后面坐两个小孩，四个人摞成一摞，摇摇晃晃往前滚动。不会骑自行车的老人们抱着小板凳，带着干粮，上午就出发，迈着小脚挪三十里山路去看戏。戏场里人头攒动，好似过节，男人们抽着烟，女人们抱着葵花盘嗑瓜子，少女们看戏前特意洗了脸换了衣服，擦上香膏。看完戏还要连夜赶回去，走一夜的路，等走到家门口也差不多天亮了。

大家一开始觉得县城也像个戏场，比山上热闹多了，女人们在外面裹一层自己最好的衣服，里面破破烂烂倒没多大关系，这个叫"门台"，不管里面怎样，"门台"必须要立得住。小孩子们则欢呼雀跃，就想每天住到超市里，守着那些花花绿绿的零食，死活不愿出来。

时间一长，大家的兴奋劲儿慢慢就过去了。再加上自打下山之后，山民们就没地可种了，一些上了年纪的山民还对种地上瘾，没地可种了，浑身上下都难受，像得了什么怪病。这些老山民便在小区周围开垦了几块歪歪斜斜的菜地，勉强种种青菜萝卜，过过地瘾。山下也没有牛羊可养，生活成了个问题，只得到处找些零工来打。但山民们在山上不是种地就是放牛羊，大都没有什么技能，所以在山下只能找些最简单的粗活笨活来做，上了些年纪的人连这样的粗活笨活也找不到，只能靠捡破烂为生。他们也知道平原上的人们看不起山民，所以尽量离平原上的人们远远的，平原上的人们晚上跳广场舞的时候，他们就在旁边扭伞头秧歌，作为一种示威。

他们普遍觉得住楼房实在太寂寞了，解决寂寞还有个办法就是往出"刮"，尽量不在楼房里待着。山民们在山里的时候，有一项消遣就是"站山"，往山上直愣愣一戳，什么也不干，袖着两只手，目光巡视四野，站在那高高的山上俯瞰一切，飞鸟从身边掠过，人可以站得和飞鸟一般高。或者去"赶山"，就像赶集一样，赶山的时候可以采蘑菇、野果、草药。还可以去"跑坡"，就是打猎。对于山民来说，山是用来"赶"和"跑"的，但现在没有山了，周围忽地变成了平原，所以山民们一开始都会患上平原综合征，整日觉得眩晕，太平坦了，平坦到了让人眩晕的地步。

我也渐渐了解了他们的生活规律，没活干的山民每天吃过早饭就开始下楼游荡，熬到中午，终于可以吃饭了，吃完饭，接着又下楼游荡，直至天黑。再不然就在县城里闲晃，拿出"赶山"的功夫，从南晃到北，从西晃到东，还有的步行十里地去观赏唯一的一趟火车经过旷野。女人们则喜欢潜伏进超市里，静悄悄地一待一下午，她们从一堆葡萄干里细细拣出那些个头最大的，最后从八块钱一斤的葡萄干里硬生生地拣出了十五块钱一斤的货色。她们也并非就为了省那七块钱，主要是这种感觉类似于上了一天班之后的成就感，踏实、满足，手里小有收成，时间也得到了及时的利用。时间用不掉也是个大问题。

我发现山民们还有个特点，就是不把钱当钱，倒不是因为他们有钱，是因为他们对钱根本没概念。我猜测，可能是因为在山上的时候，买东西要靠进山的货郎或者去镇上赶集，赶集又不是天天赶，平时根本没地方花钱，吃的粮食和蔬菜又都是从地里长出来的，也不是花钱买来的，在山上，钱确实没有太大的用途，所以他们对钱没概念，只认莜麦和土豆。但下山之后，诱惑忽然就多了起来，见到什么想买什么，结果，很快就把手里的一点积蓄花光了，这才慢慢开始知道钱是什么。对钱的概念因为来得太猛烈太迅速，他们中的一部分人便寄希望于那些能够一夜暴富的方式，比如买彩票，再比如，赌博。

我想到了游小龙的那个双胞胎弟弟，他应该就是这类山民了。我忽然又想起那天在游小龙家里，他把碗扔到地上的奇怪举动，游小龙为他付出了那么多，他为什么还要这么做呢？除非，除非他身上也有什么牺牲。我眼前又出现了他们长得一模一样的面孔，在某些时候，哥哥可以充当弟弟，弟弟也可以充当哥哥。会不会还有一种可能，最后杀害杜迎春的其实是游小龙，而弟弟打算替哥哥去顶罪？

我对这兄弟俩越来越好奇。我决定去看看他们。

我专门挑了一个周末的下午，这样可以避免留在他家里吃饭。我从超市买了一箱牛奶和几样水果作为礼物，又买了一面亮晶晶的镜子，作为送给游小龙母亲的礼物。开门的正是游小龙，他依然穿得一丝不苟，白衬衣，黑裤子，白衬衣的下摆端端正正地扎在裤子里，好像正躲在家里开什么重要会议。他见是我，先是愣了一下，然后便很客气地请我进去。我说，我还是换个鞋吧。他连忙说，不必不必，作家光临，蓬荜生辉。我佯笑着说，再叫我作家，真要和你绝交了。说完又觉得两个人都显得有些刻意，反倒衬出了一种紧张。

我悄悄环顾了一下屋子里，两间卧室的门窗都开着，一阵穿堂风奔跑而过，里面不像藏着人，我有些微微失望，把礼物摆在了桌子上。他一边给我倒蜂蜜水一边嗔怪道，你怎么越来越客气，以后哪敢再请你登门。我听出他语气里的故意亲狎，但因为本不是他擅长的，反倒显得生硬。一扭头，却发现游小龙的母亲正站在身后看着我笑，也不知道她是忽然从哪里冒出来的。我赶紧把镜子送给她，她把两只眼睛使劲贴在镜子上，左看右看，欢喜异常。一会儿又放下镜子，捧出一碗炒面豆来招待我。我知道面豆是山民们的一种吃食，就是把面团切成小块，拿黄土炒熟了，所以炒熟的面豆上还裹着一层黄土，我曾问过他们，有土在上面怎么吃？他们觉得很奇怪，黄土比什么都干净啊，世上还有比黄土更干净的东西？确实，他们就是身上哪里划伤了，也是抓一把烤过的黄土捂上去。

我拈起一颗面豆，笑着问游小龙，小虎今天不在家？他点点头，说话声音不大，好像勉强要压住里面的喜悦，他说，小虎出去上班了，他找了份工作，在玻璃厂烧玻璃，听他回来说，烧玻璃其实也挺有意思的，那么硬的玻璃也可以化为绕指柔，我哪天都想去试试。

我把那颗面豆慢慢啃掉了二分之一，又慢慢啃掉了四分之一，他见我不说话，便又轻声解释了一句，只要不赌了，就什么都好办了。他其实没有和我解释的必要，这样倒让我心里有些难过。我扭头看他，只见他正坐在桌子旁，把桌上的杯子拿起来左看右看，像是第一次见到这只杯子。被我这么一看，又连忙放下杯子，拈起一粒面豆，却并不吃，只是放在手里玩。

片刻之后，他像忽然想起了什么，站起来走到柜子前，从里面翻出一本相册，然后打开相册让我看。我注意到他翻相册的手竟然有些抖。里面有不少黑白老照片，大都是他和游小虎小时候的照片，鲜见长大之后的。其中有一张照片，他们兄弟俩大概只有四五岁，穿着一模一样的衣服，长得也一模一样，像一个模子里刻出来的两个小木偶人，正站在照相馆的木马前，看上去根本分不出哪个是他，哪个是游小虎。

他用手指抚摸着那张照片，忽然像个父亲一样，慈祥地笑了。他说，小时候很多人都分不清我俩谁是谁，总是叫错我们的名字，其实我们还是不一样的，他的脾气比我好，我的脾气其实并不好，我只是习惯压抑着自己。小时候他总被人欺负，我出去找他的时候，经常看见他正坐在地上哭，看见他哭的时候，我也难过，觉得是我自己正坐在那里哭，我就说，不要怕，我来救你了。

我就替他出头打架。有一次我额头上长了几粒瘊子，听老人们讲，拿死人的骨头擦一擦，瘊子就自己掉了。我不敢去坟地里找骨头，有些害怕，却没想到，一会儿的工夫他就跑着回来了，手里抱着一大捧死人的骨头，像抱着一堆柴。他一个人跑到坟地里给我找骨头去了。有时候我就想，我们兄弟俩要是一辈子都不下山其实也挺好。

他慢慢合上相册，靠在了沙发上，一动不动地靠了好半天，好像正享受着某段时光。忽然又轻轻笑了几声，很缓慢很温柔地说，我们小时候经常一起去放牛，牛在河边吃草，我们就在草地上躺着晒太阳，到处是鸟叫和花香，还有河流叮叮咚咚的声音，身上带着一个馒头带着一块肉干，我们都是分了一起吃。有时候牛跑远了，我就指使他去追，他二话不说，爬起来就去追牛，小时候，我让他干什么他就去干什么，就像我的小仆人，因为他从小就没什么脑子，可他真的不算什么坏人。

他忽然停住，不肯再往下说了，只是坐在那里无声地笑着，笑着。我不愿再看他，扭脸看看周围，女哑巴正坐在离我们不远的板凳上绣花。因为发不出任何声音，她看上去不像是坐在那里，倒像是若有若无地荡漾在这屋子里，那些绣花在她手里正像莲花一样慢慢盛开在水面上。我想，像她这样听不见说不出其实也挺好，一辈子不知道可以埋藏起多少秘密。这么一想，又把自己吓了一跳，好像这六十多平方米的屋子里真的隐隐埋藏着什么秘密。

再一扭脸，忽见游小龙正抱着一只酒瓶子站在我面前，不知什么时候，他又把酒瓶抱出来了。他对我摇了摇瓶子，拘谨地笑着，下午没事吧，要是没事就一起喝两杯，现在不喝酒都不会说话了。我也觉得这屋里的空气有些紧张，像堵墙一样围在周围，便说，好，陪你喝两杯。几杯酒下去之后，他整个人开始变得松动起来，我注意到只要一喝酒，他那只小拇指就会悄悄翘起来，做出振翅欲飞的样子。他拿杯子向我举起，却不说话，眼睛里忽然变得亮晶晶的，过了好半天才说，建新，你觉不觉得，最理想的人格里必须要有牺牲精神，而且是为那些看不见的东西牺牲自己。

"牺牲"二字让我心里咯噔一下，但我又害怕他要继续往下说什么。我连忙打断他，你觉得这次小虎说的是真话？

他像是没听见我说话，又自顾自地往下说，建新，你知道我为什么要给阳关山写一本书吗？对我们这些山民来说，尽管羡慕着城市文明和城里人的身份，但大山给我们的安全感其实更重要。对山民来说，大山是一种宗教般的存在，山上所有的鸟兽草木，所有的风俗习惯都是我们的避难所。可是，建新，告诉你吧，我也只能写写山上的鸟兽草木，别的我一个字都不能写，一个字都不能写。

我心里又是一怔，一个字都不能写？看来他确实是知晓真相的。我嘴里却说，小虎这次要是把自己的话当真了，我也替他高兴。

他忽然往后靠了靠，盯着我说，那你说耶稣基督是真的还是假的？只要他在你最难最苦的时候给了你一点希望，这就是真的。

窗外的天色已经开始转暗了，屋里渐渐多了一层幽冥之色，一动不动的家具也次第长出了阴影。后来，我们都有些喝多了，他喝着喝着便抱着我哭了起来，哭了片刻，忽然又一把推开我，在脸上抹了一把，很羞愧地说，真是抱歉，我又喝多了，失态了，失态了，还请你一定不要介意。我说，介意什么？然后，我也趁着醉意说，小龙，我也喝多了，你就当我说的是酒话，也不要介意。我记得你说过，你所有的东西，不管什么，都要分给小虎一半。可是你也不能不为自己打算吧，要是有一天你有了女朋友怎么办？

他似乎一愣，然而酒力载着他，这使他看起来并不笨重，甚至有些轻飘飘的。他先是对我笑了一下，而后忽然收起笑容，正色说，这不是我的命，我是不可能有女朋友的，以前没有，以后就更不会有了，我要是结婚了，我母亲和小虎住哪？我再给你提供点素材吧，想不想听？我曾有过一个情人，我知道这不道德，有损于理想人格，但她喜欢我，我也喜欢她，爱情有时候会悖于道德。她有家庭有孩子，我也不希望她和我结婚，可她后来居然真的离婚了，但我不能和她结婚，所以我们最后还是分手了。曾经拥有过就是最好的，你说是不是？

不知为什么，他每次说到要给我提供素材的时候，我心里都有些畏惧的感觉。就像站在一条大河边，看着水中的倒影，却分不清楚，岸上的世界和水下的世界，到底哪个是真实的，哪个又是幻影。

就在这个时候，我一扭头，忽然看到坐在一边的女哑巴抬起头看了我们一眼，她与我的目光短暂地对视了一下，便又重新低下头去。我心里却悚然一惊，因为，一个聋子是不会有那样的目光的。她一定是听到了什么才下意识地抬起头来。难道说，她其实根本就不是个聋子？

我离开大足底小区的时候，天已经黑透，小区里的那些窗户，像烟花一样，在夜色里逐渐绽放，带着一种旋生旋灭的空寂之感。我走了已经有一段路了，又忍不住回头望着那个小区。它看上去诡异、缥缈，就像栖息在旷野里的一个梦境。酒意还未完全散去，我坐在路边的石头上，慢慢抽了一根烟。在那部即将动笔的小说里，我该如何安排情节？游小龙说他曾和一个有夫之妇相爱过，却最终只能分手。而杜迎春的最后一个男友是个山民，而且是和他好上之后她才离的婚。看来，她最先认识的应该是游小龙，那么，最后一次和杜迎春上山的又该是谁？是游小龙还是游小虎，还是另有其人？我又想起游小龙和我提到的那个词，"牺牲"，他不会平白无故提到这个词的。

直到烟头烫到手指的时候，我才意识到，自己正坐在路边虚构一段小说里的情节。可不知为什么，这种虚构却让我在黑暗中猛地打了一个寒颤。

5

渐渐地，我发现这个小区里的老人都有一个共同的恐惧，那就是死后没有棺材的问题。本来，在山上的时候，他们都早早为自己备下了一口上好的柏木棺材，连寿衣也一起备好了，新做好的寿衣还要穿在身上左试右试，看哪里不合适再修改一番。有的棺材在屋里都摆放了十几年了，人还活得好好的，人没死的时候就把棺材先当家具用着，里面装粮食装被褥。老人们每日把棺材抚一遍，心里也觉得踏实，这辈子不管过得怎么样，死了好歹也是有个地方让自己睡的。现在倒好，因为楼房里没地方放一口棺材，所以下山的时候，棺材都当礼物送了亲戚，往后真是连死都不敢死了。

所以这个小区里的老人们有一个共同爱好，就是喜欢三五成群地去逛棺材店。县城的东关老街上聚集着好几家棺材店，都是清朝留下来的旧商铺，阴沉破败，没有窗户，站在门口往里一看，忍不住倒吸一口凉气，一大团深不见底的漆黑，好似一眼阴森的山洞。好容易等眼睛适应了黑暗，便看到几口漆黑的大棺材从山洞里隐隐浮现出来。他们喜欢一家一家地进去观摩比较，看样式看材质，还要询问老板最近生意怎么样。老板坐在棺材上，嘴角叼着一根烟，把胸脯一拍，自信地说，放你的心，什么店倒闭了我这店都倒不了，这来大个县城，哪天还不死他几个人？

但每次看到最后都是空手而归，县城里的棺材卖得太贵，一口棺材最少要两万块钱。八十八岁的老汉向我诉苦道，你说说，谁还能死得起？

我发现，这些老人之所以不惧死亡，一方面是因为，他们期望能通过死亡的方式重返山林，他们如果死了，儿女们是要把他们埋葬回山里去的，他们终于又可以回去了。另一方面则是因为，他们都太孤独了，而死亡并不比孤独更可怕。那个八十八岁的老汉，几乎从早到晚都长在小区门口，比门口那只石狮子还要忠实。下雨的时候，他披件雨衣坐在那里，刮风的时候，他戴个帽子坐在那里。后来我才知道，因为两个儿子分到的房子都不是很大，一家人住得拥挤，儿媳也嫌弃，他便自愿一个人住到了地下室，一年四季都住在阴暗潮湿的地下室里。所以只要天上没下刀子，他都会从地底下钻出来，升到地面上吸收阳气。我说，老伯你为什么要在身上挂个铃铛啊？他不解地看着我，弄出点响动来嘛，有点响动多好，一个人连点声音都听不见，怪害怕的。

这小区里还有个老太太，一个人住在三十平方米的小房子里。她在山上时一直带着小孙子，下山之后，小孙子不和她住了，和他父母住到一起了。她太想念孙子了，又不敢老上门去找人家，就在每天半夜的时候，悄悄来到儿子家房门口，把放在门口的孙子的鞋拿起来，抱在怀里抱一会儿，有时候抱着抱着，就倚在门口睡着了。

还有个老人，看不出年龄，又高又瘦，身上总是披挂着一件不合身的西服，斗篷似的，顶着一头花白的头发，偏还是自来卷，看上去简直像一只苍老的狮子。听说这个老人也是独自居住。我每次见到他的时候，他都把自己杵在女人堆里，像兔子一样竖起两只耳朵，专心致志地听女人们说闲话。偶尔尖着嗓门应答几句，听上去总是兴奋异常。有时候还凑过去看女人们绣花，他低着头，使劲把自己那张脸和女人们的脸贴到一起，用一根过长的指头指点着别人绣花。女人们倒并不躲他，还有些把他当成姐妹的意思。有一次他悄悄走到一个虎背熊腰的女人身后，忽然伸手蒙住了那女人的眼睛，又尖着嗓门兴奋地喊，猜猜额是谁，你猜额是谁？那女人一使劲，便把他平展展地放在了地上。

他躺在地上，半天起不来，却只是很受用地大笑。

我发现这个小区里有些三四十平方米的小房子，里面住的都是些已经在等死的孤独老人。

和这些老人相比，小区里的年轻人则是另外一番气象，他们一旦下山就再也不想回去了。这天，我正在小区门口和一群老人闲坐着，有几个十七八岁的年轻人从小区里出来，个个穿着九分裤，露着一截脚踝，染着黄头发，嘴里叼着一根烟。他们看都不看那堆老人，前呼后拥地走到马路上打车，一辆出租停下了，他们呼啦一下全挤了进去，塞得满满的，然后出租车扬长而去。听老人们讲，自从他们村从山上搬到县城后，就出现了这样一群年轻人，因为学习成绩跟不上，又怕被人看不起，就自动辍学了，辍学之后又找不到正经事情做，便终日浪迹街头，有的开始赌博吸毒，有的欠了网贷还不起，急得爹妈要上吊。老人们忧心忡忡地看着这些年轻人远去。

"额们要还住在山上，如何能有这样的事？"

"现今山上连学校都撤了，候儿们迟早得下山。"

"看这些候儿们，门台倒是足得很，就是不成个气候，往后可如何活？"

"长得标致些那也算，你看人家金柱来了县城就找了个相好的，那女的养着金柱，还不是看金柱长得标致？那女的比他大十来岁，倒是有钱，还开着个什么公司。金柱的老婆晓得了这个事就去人家公司里闹，结果都没人朝理（搭理）她，那个兔头，难缠得很，就在人家公司里住卜来了，睡在桌子上，没饭吃没水喝，身上就带了两块干馍馍。那兔头干渴得厉害，见柜子里摆着几瓶白酒，也不管好坏，打开一瓶就当水喝，边吃干馍馍边喝酒，两天就把人家柜子里的好酒都喝了个精光。"

"这样的好事能有几款？额们花的都是棺材本，反正也是等死了，这些候儿们日子长着呢，他们往后吃什么？"

"少聒噪吧，你手里一共攒下几个钱来？攒下的钱可要保存好，今年过清明的时候，额老婆想给她老子烧点纸钱，翻了半天翻出了额偷攒下的私房钱，她一边烧一边还拍着大腿叫唤，人家山下这假钱做得都比山上的好，像真的一样。"

"额是个善于总结的人，额得出了一个结论，今儿悄悄告诉你们吧，人活着就木啥意思。"

有个声音突然插进来说，你们晓得不晓得，五明家的那个二小子，就是那个欠了网贷的小子，十几天不回家了，哪里也寻不见，怕是死了呵。

另外一个声音压住了这个声音，不要和额说什么从网上买东西，什么是个网？你倒是告诉额，网在哪里？

那个声音有气无力地回了一句，网在天上。

又有一个声音悄悄钻了出来，死了也就死了，破不了案的，景裕苑那女的死了也有三个来月了吧，又如何？还不是破不了案……

我心里轰地响了一声，因为，杜迎春买的房子就在景裕苑。我连忙竖起耳朵，却见旁边的人用胳膊肘捅了他一下，用眼神指了指我，那人也看了我一眼，便忽然闭了嘴。

这时候我已经基本能确定，他们应该都是知道真相的人。我忽而又有一种恍惚感，这个凶手到底是我小说中的一个人物，还是一个真实存在的人物？

我站起来活动了一下腿脚，尽管我已经往这小区门口跑了这么多趟，还是能感觉到很多人始终是排斥我的。每次我一靠近他们，有的人就会躲开，还有的人用戒备的目光悄悄打量着我，我只假装不知道。我又厚着脸皮坐到了那几个晒太阳的老人旁边去，他们会对我稍微友好一些，尤其是那个八十八岁的老汉，一见我就大声打招呼，又过来啦？我讪讪地说，是呵，又过来了，主要是也没个走处。他拿烟枪在鞋底上磕了磕，得意地说，额一天都能刮出去十五里地，再刮回来，你一个后生家也出去刮嘛。我说，不能和你老人家比，我是真刮不动。他更得意了，说，额以前是跑坡的嘛，三两下就上到山顶了，这平地算个什么。我见他高兴，便往前凑了凑，小心问道，老伯，前段时间有个女的在山上被人杀了，这个事你听说过没？

端起的烟枪在半空中忽然停顿了一下，他用浑浊的眼睛看了我一眼，然后，又把目光挪到别处，默默地摇了摇头。

我只好闭嘴，跟着他把目光挪向远处。

这天，游小龙忽然给我打来电话，叫我晚上去他办公室一起喝酒。我推门进去的时候，发现里面居然没有开灯，各种干枯的花香混合在黑暗中，居然有一种误闯进中药铺的感觉，各种苦香寒香搅在一起，又有一种中世纪巫术的神秘感，仿佛一位巫师正坐在屋子中央提炼各种邪气的香料。

就着窗外流淌进来的月光，我隐约看到桌子后面一动不动地坐着一个人，身上沐着一层月光，像个正在入定的老僧。我伸手打开墙上的电灯开关，啪一声，月光隐退，游小龙从黑暗中静静浮了出来，随之浮出来的还有满屋子的干花。他把那些干枯的桃花、杏花、海棠、丁香挂在办公室的各个角落里。桌子上的梅瓶里插着一束尚未凋谢的黄刺玫。

我一边环顾四周一边说，你倒是有情趣，把办公室快弄成花店了，也没人说你？他坐在黄刺玫后面，雾蒙蒙地笑着，脸色雪白，估计已独自喝了不少酒。其实我倒愿意看他醉酒的样子，有一种古怪的庄严，很别扭，但是好玩，就好像他正站在剧场的追光灯里背诵着话剧台词。每次看到他咬文嚼字的样子，我虽然会替他感到些羞耻，但心里还是隐隐觉得感动。

他把桌上的本子推到我面前，说，这是文化馆，自然要有些情趣。建新，如果我们这辈子就这么赏花醉酒该多好啊。如晏殊的词，金风细细，叶叶梧桐坠，绿酒初尝人易醉，一枕小窗浓睡。紫薇朱槿花残，斜阳却照栏杆。双燕欲归时节，银屏昨夜微寒。要能活在这词里，该多好啊。

我没理他，低头看那本子。

阳关山上漫山遍野最先开放的是桃花，那些粉色的云霞一团一团落在河边，山坡上，古墓边。春水是翠绿色的，真如碧玉一般，桃花站在岸边，红霞一般的倒影落在绿色的流水中。桃花谢了紧接着便是杏花，杏花谢了是梨花，梨花谢了是丁香，丁香花谢了是黄刺玫，黄刺玫谢了是槐花，槐花谢了是灰楸子。

每一种花盛开的时候都是漫山遍野轰轰烈烈，所以阳关山在整个春天并不是绿色的，而是像变色龙一样在不停地变换颜色。在村子里一抬头就能看到，大山今天还是粉色的，过几天就变成了白色，再过一周又变成了紫色，再过一周又变成了黄色，简直像变魔术，直到入夏的时候才正式变成绿色，但也不是那种单一的绿色，是层层叠叠各种各样的绿色糅在一起。墨绿、翠绿、油绿、草绿、橄榄绿，简直像个杂货铺。

整个春天，村庄里都铺着一层厚厚的花瓣，像下了大雪一样，也没有人去扫，就由着它们几乎把村庄埋葬。到了夏天，就轮到绣线菊、黄芪、甘草、菖蒲、连翘、紫地丁开花了。波叶大黄喜欢和青蒿长在一起，开花的时候像挂满了小铃铛。石竹开花的时候，就像草丛里躺满了蓝色的笑脸。瞿麦的花开得像螃蟹，长出很多只手和脚。五铃花长得像蓝色的小鸟，白头翁的花谢了就会变出长长的白头发，在风中飘摇。草芍药是雪白的，金莲花是金色的，落新妇是紫色的，油瓶子的花一谢掉就会结出红色的玫瑰瓶儿，放进嘴里一咬，清脆可口。少花米口袋的花像牛角一样，歪头菜的花则是规规矩矩垂下一排，西伯利亚远志的花长着两只翅膀，夜开明合的花更有意思，雄花是紫红色的，雌花是黄绿色的。狼毒的花有白有黄有紫，狼毒是花中杀手，有什么虫子敢爬过来，它直接就把虫子杀掉了。其实照山白的毒性更大，嫩叶上有剧毒，但它的花看上去纯洁极了，白得像雪。

我合上本子的时候，他用一种很欢快的语气对我说，山上有意思不？先说定了，哪天我一定要带你上山去看看，不是我这个山民自吹，我觉得这世上真没有比阳关山更美的地方了。其实做个山民也挺好，可我年轻的时候就是不敢承认，你说可笑不可笑。

我说，等你写完了，真不找家出版社试试？他依然用那种过分欢快的语气说，绝不，我本来就不是写给人看的，我是写给山上那些鸟兽草木的。我永远不投稿，不投稿，就没有人会给我退稿。

我心里忽然有些难过，说，写出来的东西如果没有人看，其实也挺孤独的。

他轻轻笑了一声，依然用那种很夸张的欢快说，孤独怕什么，从来只有在那些最黑暗的地方，才能长出最珍贵的东西，那些出版的书就都是好书？

我连忙岔开话题，说，看你今天心情不错，是不是小虎彻底改好了？那要庆祝一下。

他笑着站起身来，在办公室里来回游荡着，不时把鼻子凑到那些干花跟前闻一闻，过了半天，才背着两只手，对着那些干花说，建新，你信星座吗？据说在星座上可以看到每个人的命运，你有没有看到过自己的命运？我挺想看看我和小虎的命运是什么样的，可我又对自己说，就算是看到了，又能如何。你说小虎啊，他拿到工资的当天就去赌了，赌了个通宵，把工资全输了进去，第二天为了把钱赢回来又去赌，结果欠了一笔债，于是第三天又去赌，他太想赢回来了，太想挣钱了。就这样不停地赌下去，不停地陷下去。他发过的每一次誓都是假的，所以我毫不奇怪，我真的一点都不奇怪，他要是忽然不说假话了，那才真正叫奇怪。实话和你说，这几年里，我唯一可以轻松的时候，就是在他刚刚发过誓之后的那个空隙里，因为他发誓的时候特别认真，看起来就像真的一样。不过我心里是清楚的，假的，都是假的，下一次终究还是要来的。这么一想，心里倒也踏实下来了，不骗你，真的就踏实下来了。

他最后一句话说得异常温柔，我有些不愿再听下去了，便拿起酒瓶，在两只杯子里都倒上酒，招呼他道，快，把我叫过来喝酒，你自己倒不喝了。他半天才应了一声，轻飘飘地游荡回来，呆呆拿起酒杯，脸上仍然蒙着一层笑容。我一边四下里翻找，一边问，有没有下酒的？我可不能和你比，总得有点下酒的才行。翻找了一圈竟翻出半包炒花生，我心想，他不是不用这些带壳的东西下酒嘛。我刚刚抓起一只花生要剥壳，只见他忽地站起来，抄起那半包花生就扔进了垃圾桶。我想拦下都来不及，只得把手里的花生也扔了，索性干喝了一大口酒。一抬头，他正静静地坐在我面前，笑容像眼泪一样淌了一脸。

我说，没有下酒的，那咱就干喝吧。他起身走到门口把灯关了，又走到窗前看着外面的月色，轻声说，这些带皮壳的食物还是不够洁净，辜负了美酒和月光，其实，山间清风与林间明月就足以下酒。

我有些烦躁地制止他，小龙，你能不能活得稍微踏实一点？

他背对着我说，建新，你也看到了，我还是不够慎独，我还是会准备这些带壳的食物来偷偷下酒。这么多年里，我尽管一事无成，贫穷弱小，却一直以律己为自豪，可是最近，我感觉我确实没有能力去管束自己，就像我当年顺手拿了一支会议上用的圆珠笔，我没有能力去变成一个更理想的人，我拥有不了更理想的人格，就像我也管不住自己做梦。实话告诉你，这些年里，我时常做一个重复的梦，梦见游小虎又来问我要钱了，我在梦里充满恐惧，我对他说，你到底还有完没完？建新，你说，一个人到底有没有能力让自己变成一个更好的人？有时候我能感觉到自己正被什么东西拉着，拼命地往下坠落，和你说实话，我不止一次地希望他去死。你说我可怕不可怕？甚至有一次我气急了，居然脱口而出一句话，像你这样的人怎么还不去死？可你知道他说什么？他说，他要是哪天真打算去死了，也会先赚笔钱给我和母亲留下再死。

我呆坐在黑暗中，一句话都没有说，我觉得我应该安慰他点什么，可我就是一句话都说不出来。他仍然一动不动地背对着我，看着窗外的月光。干花的影子落在地上，枯瘦的花香如一群魂魄游荡在我们周围。我知道不应该这样的，可这时候我忽然又想起了杜迎春。我想起她死后，脖子上戴的一条金项链也被人拿走了，显然，这个凶手需要钱。小说里的那个凶手再次走了出来，面目模糊地站在这办公室的某个角落里，悄悄与我对视着。

游小龙还立在窗前一动不动地看着外面，从窗户里涌进来的月光和黄刺玫的幽香混合在一起，酿成了一种诡异肃杀的寂静。我为自己感到可耻，却还是忍不住在脑子里编织着小说情节，也许，最后一次和杜迎春上山的是游小虎，而杜迎春忽然认出他其实不是游小龙，所以发生了争执。游小虎失手杀死了杜迎春，杀人之后他拿走了她脖子上那条金项链，因为他需要钱。而游小龙为了救弟弟，会揽下所有的罪责，因为他已经做好了牺牲自己的准备。这只是一种也许，这世界上有无数种也许，像无数面镜子一样立在看不见的地方。

看着游小龙的背影，我又想，小说结尾还有一种可能，那个最后和杜迎春上山的人不是游小虎，而是游小龙，对方缠着要和他结婚，而他无法做到，争吵之下，他失手杀了杜迎春。而弟弟为了报恩，会把一切都揽到自己头上，他也许一直在找这样一个机会报答哥哥。正是因为他已经打算好要做一只替罪羊，所以那次才会把一碗饭忽然摔到地上，以表示自己的某种委屈。在必要的时候，他们会合二为一成同一个人，合并成同一张面孔。我上小学时见过的那对双胞胎又在我眼前浮现出来，我明明看到他站在队伍前面说话，怎么忽然间又在队伍最后面说话，等我走到后面，他却又神奇地在前面说话。那是我第一次在人的身上感觉到了幻影般鬼魅的力量。

只是，他为什么要让我知道这些？

这时，游小龙缓缓回过头来，背对着月光，看着我。他的脸沉在阴影里，冰凉模糊，我听到了他的声音，这声音却并不像在我的对面，更像是从我背后、从我侧面慢慢靠拢过来的，建新，我还有个秘密要告诉你。

又是秘密。我一动不敢动，有些畏惧地看着他。夜更深了些，越来越多的月光从窗户里涌进来，几乎要把我们淹没。

他说，我母亲其实不是哑巴，也不是聋子。我是后来发现这个秘密的。因为我不止一次听到过她在说梦话，说梦话的时候，她用的是四川话，她的家乡话。我也是长大后才知道的，她是被拐卖到大山里来的，因为大山里的男人们娶个老婆很不容易，实在娶不到老婆的，就从外地买一个回来。我母亲就是这样被买回来的，给兄弟俩做老婆。小时候我一直奇怪，为什么我们有一个爸爸，还要把叔叔叫小爸爸。我母亲跑过两次，都被捉了回来，一个外地人想跑出这大山去，几乎不可能。我猜测她就是从那个时候放弃了说话的权利，开始时可能是因为语言不通，为了赌气和斗争，到后来，她可能发现不说话其实也挺好的。在一个山村里，所有的傻子、疯子、哑巴、聋子都会受到特殊的照顾，他们会获得一种不同于正常人的生存权。而且把自己的家乡话藏起来之后，可能也会减少她的孤独感，到后来，她可能就真的忘记怎么说话了，可是一旦去了梦里，她就控制不了自己了。

我还是一动不敢动。一阵晚风吹进来，那些已经死亡的干花好像又轰然复活过来，吐出的花香与鲜花不同，仿佛来自很久很依稀的古代，整间办公室里忽然有了几分庙宇里的神秘。我又听到他说，建新，这么多年里，我其实只在做一种努力，想从最贫贱的根子上长出一个高贵的人，是不是也挺有趣的？就像在自己身上做一种实验。我知道你能看到我身上那些不高贵的地方，用大足底的话来说，就是"没艳"，比如我开会时顺手拿了人家一支笔，比如我贪小便宜，少付了人家十块钱的车钱，比如我会骂自己的弟弟，像你这样的人怎么还不去死？那都是我根子里的东西。不怕你笑话，就算这样，我却一直向往着索福克勒斯悲剧里的那些人物，勇敢，骄傲，随时可以为某种看不见的东西去赴死。

我心中伤感，同时却发现自己不可救药地自私，此刻我脑子里想到的仍是我的小说，看来，小说中的哥哥为了弟弟，决定要承担一切了。那一刻，我忽然发现，我对自己有一种前所未有的厌恶。

他的声音又远远飘了过来，越发神秘，你说我是不是很适合被写进小说里？事实上我们整个大足底都适合被写进小说里。你不是对那起山上的杀人案很有兴趣吗？我可以再告诉你一个秘密，但你不能告诉任何人，也不能报警，这个凶手其实就在大足底。

我大吃一惊。窗户里的月光清凉幽寂，又深不可测，像天地间绽开的另一扇门。在那一瞬间里，我已经彻底无法分清哪里是小说，哪里是现实了。

6

这个黄昏，我再次来到大足底小区门口。门口照例坐着一群黑压压的人。他们中间，有的人会看我一眼，有的人假装没看见我，有的人见我坐下便起身躲到一边。他们对任何一个大足底之外的人都是这般警惕。我搬了块砖头坐到墙脚下听他们聊天。

我有时候也会问自己，为何要选择这样一种幽僻孤独的生活方式。在人群里，有时候觉得自己像个猥琐的偷窥者，有时候又觉得自己像个严谨的科学家，怀揣着一份隐秘的不为人知的尊严。就是在我最接近人群的时候，其实也被放逐在人群之外，然而，就是在那些离人群最远的地方，我却又奇异地走进了他们的最深最暗处。

夕阳即将沉入西边的群山，这个时候可以看到一天当中最壮丽最短暂的光线，而群山是深黛色的，像金属一样沉重坚硬。那群老人坐在墙根下，齐齐举头望着西边，他们的家乡就在那西边的群山里。如今看过去，却像是另外一个悬浮于他们之上的世界，和他们平行存在着，却永远都走不进去了。

"你老人家在山上的时候好歹也是个看病先生，现今如何跑去给厂子搬水泥了？"

"额就是个给牛接生的兽医，下了山连牛都没了，给谁接生去？有一次额去大塔村给牛接生，那老牛难产了，生不下来，额最后把小牛割成几块，一块一块地从老牛肚子里掏出来。还有一次，也是有头老牛难产，一白天一黑夜了，那小牛就是出不来，猜最后怎么？额用拖拉机拉住小牛的蹄子，开着拖拉机往出拽，才算把小牛从老牛肚子里拽了出来。"

"那老牛还能活？"

"死了，埋进自家坟地里了。"

"就是，牛肉如何能吃，牛死的时候哭得恓惶，如何下口？和吃自家的亲人一样。"

"转世投胎的时候千万不敢做牛，牛就是来这世上受苦的，有一回额给个母牛接生，连子宫都掉出来啦，一大堆，热乎乎的，再给塞回去，缝上几针，第二年还能接着生。"

"你老人家还是改成给人接生吧，城里没有牛，人总还是不缺的。"

"放屁，婆姨们难产了，能用拖拉机把候娃娃拽出来？额正白天黑夜盘算这款事情，在城里干什么不赔钱呢？"

"开个棺材店肯定赔不了，人总是要死的嘛。"

"少聒，额有个正经事情和你说。"

说话的男人扭过脸看了我一眼，忽然把话打住了。我识趣地站起来，在人堆里慢慢溜达着，心里有些悲伤，我只不过是想写出一个不错的小说而已，怎么被人当成特务一般。他们三三两两地聚在一起，声音有高有低，我像在起伏不平的气浪中穿行，想靠近他们，却又无法靠近。但是我能感觉得到，我离那个秘密已经越来越近了，我甚至都可以在一个瞬间里，忽然嗅到它身上散发出来的气息。这让我站在人群里有些兴奋，还有些恐惧。

几个女人正围在一起聊着什么，我慢慢在她们旁边游荡着，想听听她们聊的是什么。忽然，我呆住了，其中一个女人说的竟是四川口音，另一个女人开口了，居然也是。另外两个女人居然也都是。她们正在比较自己脚上的新鞋子，神情坦然闲适，看不到任何痛苦。我明白了，为了适应一个陌生的地方，她们被迫让自己长出了一身新的血肉，只是这语言，却如一层坚固的沉积岩留在最底下，无法腐朽，也无从掩饰。她们四个虽然扎在人堆里，穿着也与旁人无异，但看起来还是像一座漂来的岛屿，有萧瑟之感。我在旁边游荡的时候，她们中间有人警惕地看了我一眼，是一种年深日久的警惕。我只好从她们身边走开，再溜达到旁处。我深深吸了一口气，一个小山村里的秘密竟也如此之多。

前面有两个男人正坐在石碾上，相对坐着抽烟。一看有人在抽烟，我便从身上掏出烟盒，走过去殷勤地给他们打烟。走过去的时候，正听到那个年纪大一点的男人说了一句，怕是出汉奸了。我掏出两根烟递给他们，那个年轻一点的把烟接住了，并没有点上，而是别在了耳朵后面，然后咧开嘴对我笑了笑，一嘴牙龈肥大异常。那个年纪大的没有接烟，只是侧过脸来看了我一眼。

我这才发现他只有一只眼睛，里面的那只眼睛只剩下了一个黑洞，两只眼睛的目光全聚在一只眼睛里，那一只眼睛便显得过于锋利了些，闪着寒光。我打了个寒颤，忍不住后退了几步。渐渐转暗的暮色盘旋在所有人的头顶，天地间的一切正朝着暗处撤退。我有些沮丧，想，今天算了，还是回家吧，眼看天也快要黑了。

　　我刚转身要走，忽听见背后有个声音把我叫住了，站住，你过来找谁？我扭头一看，正是那个独眼男人叫住了我，我忙说，不找谁，我就是过来玩的。他用一只眼睛狐疑地盯着我，盯了半天，说，你到底是干甚的，怎么老是见你在额们小区门口转悠？我一时说不出话来，我如果告诉他们我是一个作家来找素材，显得多少有些滑稽，编一个别的理由，我又一时想不出来，便吞吞吐吐地说，我真的什么都不干，就是闲得无聊，看你们这里人多，过来凑凑热闹。

　　他独眼里的狐疑却更深了，他牢牢盯着我，忽然问了一句，你是公安局的吧。他的话音落下之后，我才发现，不知从什么时候开始，我的身边和身后已经站满了人，所有的人都悄无声息地围拢了过来。

　　夜色从大地深处源源不断地生长出来，一切正加速向黑暗处坠落，在那一瞬间里，我忽然感到了害怕。我听见自己的声音开始变干变尖，我尖声喊道，我真的是过来玩的。独眼男人站了起来，慢慢向我走近了两步，仍然用一只独眼盯着我，我转身想跑，却发现自己已经被紧紧地收缩在了一口井里，抬起头来便能看到井口的夜色更深了。这时候我听到人群里有人说了一句，这人每天在额们小区门口坐着，不晓得是从哪来的，估计也不是什么正经人。又有人应了一句，早看他鬼鬼祟祟的，一看就不像什么好人。人群里又有人吼道，你到底是干甚的？说不说？忽然又有个女人的声音钻了出来，这人是不是就是那个汉奸？

　　头顶的夜色更浓重了，有两颗寒凉的星星已经亮了起来，我如沉在水下，浑身冰凉，两只脚忍不住在发抖。我忽然想到了游小龙，我拼命在人群里寻找他的身影，没有，没有，看不到他。我又忽然想到了那个八十八岁的老汉，他是这群人里对我最友好的，我又拼命寻找他，但是，居然连他的影子也消失了。人群把我箍得越来越紧，越来越严实，我终于想喊出一句，我是个作家，我只是想写出一部小说。但是在我还没有来得及张开口之前，有一只拳头已经猛地挥舞到了我的脸上。

在医院住了两天，包扎了几处伤口，脑袋上缝了几针，又做了一个脑部CT，见没什么大碍，我就出院回家了。母亲来接我的时候顺便带来一个消息，那个杀杜迎春的凶手被抓住了，就是她那个相好的，那人一直就住在大足底小区里，没事人一样，还天天出去上工。破案的过程是这样的，警察在尸体周围的沙棘枝上找到一滴干掉的血，查了DNA，不是杜迎春的，便存了档。后来偶尔在DNA库里找到一个人的DNA与此相似，这人是凶手的侄子，有前科，所以DNA就有档案。就这样，最后摸出了凶手。

我问她凶手叫什么，多大年龄。她说名字不清楚，只知道是个四十多岁的男人，本来有老婆有孩子的，从山上搬下来之后就离了婚。他本是为杜迎春离的婚，两人约好，他离了婚便和她结婚，不料他离婚之后，杜迎春又反悔了，说合不来，提出要和他分手，花了他的钱也不还给他。两人最后一次约了上山谈判，结果还是谈崩了，两人吵到后来就厮打起来，这人情急之下用一块石头把杜迎春砸死了，为了毁灭证据，又在无人的大山里把尸体烧焦。在烧尸体之前，看到她脖子上有条金项链，想到为她花的钱，便顺手把项链拿走了。

7

此后我在家中休养了一段时间，没有再去过大足底小区门口，也没有再和游小龙联系过。这天，傍晚时分，我正躺在床上看书，忽然接到游小龙一个电话，我犹豫了一下，还是把电话接了起来。他在电话里倒没说别的，直接就说，建新啊，我不是早就和你说过，一定要带你进山里看看嘛，你可愿意和我一起进山里一趟？

第二天，我按照说好的时间在汽车站等他，我们要坐着客车进山。有趟客车是专门跑阳关山的，一路上会经过八道沟、八水沟、西塔沟、末后沟、大沙沟、小沙沟，还会路过十几个山村。我曾在大足底小区门口见过这种客车，下山的客车会专门在大足底小区门口停几分钟，司机使劲摁了几下喇叭之后，人们纷纷从楼里跑出来，跑到小区门口取自己的货物。跑山里的客车是在九十年代通车的，听说最初有客车的时候，山民们不等天亮就站在路边等车，冬天的时候还要在路边生一堆火，一群人围着，原始人似的，边烤火边等车。那时候的客车每次都要满得溢出去，过道里站满人，椅子底下塞着人，车顶上再捎上两个人，司机几乎都要被挤到车外面去。客车像个臃肿的胖子，一路哇哇唱着歌，在陡峭的山路上滚动着。

如今的客车虽然还在跑山里，但来回都拉不到人了，因为越来越多的山民都迁移到了平原上，留下的老人们一年到头也不下一次山，所以如今的客车里经常就只坐着司机一个人，像幽灵车一样孤寂地盘旋在山路上。据说客车司机都憋坏了，只要抓住一个人就不停地说不停地说，可以连说三天三夜不喝一口水。如今的客车虽然拉不到人了，但也并非没有作用了，客车每次从山上下来，其实还是满载而归的，但拉的不是人，是一袋一袋不会说话的土豆、莜面、干蘑菇。这是还住在山里的老人们给山下的儿孙们捎的东西，因为在山下吃个土豆都要花钱买，太浪费钱了。至此客车已经基本沦落为货车。

游小龙给我讲过，当年他们整村往山下搬迁的时候，村里有个老猎人死活不愿下山，便独自留在了山里。他小时候经常去那老猎人家里玩，在老猎人家的炕上铺着一张用豹子皮做的褥子，还连着豹头。他每次坐在这条华丽惊悚的褥子上，都会有一种错觉，觉得自己正被一匹豹子驮着，庄严地游走在山林里。村庄被水库淹没之后，老猎人便居无定所，有时候住在山洞里，有时候像鸟儿一样住在大树上。村里人回了山里也找不到他，他也从未下山来找过他们，但是到了每年秋天，下山的客车都会拉着一车野猪肉野猪头送到大足底小区门口。开始的时候，人们还问司机，到底是谁捎来的东西。司机只说，不认识，是一个白胡子老头在山路上拦住了他的车，让他捎到这里来，别的什么都没说。游小龙曾笑着对我说，这其实是老猎人写给村里人的信，他是想通过这种方式告诉村里人，他还活着呢，还记着他们呢，要是哪天再没有野猪肉野猪头送上门了，那便是他不在了。茫茫山林里唯与鸟兽做伴，死了便是山间一把尘土，多可爱的老头。

远远便听到游小龙在和我打招呼，扭头一看，把我吓一大跳。有两个游小龙正朝我走过来，俩人特意穿了一模一样的衣服，身量也差不多，远远一看，好像一个人牵着自己的倒影走了过来。等走到跟前，才能看出，两个人的神情与气质还是略有不同的。游小虎只对着我羞涩地笑了一下，然后便低头看手机，一句话都不肯多说了。我想，他可能知道我是知情人，所以在我面前难免不自在。游小龙说，小虎说他也想回老家看看，我说那就一起上山吧。

他们兄弟俩特意穿上一模一样的衣服，这给我一种仪式感，仿佛回趟阳关山是件很隆重的事情。我忽然想起在他家看过的那张他们小时候的照片，那黑白照片里有种时光深处的澄澈感，两个一模一样的小男孩，相同的表情，穿着相同的衣服，因为过分的相似，看着又觉得诡异。现在，那黑白的照片里渐渐长出了颜色，长出了骨骼和气韵，那骨骼和气韵的下面还有一层什么东西硌着，即使隔着相片，都能感觉得到。

客车按点发车，空荡荡的车厢里就坐着我们三个人加一个司机。游小虎自觉地坐在了车厢最后面，好离我们远些。我发现他对游小龙是有些畏惧的，大约是觉得理亏。我和游小龙并排坐在一起，都用同样的姿势，扭脸看着车窗外面。开车的司机倒并没有像传说中那样，只要抓住个人就可以连说三天三夜，他只把自己埋进驾驶座里，自从客车走开之后，他好像就从那座位上消失了，只留下客车自己在山路上踽踽独行。偶尔听见他拿起水杯喝一口水，也只能听见喝水声，却看不到人影，好像是一个幽灵在开车，拉着一车厢的肃穆和安静。

我猜想，可能是因为他总是一个人寂寞地在山里开车，早已经习惯了车厢里空无一人，真的拉了几个人，又很快忘掉了车厢里居然还有人，不由得还是会回到空无一人的状态。客车在山路上上下盘旋，刚刚看到头顶上有棵树，一眨眼的工夫，那树已经跑到我们脚下了。客车体态轻盈，简直像一只大鸟在山野间滑翔。

森林从车窗外成片成片地掠过，一幕又一幕，连接成了一部流动的绿色电影，不时有鸟叫和花香扑面而来。走着走着，前面的峭壁上忽然跳出一枝火红色的野花，倚在陡峭处，妖媚地斜视着我们。河流若隐若现，时断时续地跟着我们，在开阔处，河流会忽然钻出来，两边芳草夹岸，河流在阳光下闪着金光。在山林茂密处，河流会忽然隐身不见，但就是在见不到河流身影的地方，依然能听到漫山遍野都是淙淙的流水声。

坐在我旁边的游小龙终于说话了，他看着外面说，这就是阳关山，我只要一做梦，就是梦到这里。我说，确实美。停顿了片刻，他又对着外面说了一句，你不要怪他们，他们只是这世上最老实巴交的一群可怜人，他们连自己的家乡都没有了。我故作惊讶地说，怪谁？他笑了笑，把车窗整个打开了，浓郁的花香涌进车厢里，我瞬间有种微微的醉意，感觉自己整个人都要被花香抬起来了。

只听他又说，你不了解他们，你知道他们为什么要拼命去保护一个杀人犯吗？因为他们知道杀了人是要偿命的，而这样一个杀人犯在大山里的时候，和他们没有什么两样，日出而作日落而息，每日种地放羊采蘑菇，饭市上和大伙一起吃饭一起吹牛，但这样一个人在下山之后却忽然杀了人，变成了杀人犯。他们觉得正是这个杀人犯把他们所有人的苦难都承担下来了，他把所有人即将遭受的磨难承担在了他一个人的肩上，他们觉得他是要替他们去死的，他就像一个全村人献出的祭品。他们对他有一种类似于宗教的感情在里面，所以才拼命要保护他。

我呆呆看着车窗外，不知道该说点什么。不时有各种层次的绿色撞进我的眼睛里，从没有见过这么多这么丰肥的绿色，眼睛居然都有些适应不过来，我闭上了眼睛，于是，在黑暗中，那些花香更加浓郁了。我又听到了他梦幻般的声音，建新你发现了吧，大足底这样的山村纯净得像个世外桃源，但也是世界上最幽深最黑暗的角落，有太多属于它的秘密。我早想把这些都写下来，可是不能，写下来我就成了他们嘴里所说的汉奸。在大足底，所有的告密者都被叫作是汉奸，汉奸是要受到惩罚的，他们会把你驱逐出去，让你彻底无家可归。所以，我只能写给山间的鸟兽草木，而你不同，你可以把这个山村里所有的秘密写下来，把它当作人类的一个文化标本记录下来，这些山民草木般的一生也算有了一点意义。就算是你替我写了，拜托你了。

我睁开了眼睛，看到放在他办公桌上的那个本子正伸到我面前。我一愣，却见他笑着说，这个本子就送给你了，因为你替它们看过了。我接过那本子，翻开第一页，只见上面写着："天之高，星辰之远，而人事渺茫，星一度可当两千九百三十二里，星辰之下众生平等，就连大足底这等弹丸小地，亦可仰观天象，俯察人事，星河浩瀚恒久，而人世荣辱转瞬即逝。"

我们已经渐渐进入了大山深处，林间的树木更加高大苍翠，时不时可见几个人都抱不过来的大树，老僧一般静坐于山林间。客车经过了一个又一个山村，但都没有停留，因为，既没有人要上车，也没有人要下车。那些散落的山村看起来都阒寂破败，门扉深掩，门口的荒草长了有半人高。有的山村已经彻底没有人住了，已经完全被树木和荒草所占领，有的山村还住着一两个老人，拄着拐杖，带着一条老狗，表情呆滞地坐在村口看着我们经过。有的山村废弃已久，土黄色的泥墙已经和大山完全融为一体，不细看根本看不出那里曾经是一个村庄。

游小龙也看着窗外，轻轻叹息道，你看，就算没有水库，山民们也会慢慢都迁移到山下去的，为了孩子们的教育，也为了生活得更方便些，再过几年，这些山村可能慢慢就都空了，慢慢地就被森林化掉了。

前方，更加阴森翁郁的森林正朝我们扑面而来。

我说，小龙，你还记得你那次问我的问题吗？你问我这些山民是从哪儿来的，最后又会到哪里去。我查了些资料，阳关山上的山民一部分是鲜卑族和匈奴留下的后裔，这山上曾有魏孝文帝的避暑行宫和牧马场，北魏灭朝后，曾有部分鲜卑贵族隐居在这山中，繁衍生息下来，另一部分则是战乱年代和饥荒灾年里躲避到山中开荒种地的流民。他们是被时代带进大山里的，最后也会被时代带走。你今天看到的城里人的样子，就是以后山民们的样子，他们会被时间慢慢化掉的。你看历史上不管发生过什么，最后都化掉了，慢慢化成了今天，今天的一切也都要化掉的，会化成将来，将来又化成将来的将来。你看，其实什么都没有死亡，只是换了个形式活着。

开车的司机一路上都没有说一句话，我怀疑他是不是睡着了，但客车一直稳稳地孤寂地往前走着，耍杂技一般翻着弯曲的山路。坐在车厢后面的游小虎始终没有说一句话，有几次我都忍不住偷偷回头张望，看他是不是已经从那里消失了，但他一直都坐在那里，一动不动地看着车窗外面。看上去确实像游小龙落在水中的一个倒影。

客车终于停了，把我们三人放下之后，便一言不发地缓缓离去，背影越发孤寂。我举头张望四周，满目都是绵延起伏的苍翠山峦，四下里连一条小路都没有，也并没有看到任何村庄的影子。游小龙指了指前面的一座山，说，翻过这座山就到我老家了。

等到终于爬上山顶，却见一面绿色的湖水忽然出现在群山之间，山峦的倒影静静映入湖中，山水相依在一起，水鸟掠过时在湖面上划下一道水痕，那些倒影便被无声地揉碎，很快又重新愈合。我朝湖中扔了一块石头，湖面上荡漾起一朵巨大而温柔的涟漪，几只水鸟惊起，扶摇直上。我说，你们大足底村在哪里？他指了指湖水，温柔地笑着说，就在这下面。

我们三人站在那里都静默着，默默看着脚下的湖水和山峦。过了好久，游小龙忽然说，建新，你记不记得我上次和你说，小虎说他就是要去死了，也要留一笔钱给我和母亲，结果他还真要想办法留一笔钱给我们，你猜他用的是什么办法？他去大街上碰瓷，见辆车就往上撞，结果你猜怎么，那些汽车见了他就绕着走，都没人上他的当，你说他可笑不可笑。

我什么都没说，又往湖里扔了一块石头，又是一个涟漪，然后，很快，那湖水再次悄悄愈合了。只听他又笑着说，这么多年他一点都没有长大，还是像个孩子，估计他也是实在没有别的办法了吧，居然会想到死人也是可以赚钱的。

我扭脸看了他们一眼，游小龙正使劲地笑着，站在他身边的游小虎却正一脸的泪水。游小龙又笑着对我说，建新，我特别希望你能把这个小说写好，把我和小虎都写进去，我这辈子是当不了作家了，但我喜欢文学里的世界，它们一直陪着我，从没有离开过我，能活在那个世界里也挺好的。

我嗓子一阵发堵，把手伸进口袋里摸出烟盒，我点了一根，又递给他们，他们都没有接，游小虎静静立在那里，游小龙站在他身后。一根烟快抽完的时候，我听见游小龙对前面的游小虎说，小虎，我们是双胞胎兄弟，也许我们本来就应该是同一个人，所以，你记住，我可以替你活着，你也可以替我活着。

这句话让我心里有些不安。我低头碾灭烟头的时候，忽然注意到他们的脚步，两人都面朝湖水，游小虎站在前面，游小龙在后面，离他只有一步之遥。也就是说，只要游小龙轻轻一推，游小虎就会掉进湖里，溅出一个涟漪，然后，湖面很快就会复原。而游小虎站到他前面，会不会也是故意的？我有些吃惊地看着他们，但他们只是静静地看着湖水，没有动，也没有再说一句话。

那次从山上下来之后，我就再没有去找过游小龙，他也再没有给我打过电话。在老家一晃就住了半年，直到我返回北京前一天的晚上，又去了他办公室一趟，和他道个别。他依然穿着白衬衣黑裤子，皮鞋擦得锃亮，桌上的梅瓶里插着几枝菊花，面前照例摆着酒壶和酒杯，他正趴在桌子上写着什么。见我进来，他对我羞涩地笑了笑，那笑容像极了游小虎的笑容。可他趴在桌上写作的样子又像极了游小龙。我和他道别，说明天我就要回北京了。他并不多言语，只微微笑着说，一路顺风，有空多回来。

我已经无法确认眼前的人到底是游小龙还是游小虎了。更重要的是，我发现我其实并不想确认。

于是，我起身，告辞，走出了那间办公室。我在黑暗中轻轻掩上了那扇门。

（原载《收获》2021年第2期）

森中有林

◎ 郑　执

一、黄鹂

两只黄鹂被吕新开从粘鸟网上摘下来，是清明节前一天，也是爹妈忌日。要不是日子赶得寸，他也不至于往深想，他想，这对黄鹂是爹妈化身的，不然咋这么巧是一公一母？铁定是惦记自己了，特意过来瞅一眼，索性对俩小玩意儿叨咕句，上班了，挺好的，放心吧。那只母的竟然应了一声，音儿瘪得能听出来饿不少天了——鲜有人比吕新开更懂鸟——黑枕黄鹂，母的眉羽比公的长，黑亮亮一绺儿朝后挑，像女人描眉哆嗦手了。来机场上班四个月，麻雀、乌鸦、杜鹃、野鸽、山雀、红隼、夜鹰，吕新开摘了个遍，从没如此金贵过谁，下手比绣花都细，生怕折了哪只膀子，愣在网前耗了半个钟头。他后悔犯懒没披大衣出来，给风打个透。四月都出头了，沈阳还刮西北风。

吕新开呵里呵哧地回到办公室，倒是没让两只黄鹂冻着，一边裤兜儿揣一只，掌心搓热当被裹着。已经八点半，大李刚早饭还没吃完，半缸大米粥吸溜儿一早晨了；小李刚不知道搁哪弄来根红绳，正往一颗空弹壳屁股上绑，手笨，一直脱扣，嘴里骂骂咧咧。办公室一共就他们仨人，俩同名同姓，大李刚三十六，小李刚二十二，长得还连相，都是团团脸，绿豆眼，吕新开刚上班那会儿，以为亲哥俩呢。四个月前，吕新开第一次走进屋，那鼻子霉味儿从此挥之不去——与其称办公室，不如叫储物间，撑死就十平方米，还在半地下，刨去一个储物柜，两张桌子，一张行军床，连并排过俩人的地方都匀不出。吕新开双手插兜儿，站在原地转圈儿踅摸。小李刚问，找啥呢？吕新开装听不见，本来就不爱搭理他，这人嘴欠，比自己小两岁，仗着十七岁就上班，在机场也算老人儿了，开玩笑没大没小，上个月俩人差点儿动手，亏大李刚拉架，拽吕新开进走廊劝，别跟小兔崽子一般见识。吕新开问，昨天分那箱苹果呢？这句是问大李刚的。大李刚说，全烂的，扔了。吕新开问，纸壳箱呢？大李刚说，都搁门口呢。吕新开来到走廊，端起那箱烂苹果，去厕所倒进垃圾桶里，再回来的时候，空纸箱就做了两只黄鹂的新家。他用透明胶带封了箱顶，再拿钥匙捅出两排窟窿眼儿，装修完毕。两只黄鹂对临建房应该是挺满意，几声脆叫打窟窿里传出，底气明显比刚才足不少。小李刚暂停手中活计，啥玩意儿啊？吕新开说，鸟。小李刚说，废话，我问你啥鸟？吕新开眼皮都懒得抬，声更低说，黄鹂。小李刚问，多大？有肉吗？吕新开这才抬头，拿防贼的眼神回瞪，清楚这小子不是开玩笑。平时小李刚打的鸟，基本都被他带回家吃了，猫头鹰都敢下嘴，炖了锅汤，第二天还把剩的装保温瓶带办公室来，问谁想尝尝。大李刚拣了饭勺里剩的几粒米，来吕新开身边蹲下，顺窟窿眼儿一粒粒塞进去，打算在这儿养？吕新开说，带回家。大李刚说，黄鹂叫得好听，但不好养。吕新开自言自语，两个黄鹂鸣翠柳，下句啥来着？大李刚说，我初中文凭。吕新开说，小学课本里的，说啥想不起来了。小李刚说，两个黄鹂鸣翠柳，我跟你妈交杯酒。——捅完句屁嗑儿，自己咯咯乐。吕新开忍无可忍，刚要开骂。大李刚又说，小时候没好好学习，现在后老悔了。说罢碰碰吕新开胳膊，挤了个眼，意思算了。吕新开合计也算了，他不想跟任何人置气，至少今天不想。小李刚没皮没脸，还接话，当初好好学习，现在又能咋地？大李刚说，不咋地，起码分苹果不至于总轮到烂的。小李刚哼了一声，将红绳套进脖子，黄铜色的弹壳在胸前晃晃着——跟个二货似的。吕新开心说。

坐单位班车从机场回到大西菜行时是五点。纸壳箱一路被吕新开捧在腿上，两只黄鹂挺懂事，一声没吭，省了麻烦。吕新开主要是嫌跟同事搭话麻烦，平时坐班车，不管困不困他都装睡，没别的，就是懒，懒得记那么多人名。进屋五点多，大勺里有前天炖的豆角，剩个底子，点火热了热，半个凉馒头掰开泡汤，对付一口就出门了。

天开始长了，但冷还是冷。彩塔夜市上个月已经陆续出摊儿，更多的厂子开始不管饭了，夜市反倒更热闹了。把北头第一家是个铁亭炸串，哈喇油爆面包糠的香，还是把吕新开给勾过去了。炸串这玩意儿，吕新开打搬来沈阳那年第一次吃，就上瘾了。小时候在山里跟县城，从没尝过这口。甜酱跟辣酱分装两盘，自己上手刷。吕新开最爱炸鸡排，先滚一圈儿甜酱，再蘸单面辣酱，合他咸淡。俩大鸡排下肚，才算见点儿饱。再往前走，是家游戏厅，偶尔兴起，他也钻进去找人掐两把街霸，今天没工夫，他赶着去再前面一家杂货店，那家关门早，夜市开摆，一家三口就锁门吃饭，因为地摊儿卖的东西更便宜，所以只做白天生意。吕新开家里的锅碗瓢盆不少都是从他家买的，之前去的时候，他记得见过鸟笼子。

赶上老板正要上锁，吕新开进门了。他没记错，指着收银台后面堆在最顶的鸟笼子问，那个多钱？老板说，那个不卖。吕新开说，摆那不卖，啥意思呢？老板说，我以前养了只八哥，死好几年了，跟笼子都有感情。吕新开问，八哥咋死的？老板说，话说太多累死的，逮个人进门都得显摆两句，伤元气了。吕新开说，闲着浪费，我要。老板说，五十。吕新开说，二十。老板说，三十。吕新开说，破不锈钢，又不是竹子的，二十五。老板装一脸不情愿，收下钱，鸟笼子交给吕新开，你养的啥鸟？吕新开说，黄鹂。老板问，单蹦儿还是对儿？吕新开说，对儿。老板说，对儿好，不寂寞，黄鹂就得养对儿。吕新开说，两个黄鹂鸣翠柳。老板瞅他一眼，还买别的吗？不买我锁门了。

再回到彩塔街上，天黑利索了。向西的丁字路口，有人烧纸，两团火焰一左一右地蹿动，好像黑夜在对自己眨眼——原本是回家该走的近路，眼见大风卷起烧正旺的黄纸在半空中盘旋，他想起爷爷说过，那是孤魂野鬼在抢钱，突然犯了膈应，随即掉头，继续往夜市南口走，绕远宁可。出了南口再往东，就是青年大街，也是从市区直通机场的主干道，吕新开每天坐班车来去的必经之路。自打年后开始动迁，整条街一天一个景，全程二十来公里，不是扒房、挖沟、埋管，就是栽树、架灯，没一段囫囵路，报纸上管这叫金廊工程。吕新开提着鸟笼子，沿青年大街慢下脚步，周边的拆迁户也出来摆摊儿了，夜市挤不进去，只能沿浑河排一长溜儿。吕新开有一搭没一搭地转悠，想踅摸俩小盅，回去给鸟盛水跟食儿。眼瞅快逛到头儿了，肚子突然闹起来，一阵阵疼，感觉要蹿稀，反思一下，问题不应该出在炸鸡排上，不干不净吃了没病，估计是给凉馒头拔着了，要不就是早上让风吹着肚脐眼了。他赶紧加快脚步往家拐，还没出几步，拦路一个八九岁的小男孩坐在地上撒泼，挨了他妈两手锤，说啥就不起来。吕新开路过一瞅，原来是为个玩具气枪走不动道儿了——来复式，一比一，他自己早就想买一杆来练手，说不上为啥，忽就犯起撩闲的心，摊儿主是个大姐，吕新开故意提高嗓门问多钱，大姐张口三十。他急屎，没心思讲价，甩下钱，拎枪要走，被大姐叫住，非送子弹，钢弹跟塑料弹都有，选一个，吕新开抓起一包钢弹蹿了，塑料还玩儿啥意思？他离开时，听身后那孩子快哭抽抽了。

吕新开一路小跑到家，左手鸟笼右手长枪，冲上楼，奔厕所，总算没在最后一刻失守。一泡拉完，才把两只黄鹂搁笼子里安顿好，第二泡又来了，这回肚子疼得他一脑门儿汗，再出来时，腿都快站不住了，直接在沙发上卧倒，盖上毯子，看眼表，快八点了，随后迷迷糊糊地就睡着了。

他又梦见了嘎春河，明闪闪的河水，从两岸的山杨林跟白桦林之间蜿蜒而过，到了夜里还会发光。嘎春河从松花江来，途经新开农场的一段并不深。五岁前，爷爷常领吕新开去河里摸鱼，有时也拎火枪去打野鸭。五岁后，吕新开就敢自己去河边了，不一定非摸鱼，夏天光泡泡脚图个凉快，爷爷也管不过来。那一场山火过后，爷爷比从前更难了，要养活孙子，每天还得坚持进山巡逻。爷爷去世后的这些年里，每次吕新开梦回嘎春河，都是以那场山火收场，梦中的一切都被烧成了红色，连河水都是通红。儿时一起长大的小伙伴们，从头到脚冒着烟，散落在又高又密的落叶松林中，隔着河水冲他招手，吕新开从不敢越过去，即便他清楚那是梦。

从沙发上醒来时，吕新开又钻了趟厕所，肚子没那么疼了，出来时感觉都瘦了一圈儿，晕晕乎乎，可能是发烧了，从茶几抽屉里翻出半盒扑热息痛，还没过期，咽了一片，打算回床上睡，听见窗外又传来乒里乓啷的空酒瓶子撞响，不用看表就知道，半夜十二点过了——街对面那家烧烤店关门的时间。一箱箱空酒瓶往门口撂，女服务员下手狠得像抛尸，天天陪一帮酒蒙子熬夜，就指这阵儿撒闷气呢。今天门口没人打架骂娘，已经算消停了。吕新开来到窗前，望着那撂酒箱子，又是一人高的红色，抽冷就起了恨意，其实早都恨了好几个月了，灵感突如其来，拎过那把气枪，上好钢弹，拉开窗，架稳，瞄准最顶的红箱，目测直线距离不到五十米。吕新开收紧鼻息，扣扳机，只听街角一声炸响，碎玻璃碴子从镂空的箱中飞散到地面，月光捅了翡翠窝。女服务员奔出来，顿时蒙了，扫视一周，更蒙了，立马躲回店里，今晚肯定是不敢再折腾了。吕新开在心里正乐呢，感觉烧都退了一大半。他妈的，上网摘鸟都四个月了，到现在小李刚还霸着那杆单管猎不让他使，老子七八岁就跟着爷爷摸枪，五十米开外给你俩穿串儿，埋汰谁不会使枪？吕新开一边乐一边上膛，这把瞄的是正数第二箱最中间那瓶，直接扣扳机，霎时间，一声惨叫盖过酒瓶子的炸裂声——刚刚一辆倒骑驴不知打哪冒出来——只见一个男人紧捂右眼，从车座上翻落在地。

这回轮到吕新开蒙了。

接下来的两天，有警察在临街几栋楼里挨家敲门，正好赶周末，人都在家。吕新开知道出事儿了，把枪藏在床底下，终于还是等来了警察。简单寻访，更像查户口，临街至少三五十户，感觉也难问出个所以然来。心虚肯定是虚，吕新开跟警察反打听，人咋样儿了？那天半夜是听着救护车叫了，没出人命吧？年轻那个警察说，在四院眼科呢，八成瞎了。吕新开嘀咕，没出人命就行。年轻警察说，多他妈倒霉，一个收酒瓶子的，得罪谁了也不知道。老警察瞅瞅小年轻，意思话多了，俩人就上楼敲门了。吕新开关上门，还没缓过神儿，大李刚的电话就打进来，问他啥时候上班，礼拜六都替他值一天班了，病假还要请到哪天。大李刚会说话，他说的是领导不乐意了。吕新开合计一下，说，明天就回去。挂掉电话，他坐回沙发，发会儿愣，听见两只黄鹂在阳台叫，起身去给填了一撮小米，这两天一直拿雪碧瓶盖凑合盛着。吕新开观察这俩小玩意儿，明显都胖出一圈儿，毛色渐显嫩黄，又琢磨了一阵，终于下定决心出门。

下午两点半，吕新开打车到四院，下车后在对面的建行取了一千块钱，工资卡里就攒下这些。穿过门诊，上二楼，拉住院部的护士打听，赶上一个好说话的，告诉他，前两天半夜是收了一个男的，眼睛让玻璃碴子给崩了，查了一下登记，在407病房，叫廉加海。

上四楼的时候，吕新开腿肚子转筋了，从小到大都没惹过这么大祸，关键是心里绞得慌，人家一个收酒瓶子的，本来就不容易，凭啥挨这一遭？真要瞎了，往后可咋办？登记上写了，廉加海，四十六岁，正是一家之主，顶梁柱的年纪。吕新开楼梯也没力气爬了，干脆坐在台阶上缓缓，竟有点儿委屈。这两天他一直找借口安慰自己，找来找去，唯一说得过去的借口，就是自己当时烧糊涂了。坐了能有十分钟，直到打扫卫生的拖地撵他，吕新开才憋足一口气，站起身朝407走。

在病房门口，吕新开听见屋里传来单田芳的动静，《三侠五义》。走进去，病房一共三张床，中间那张空着，挨门口的床上躺着一个大高个儿，双眼裹一圈儿纱布，应该在睡觉。最里面挨窗那张，一个男人靠着枕头被褥坐，听半导体的也是他。这人面色黝黑，剃平头，脖子短粗，右眼贴一块方纱布，应该是廉加海没错了——乍看可不止四十六岁，像个小老头儿。吕新开走上前，廉加海扭脸看他，俩人半天谁也没说话，廉加海先是关掉了半导体，随后左眼越睁越大，好像在对吕新开说，我猜到你是谁了。吕新开掏出那一千块钱，放在床头柜上，才开口，大叔，对不起，我叫吕新开，我来认错的。你眼睛是我打的。廉加海说，我眼睛是酒瓶子崩的。吕新开说，酒瓶子是我打的，拿气枪。廉加海眨了眨左眼，说，你挺准啊。吕新开无言。廉加海又说，坐吧。

吕新开原本打算，先找受害者认错，再去派出所自首，心安排在理得前边。来的路上，他假想过好几种画面：家属讹他一笔，揍他一顿，这都能接受，最怕还是丢工作，万一赶上子女不是善茬儿，再叫个记者来曝光，上把早间新闻，人也一起丢了——但他说啥也没想到，自己被廉加海摁住扯了一下午家常，人家还给他剥了个橘子，吕新开觉着不可思议，橘子瓣儿送进嘴前还顿了两秒，怀疑是不是被下了毒，可转念又在脑子里扇自己嘴巴，真他妈小人之心，我是碰上活菩萨了吧？廉加海对他说，事儿都已经出了，历史不能倒退，你敢主动找我来，就能说明不是个坏孩子。你多大了？吕新开说，二十三。廉加海说，74年的，属虎？吕新开说，对，大叔脑袋挺快。廉加海说，我女儿跟你同岁，也属虎，十月份的，你几月？吕新开说，我四月底。廉加海说，大半岁，独生子女？吕新开说，对。廉加海说，嗯，我女儿也是。在哪上班？吕新开说，在机场。廉加海说，飞行员啊？吕新开说，驱鸟员，在地面活动。廉加海说，这工作挺有意思，我有个战友以前跟你是同行，平时打鸟用啥枪？吕新开说，大叔，那天晚上我就想拿气枪练练手，真的，我对不起你。吕新开说着，鼻酸突然止不住，眼泪落下两行，起身给廉加海鞠了一大躬，头沉下去就不起来，更嫌自己丢人，这些年想爷爷的时候都没哭过。廉加海说，坐吧，孩子，坐吧。吕新开抹一把眼泪鼻涕，又在空床搭边儿坐下。廉加海又问，你爸哪年的？吕新开说，52的。廉加海说，我大你爸一岁，论起来你得叫大爷。吕新开改口，大爷。廉加海说，父母做啥工作？吕新开说，爹妈都没了。廉加海说，咋没这么早？吕新开说，我四岁那年，一场山火烧死的，俩人一起。廉加海叹了口重气，接不下去话。吕新开继续说，我不是沈阳人，我家在黑龙江农村，一个叫新开农场的地方，挨着大兴安岭，我是爷爷带大的，我爷爷是护林员。我去县城上高中那年，爷爷也没了，打那以后我就我自己，一直都我自己。廉加海边听，手上又剥好一个橘子，递上说，这些年没少受委屈吧，孩子。吕新开一愣，突然又开始哭，一直哭，没完没了。

吕新开离开四院时，正落太阳。他坐在公交车里，心踏实不少。窗敞着，风灌进来吹干脸上泪痕，凉飕飕，感觉像刚洗了个透澡，从里懈到外，闭眼能睡着。来沈阳第五年了，五年里，吕新开没跟任何人说过这么多话，还都是陈年积压的旧话，搁心里再憋下去可能会变质、发霉、长毛的话——抖搂一个干净，吕新开觉得自己像一个新生儿，一只才破壳的雏鸟。吕新开听了廉加海劝，没去自首，毕竟也没人报案，就算哪天警察真找上门，廉加海也向他保证，不追究责任。不过廉加海有个条件，吕新开必须每天下班去陪他说话，一直到出院，去了还得给他带两只一手店的猪爪，就爱啃猪爪。吕新开都应下了。不过那一千块钱留在床头柜上，他手里不剩钱了，下个月开支还得等俩礼拜，只能先跟大李刚借点儿。夕阳的余温洒上身，稍有了些暖意。吕新开心里捋着未来几天的大事小情，眼皮渐渐贴在了一起。

吕新开睡过了，下车往回走两站。他挺喜欢住大西菜行的，热闹，有人气儿。房子是大姨留下的，套间，铝镁设计院分的宿舍，借给他住。大姨去海南以前，钥匙留给吕新开，说就当替她看房子。在此之前，吕新开在航空职业技术学校住了三年宿舍。大专文凭是他到沈阳后，大姨逼着他考的。备考那半年，他就睡在大姨家的沙发上，那时候大姨夫已经先一步去了海南。最开始吕新开不乐意再念书了，被大姨硬拽着辅导了一个月，后来居然慢慢就上道儿了。收到录取通知书的当天，大姨破天荒夸了吕新开一句：我早就看出来，你智商随我们老刘家了，没随他们那一家子农村人，长相也没随——大姨就是那么个人，一句好话都能叫她说得硌牙。吕新开跟大姨不亲，绝对跟这有关，哪怕俩人是彼此在刘家最后的亲人。搬来沈阳之前，他跟大姨只见过一面，还是他七八岁的时候，大姨来新开农场给自己妹妹上坟，火车两天一宿来，两天一宿回，住都没住。可能也因为爷爷根本不招待，躲山里连面儿都没露，上坟还是吕新开领着大姨去的。总之吕新开那时候就看明白，两家指定有啥大矛盾。刘家姊妹两个，姥爷跟姥姥据说是知识分子，以前在沈阳的大学教书，八十年代末就先后病死了，大姨后来对吕新开说，就是让你妈给气死的。他在沙发里备考那半年，跟大姨每天也说不上几句话。大姨没孩子，男人又不在身边，每天下班回到家，吃完饭就钻进屋里看书，要不就是趴小书桌上画图，反正除了上厕所都不出来。这样的日子，后来总算在吕新开的点灯熬油下结束了，开学前三天，他就迫不及待搬进了学校宿舍，连寒暑假都不回来，除非赶上年节，回来跟大姨吃顿饭，有两年的年三十，大姨去海南过的，他就买饺子自己回宿舍吃。他合计，这样挺好，应该也合大姨的意，他俩都是不爱欠别人的人。

进了门，吕新开先给两只黄鹂倒了水，自己煮了袋方便面，站着几口吃完，洗澡的劲儿都不剩了。眼科医院应该没啥传染病，直接上床，沾枕头就着了。路上就预感，今天晚上应该能睡个安稳觉，不过在睡着前的一刻，吕新开的脑袋里最后冒出一个感想——这要是他自己的房子该多好。

第二天去病房看廉加海时，吕新开不光带了猪爪，还有俩鸡架，半斤熏鹌鹑蛋，外加一袋拌腐竹。廉加海心情不错，开玩笑说，这几个菜不整半斤，真挺白瞎。吕新开说，要不是护士看得紧，我真就给你带酒了。廉加海问，你喝酒吗？吕新开说，滴酒不沾。廉加海说，难得。本来吕新开还有后半句：最烦酒蒙子，话到嘴边还是忍住了，他见廉加海胃口一天比一天好，心反倒揪揪起来——刚进屋时，正赶上护士换药，廉加海的右眼眶里血赤糊拉，他扭头没敢多看。护士还说，今晚能确定下次手术时间，叫家属来签字。护士走后，吕新开哆嗦着问，大爷，眼睛还能保住不？廉加海说，刚进来时说能保住，现在又说够呛了，做最坏打算呗。吕新开问，最坏打算是啥？廉加海说，摘除，装个狗眼睛。吕新开感觉喉咙被一大口口水给卡住，连吞了两下，才说出话来，大爷，手术费得多钱？砸锅卖铁我出。廉加海摇摇头，用不着你，我有医保，本来有，等我出院就去要。吕新开没太听明白。廉加海把猪爪放下，说，你真当我是收破烂儿的了吧？吕新开说，你说有时候也送嘎斯罐。廉加海说，那都不是我本职工作，我本职工作没跟你提过吗？吕新开好奇了，没有，大爷你到底干啥的？廉加海说，我是警察，狱警。他瞧出来吕新开不信，又说，我的警官证就在那夹克里怀兜儿，你自己翻。吕新开说，不用了，我信。大爷，那你不上班，收啥酒瓶子啊？廉加海说，这个问题说来话长，前年我被下岗了。吕新开又糊涂了，警察咋还能下岗呢？别逗了。廉加海说，是被人顶包了，劳改局的领导贪污，把我们八十二个转干的指标给卖了，一个卖五万，逼我们下岗。吕新开嘀咕，还有这事儿。廉加海拿起猪爪继续啃，说，都告他两年了，等出院我接着告，告赢那天，医保都得给我补回来，这两年去药房买盒板蓝根我都留单子。

第三天傍晚，吕新开拎着猪爪进屋时，中间那张空床上坐着一个年轻女孩的背影，扎一根马尾，腰绷得溜直，两只手扣在膝盖上，像个乖学生。吕新开走近了，那女孩一歪头，起身就要走，跟故意躲他似的，打他身边晃过时，瞥见个侧脸，吕新开也没好意思多看，转跟廉加海打招呼，我来了，大爷。廉加海点头，冲女孩说，再坐会儿啊。女孩也没应声，像在怄气，但离开的脚步很慢，趿拉鞋底走路。廉加海主动接过猪爪，叹气说，大了，也管不了。吕新开说，你女儿吧？廉加海说，是不是看不太出来？得亏长相没随我，随她妈了，她妈白。吕新开不知道该怎么接话，没吭声，坐上空床，屁股底下还有女孩的体温。廉加海把猪爪放一边，盯着吕新开看了一会儿，你有对象了吗？吕新开说，没有。廉加海又问，你觉得我女儿长得咋样儿？此话一出，吕新开就明白啥意思了，但他闹不明白这小老头儿心里盘算啥呢，咋就盯上他了？他农村出身个孤儿，一月挣一千块钱不到，图他啥呢？再说这又算啥？我欠你只眼睛，你搭我个女儿，没听过这套路啊。吕新开左右想不通，把半导体给拧开，故意小声说，长啥样儿没太看清啊。廉加海把半导体又给关了，说，要不我明天再给她叫来，你俩多坐会儿。吕新开瞅意思是绕不开这话头了，干脆挑明吧，大爷你到底啥意思？廉加海说，我觉得你俩挺合适。吕新开琢磨着必须接招儿了，掰手指头说，我属虎，她也属虎，是吧？廉加海说，没错。吕新开说，我爷爷说过，二虎相争必有一伤，不合适。廉加海说，咱别扯那封建迷信的，我是党员。吕新开打偏了，心说早知道有这一出，刚才就该撒谎说有对象了。廉加海乘胜追击，说，小吕，你别以为我是心血来潮，我是真看上你这个孩子了，你是个善良孩子，我女儿也是，你俩适合，真的。吕新开换路子开始服软，说，大爷，我配不上你家。廉加海两腿一盘，前倾身子，说，可别这么说，都是平头百姓。没有人是完美无缺的，对不对？多少都有自己的小缺陷，大爷拿你举个例子，你这孩子，性子挺急，还有点儿鲁莽，这算缺陷，但是你敢作敢当，说话算话，心思也细，这都是优点，一个人优点只要盖过缺陷，那总体就是一个好人，对不对？吕新开点头，这话没错。廉加海接着说，我女儿，优点也很突出，孝顺，懂事，还聪明，打小学习就好，长得也不赖，挺禁端详的。吕新开敷衍说，看得出来。但廉加海突然不往下说了，左眼也开始游离——吕新开发现，人俩眼睛少了一只打配合，心思果然更容易暴露。他忍不住追问，那缺陷呢？廉加海支支吾吾，啊，啊。吕新开重新占领高地，不依不饶了，接着说啊大爷。廉加海干脆低了头，把两只猪爪从塑料袋里掏出来，对吕新开说，今天一人一只，你陪我啃。

俩人算是不欢而散，等公交的时候，吕新开越想越憋气。难怪那女孩走路蹭着地走，敢情是瞎子！双目视力一个0.02，一个0.03，廉加海说得好听，不是全盲——那叫缺陷吗？那叫残疾！亏自己当初还怕被人讹钱，原来人家要讹你一辈子，还不敢讹钱呢，钱起码有数儿。吕新开心里发狠，挖只眼赔他都认了，瞧不起谁呢，自己就算再穷再不济，这辈子也不可能娶个残疾人回家。

吕新开气得饱饱的，到家也没心情吃饭，第一件事就是进屋从床底卜搜出那杆气枪，进阳台拿锤子叮咣一通砸，惊得那两只黄鹂在笼子里上蹿下跳。劈成两截儿的枪杆，攥在吕新开双手中，他才算冷静了点儿，想想也不知道这是冲廉加海还是冲自己。屋里电话响。吕新开进屋一接，火又蹿回来——还他妈追家来了！当初廉加海跟自己要座机号的时候，还寻思对方是怕他跑，该给，不避讳。哪承想全是阴谋啊，老东西道行太深了。吕新开张口就急了，你手术到底要多钱？我全赔，连手术加医药费，你都算清楚，半年还不起我还一年，一年还不起我还两年，你还想咋地！电话那边喘了一阵，廉加海才说，我为打个电话爬了好几层楼，你等我歇口气儿。吕新开不耐烦，有话赶紧的。廉加海说，我在你夹克兜儿里揣了封信，你好好看一下。护士叫我了，我回去了。

小吕同志：

你好。本人廉加海，当兵出身，也是党员。我对党对天向你保证，以下绝无半句戏言：

1. 我女廉婕，家教严格，洁身自好。若你二人结合，你就是她第一个男人。

2. 我女廉婕，外冷内热，知恩图报。若你二人结合，你若不负她，她定不负你。

3. 本人离异多年，与前妻无财产纠纷，外债已清，名下有房产一处，现与我女廉婕同住，若你二人结合，登记之日即可将名下房产过户于你，作婚房相赠。本人迁出，绝不打扰。

廉加海
1997 年 4 月 7 日

信纸上的题头是"沈阳市第四人民医院"。吕新开倒推了一下，敢情他第二次从病房回来，这封信就写好了。吕新开将信铺在小书桌上，捋了捋折痕，顺手拿镇尺压上，大姨以前画图用的。随后他又出了门，打车回了四院。

进到病房，吕新开没有再坐中间的空床，直接坐上了廉加海的床尾。廉加海面朝墙侧卧着，左眼压在枕头里，也不知道是睁着还是睡着呢。吕新开坐的方向对门，只有头顶一根灯管还亮着，才发现第一张床的大高个儿应该是出院了，病房里就剩他们俩人。吕新开假装回头看天，其实在偷偷观察廉加海。窗外夜色淡蓝，大风天把夜空多吹出了几颗星星，就在此肃静一刻，半导体的声音突然响起来，由小渐大，这回是刘兰芳的《杨家将》。原来廉加海没睡，拧开了半导体，又把手收回枕头底下垫着。俩人就那么一声不吭地听完了一整段，直到插播广告了才开口说话。吕新开说，大个儿出院了啊。廉加海说，是个消防员，伤得不重，眼睛保住了，刚才老婆给接回家养去了。吕新开问，再手术时间定了吗？廉加海说，后天早上。吕新开说，我请假过来。廉加海说，不用。吕新开说，我给你剥个橘子啊。廉加海说，大夫让少吃橘子，上火。吕新开说，那我明天给你买点儿桃罐头。廉加海说，明天你别来了。吕新开说，大爷，今天是我不对，脾气又急了，不该那么跟你说话。廉加海翻过身来平躺，左眼仰视吕新开，说，明天下班，你跟小婕俩见一面吧，小婕都同意了。吕新开点点头，去哪见？廉加海说，太原街的京九快餐，知道不？吕新开说，知道，没吃过。廉加海说，明晚六点。吕新开说，行。廉加海靠起身来，从床头柜里变出那一千块钱，夹在一本《知音》里，平平整整。廉加海说，钱拿回去，你俩吃饭逛街使。

4月9号。礼拜三。早上一进办公室，吕新开先还大李刚四百块钱，又多给了五十，就当之前替自己值班的感谢费。大李刚嘴上说不用，手还是接了。九点半，小李刚才进屋，脖子上不挎弹壳了，换了条真金的链子。吕新开说，迟到了。小李刚说，我比你来得早，刚在食堂吃饭呢，咋地？吕新开说，你咋不连中午饭一块吃了呢。小李刚说，关你鸡毛事儿啊？你前两天还没来呢。吕新开说，我请假了，大李刚替我班。小李刚说，是不欠削了？吕新开就是故意找茬儿，单挑你是个儿吗？小李刚说，臭鸡巴农村人，咱俩出去。小李刚瞄大李刚一眼，见这把没有要拉架的意思，硬着头皮扭身进走廊了。吕新开跟出去，小李刚还要往出走，被吕新开叫住，就这儿吧。没等小李刚反应过来，吕新开从身后一个大脖搂子将他放倒在地，紧跟泰山压顶，膝盖死死顶压对方胸口。小李刚根本上不来气，只听身上泰山冲自己吼，以后少跟我装听着没！小李刚嗯了一声。往后摘网子我一天你一天，打鸟你一天我一天，好使不？小李刚又嗯了一声。当泰山从自己胸口移走时，小李刚才发现大李刚正倚门口看热闹呢，他的目光随后被一片裤裆遮住，瞪眼见吕新开从自己头顶跨过，一路出了走廊。

吕新开走上空地，头顶的天空是墙灰白。报着有小雨，看样子下不成，也不影响正常飞行。虽然在机场上班，但吕新开很少抬头看飞机，更没坐过，他只是单纯地不喜欢飞机，对飞行也没有向往。他更享受跟风景平起平坐，讨厌居高临下。他爱坐火车，最好是能睡上一两宿的长途卧铺，大觉接小觉地睡，醒来也不知道在哪儿的感觉最美。曾经他坐了两天一宿的火车来到沈阳。曾经他的大姨也是坐着那趟车，反方向从沈阳去大兴安岭给自己的妹妹上坟。二十多年前，母亲也曾坐过某一班火车，也或许坐的是长途汽车或者卡车——吕新开突然就想家了，想自己在大山里的那个家。

青年大街的路越挖越宽，越来越难走，班车到大西菜行已经五点半。吕新开飞奔进家，换了身体面衣服，皮夹克是当年妈妈从沈阳就带过去的，收腰蝙蝠袖，是男款，他印象中妈妈常年爱穿男装。等他打车到了太原街，已经六点过十分了。吕新开心里挺愧疚，让人家女孩等自己，不地道，何况人家身体本来就不方便。小跑到地方，他突然又不敢进了，躲在路旁的一棵银杏树后，扫一眼，就发现了挨着玻璃窗坐的廉婕，还是扎个马尾，灰格子衬衫，牛仔裤，白旅游鞋，还是规规矩矩坐在那，腰板绷得直，面前只摆了一杯可乐，半天才喝一口。隔这个距离看，完全看不出来眼睛有什么不一样，没戴墨镜，也正常眨，文文静静一个姑娘。吕新开合计，毕竟还是跟一般人有区别，五米距离应该还是发现不了自己，干脆从树后面绕出来，走近两步继续站那看。他感觉自己这样不道德，甚至是下流，但他又挺爱观察她那些小动作——一会儿拢拢头发，一会儿襟襟领子，每隔几分钟就把手腕上的电子表凑近耳朵，应该是听报时，直到看见她又一次听完报时，起身抻抻衣角，准备要走了，吕新开才看眼自己的表，都六点半了，但他仍然没挪窝儿，目光追着她从门口出来，下台阶很小心，先用前脚掌试探，后脚跟才敢落实，连贯起来，就是拖着地走路，应该挺费鞋的，为啥不整根盲人棍呢？肯定是不想让人当自己是盲的呗，怎么说还是小姑娘，心高。

　　眼瞅廉婕都领先一段了，吕新开才想起来跟上，始终隔着两三米。几次见路面上坑坑洼洼，吕新开都差一点儿冲上去要搀她胳膊，但她总是能安全渡过，时慢时更慢。一段路下来，吕新开发现自己已经开始为她提心吊胆了。原来她是要坐公交车，237，正好跟自己也顺路，吕新开也站一旁等。车来了，吕新开紧跟在后上车，担心她登阶会仰下来，双手随时做好推举准备。下班点儿都过了，车上人少，两人都有座，吕新开坐在她斜后方，隔着过道，这是个新角度。月光刚好偏向她那侧，吕新开盯着膝盖上那双手细看，手指修长，像弹钢琴的手，就是指骨节稍粗。就那么一路看着，大西菜行到了，吕新开也没下车，继续坐，又过了两站，怀远门，她下车了，吕新开也下车。下车再看眼表，七点二十五。没走几步，她扭身一拐，进了家门市。吕新开抬头——敬康盲人按摩院。明白了，应该是在这工作。直接跟进去就暴露了，吕新开站在门外，徘徊了五分钟，想想该怎么圆谎，打了个腹稿，才跨进门去。

白炽灯明亮，甚至有些晃眼。进屋右手是收银台，细长条的屋正中摆放了三张按摩床，两个男师傅把边儿各坐一张塑料凳，一个戴墨镜，一个双闭眼，应该都是全盲。再往里瞧，左手还有个里屋，是套间。戴墨镜的起身，问是不是会员，吕新开说，不是。墨镜又问点名找哪个师傅，还是随便，正赶这时候，廉婕从里屋出来了，白大褂正系最顶一颗扣子。吕新开说，这女师傅吧，我不受力。墨镜坐下了。廉婕系好扣子说，进里屋吧。吕新开乖乖进去，里屋又挤两张床。廉婕说，趴下吧。吕新开脱了皮夹克，就近那张床趴下，脑袋刚塞进那个洞里，就听见门被关上。廉婕问，哪儿不舒服？吕新开反问，我能翻过来吗？趴着难受。廉婕说，随便。吕新开就翻过来。廉婕站到他的脑顶正前，说，翻过来就先摁肩了。吕新开说，摁头行吗？脑袋有点儿麻。廉婕不再说话，指节顶住俩太阳穴开摁。吕新开感觉手劲儿太大，耳膜都被挤出噗的声来。吕新开说，哎呀，重了。廉婕说，不重，正好。吕新开奇怪，抬眼仰视廉婕的脸，还真是第一次端详正脸，虽然是倒着，也能看出是标准瓜子脸，下巴短短，鼻头尖尖，有点儿丹凤眼——他大胆跟这双眼睛对视，还是没觉出任何不同，不算特别剔透而已，一下能从中望见自己，一下又消失了——知道了，原来是隔了一层薄薄的雾。廉婕说，你是那个相亲的吧。吕新开一惊，你咋知道呢？廉婕说，认得你动静。吕新开说，咱俩没说过话啊。廉婕说，在病房，你跟我爸。吕新开心说，耳朵果然是灵。廉婕说，我的情况，我爸说了吧？吕新开反问，你咋不问我，今晚为啥约好了没去？廉婕说，习惯了，上个月也有一个没来，上上个月有俩。吕新开说，但是我又来了。廉婕说，来就来呗，按摩还是得给钱。吕新开问，你爸是怎么介绍我的？廉婕说，就说人品不错，在机场上班。吕新开心虚，没讲怎么认识的？廉婕说，没有。她的十指探进吕新开的头发里开始抓，你几天没洗头了？吕新开说，两三天吧，是爱出油。你平时都有啥爱好啊？廉婕说，小时候爱看看书，弹弹电子琴，现在只能听歌，听评书。盲文书太贵，也买不起。我眼睛不是天生的，知道吧？吕新开说，知道。你爸说你以前学习可好了，写书法还得过奖状。廉婕说，听我爸说你大专文凭呢。吕新开说，啥用没有，进单位没门子，都得从临时工干。接下来两人好一阵没话再说。吕新开眼皮发沉，摁头确实挺舒服，但又不忍心冷场，随口说，我考你一个吧。廉婕说，考啥？吕新开说，两个黄鹂鸣翠柳。廉婕说，一行白鹭上青天。

一行白鹭上青天。一行白鹭上青天。

就是这句，在嘴边转悠一礼拜了。吕新开在胸中一遍遍默念：两个黄鹂鸣翠柳，一行白鹭上青天。——像一首摇篮曲，自己到底还是被哄睡着了。

二、森林

嘎春河是一条不存在的河，也不能说是真的不存在，河在，但名字不存在于任何一张地图上，只有当地村民才这么叫，其实就是一条再普通不过的小河，追根溯源，也很难让人联想到松花江，或者长白山天池——它到底是从哪流过来的，我爸也根本答不上，他甚至都说不清这条河到底有多长，本来有多宽——不过据他回忆，2008年那会儿，肯定比三十年前要窄不少，主要因为全球气候变暖，降雨量逐年下降，再加上两岸的原始森林被砍伐殆尽，泥沙这才趁机下山抢了河的地盘。2008年的秋天，我爸出狱的第二年，带着我回了趟他长大的黑龙江农村老家，原本是打算把我未曾谋过面的爷爷奶奶的坟，连我太爷爷的坟一起，迁回沈阳。可是全村祖祖辈辈的坟都在森林里，森林没了，坟也就都没了。我跟我爸在一片光秃的山坡上扑了个空，后来还迷了路，下山重新回到吕家村时，天已经黑透了。那年我九岁，打小我就没怕过黑，唯独挺惊讶，我爸呆在监狱里还有精力关注全球变暖的问题。

说起我爸这个人，他是个酒鬼，自己把自己给喝废了。他的前半辈子，本来滴酒不沾，而且他最烦别人喝酒——骤变发生在2006年，我妈车祸去世，我爸从此被酒精缠上了。假如每个家庭都有一本属于自己的家族日历，那么2006年，在我们一家人的日历上，应该被圈上黑圈儿。那年春天，我妈没了，我爸进了监狱。这些都得慢慢回忆，十三年一晃，有些事我到现在还没反应过来。

我爸小时候挺苦的，五岁没了爹和娘，跟着爷爷在农村山里长大，一个叫新开农场的地方，本来叫吕家村，六十年代跟周边几个村子合并叫成新开农场，九十年代农场又拆伙，改叫回吕家村。刚叫新开农场的时候，我奶奶从沈阳过来插队，之后跟当地农民结婚，也就是我爷爷，生下我爸，从此跟沈阳的家人决裂，直到一场山火，把她永远留在了大兴安岭的原始森林里。关于那场山火，网上查不到，大概发生在1978到1979年间，再多我也不清楚，都是听姥爷讲的，他嘱咐过我，永远不要跟我爸打听。但我记住了一个细节——那场山火的起因是有人在森林里烧纸，一个村民进山给老婆上坟，在坟前喝醉了酒，纸还着着，人睡过去了——就因为这个，我妈去世后，我跟我爸和我姥爷去扫墓，从来不烧纸，只献花。我爸对烧纸有阴影。

那天晚上，我跟在我爸身后，从山坡上一路朝下走，他的脚步迈得倒是很坚定，一路上也没有回头看过我一眼，可我感觉他也不是很擅长分辨东南西北，身为一个农村出生长大的孩子，不太应该。下山的路上，经过一片木桩，粗细各异，有的已经冒出新枝丫，也不知道是哪年哪月被砍倒的，有条小草蛇穿梭其间，一路跟着我，画"S"前进，我反过来追它，它又跑掉，我想继续追，被我爸给骂回来。多年后，我考摩托车绕桩时，突然想起那条小蛇，我把自己想象成它，顺利通过。

我爸最后是奔着灯火走的。山坡下，河对岸，几间农舍的灯光很零散。我爸领着我，敲开眼前最近一家的门，是个独居的老猎户，八十多岁了，我爸竟还认得他，叫了声爷爷——吕家村的男人基本都姓吕，所以叫谁都习惯了不带姓。我爸随后报上自己名字，说，爷爷，我是新开啊，老猎户突然变得很激动，请我们进了屋。一老一少两个男人喝着白酒，唠了半宿，原来老猎户跟我的太爷爷是发小儿，一辈子都没离开过吕家村。老猎户跟我爸说，当年上边下来人推坟的时候，自己本来想替我爸守住祖坟，偏赶那年在山上摔断腿，下不了炕，也没我爸个联系方式，养到再能出门上山时，山都平了。我爸摇着头，没说什么，反倒问起村里的人都去哪了。老猎户说，一大半的人都搬去镇上了，留下来的人，基本都以伐木为生，带卖卖山货。那晚我爸喝醉了，我俩就在老猎户的家里睡了一宿，第二天才回到镇上，搭火车往沈阳返。那是一趟来去空空的旅途，二十几个小时的回程，我爸跟我说的话加在一起没有十句。我后来想，我爸要是没回去那一趟，这世上还有一个地方跟他同名同姓，可自从那趟回来，他不再只是孤儿，连名字都丢了。

我爸的名字，是他妈妈起的。我的名字，也是我妈妈起的。我叫吕旷，旷野的旷。我妈眼睛不好，双目视力接近全盲，因此寄情于我——目之所及，旷野无边，能看多远看多远——这是她的解释。我妈的眼睛不是天生的，是一种后天的视神经疾病，加上当年吃错药，十岁开始，视力就越来越坏，没出两年就基本看不见了。我姥爷为给我妈治眼睛，掏光了家底，还拉一屁股饥荒，老婆跟他离婚，他一个人把我妈带大。我小时候，一年被我姥爷领去四院好几回查视力，人家大夫都说了我妈的病不遗传，他就是不放心。我眼睛特别好，随我爸了。我爸那双眼睛没利用好，大眼漏神，看待问题浮皮潦草，远不如我妈的心眼亮。

在我的印象里，我爸妈的感情应该是特别好，走在路上，永远手拉手。家里洗衣服做饭都是我爸，我妈多不少时间，常被用来教我背唐诗。上小学以前，我就会背三四十首唐诗了。小时候，我妈常教育我，人要多读书，书读多了，自然心明眼亮，人生才会进步。如今我长大了，回想我妈的话，对也不对，多少有点儿过时。靠读书进步，时间成本太高，现在人等不起。我说的其实也是自己。我高中一毕业就进入社会，也就是2017年。庆幸时代变了，清华北大毕业找工作一样难，学历基本没大用，心里也就平衡了。互联网领导一切了，手机玩儿得明白就能赚钱，年轻人只要把自尊心放一放，出头机会遍地都是，虽然这关并不好过，但我是这么想的，也是这么做的。曾经我也一心想考大学，高中三年成绩还凑合，因为家里穷，本来报考了飞行员，盼着等进了航校就不用再跟我爸伸手要钱，体测跟面试都过了，没承想因为政审被刷下来，理由是我爸蹲过一年牢。为这事，我就想跟我爸要句对不起都没有，一赌气，干脆把高考也给逃了。那年国庆以后，我坐火车去了北京，找不到别的工作，只能送快递，最狠一天干过十六个小时，回宿舍的路上，骑摩托睡着了。宿舍六人一间，有个河南哥儿们，下班就趴床上看直播，工资都给女主播打赏了。开始我好奇，跟着看，接触深了，自己也玩儿了起来，但我的玩儿跟他的玩儿不一样。

2018年，我刚注册快手的时候，在注册页面卡了半宿，卡在想不出起啥网名。到后半夜，心一铁，直接输入那六个字：狗眼儿两张嘴。半年后我开通直播，粉丝在直播间都问，为啥叫这么个名？挺瘆人的。我就解释，第一，我上小学时候外号叫狗眼儿，第二，我姓吕，双"口"吕，拆开两张嘴。就这么简单，没创意。最开始粉丝喜欢叫我"狗眼儿"，后来粉丝多了，公屏满屏"狗眼儿、狗眼儿"，说实话心里还是不舒服，总让我想起上小学挨欺负那段日子，后悔起这个名，活该，改了又怕掉粉，于是慢慢引导他们叫我"二嘴"，等我开始被叫"二嘴哥"时，粉丝刚突破十万。

我的外号都是因为我姥爷。他的右眼是只狗眼睛，像个玻璃球，芯儿是草绿色的。关于他的眼睛，我从小就问，姥爷自己说是执行任务时受的工伤，我爸也这么说，真实情况我也不清楚。我上小学一年级那会儿，都是姥爷来接我放学，蹬个倒骑驴。我户口跟我爸落在大西菜行，小学最开始念的是二经三校，挨着彩塔街，不远就是浑河。我们班的男生，放学一见我姥爷来，就喊他"老狗眼儿！老狗眼儿"，我也就成了"小狗眼儿"。为这个我没少跟同学打架，可是因为瘦小，基本都是挨打，给自己气得直哭。有几次脸上挂彩儿，坐上倒骑驴，我姥爷就问，又跟人打架了？我说，全都因为你，以后别来接我了，你给我钱，我自己坐公交。我姥爷说不放心，等我上了三年级才能自己走。当时我们班不少同学家长都是开车来接，奔驰宝马也有，我从小自尊心就强，看人家钻进小轿车，我跟空嘎斯罐一车，脸恨不能埋裤裆里。那年姥爷已经五十四岁，蹬不太动了，咬牙下本给倒骑驴装了个马达，劲给足了也不慢，能跑三四十迈，裆底下嗵嗵冒黑烟，呛得我直咳嗽。

我姥爷是个好人，也是个怂人，谁逮谁敢欺负两下，多少次我陪他一起去送嘎斯罐，连饭店小工跟他说话都像呲哒狗似的，也没见他闹过脾气。但他总跟陌生人强调，自己是个警察，公安系统的，别人当然不信，他就亮出自己的警官证，人家更当他精神不好。警官证我看过：廉加海，1951年9月18日出生，汉族，单位是沈阳第二监狱，地址在苏家屯。当年我也不确定真假，但照片上他穿警服的模样确实挺精神，跟老了完全不像一个人。直到2006年底，我在广播里听到新闻，一个退休的前劳改局领导在深圳被抓，罪名是在九十年代长期贪污受贿，当时姥爷一边做饭一边对我说，姥爷没撒谎吧。那领导就是被我姥爷他们一帮人上北京告下来的，一告十来年。讽刺的是，带头告状的我姥爷，那年刚好到退休年龄，恢复公职后直接领退休金，到死也没再穿回那身警服。

我的初恋曾经问过我一个问题，她问我对童年最美好的回忆是什么，当时我答不上来。分手以后的某天，我突然给她发了一条微信，回复我的答案，是猪爪跟螃蟹。点击发送才发现，她把我删了。不过我仍然挺感谢她问过我那个问题，因为我本人不是一个热衷回忆过去的人。我想起，在我五岁或六年那年，我妈过生日，我爸买了猪爪跟大飞蟹。我跟我妈爱吃螃蟹，我爸跟我姥爷爱吃猪爪，两样都不便宜，一年上不了我家饭桌几回——那天的一桌菜，就是美好，美好得十分具体。我还记得，我爸上来就把一整盆螃蟹的壳都给揭了，拿勺挨个抠出黄儿来，凑了小半碗，一口喂给我妈。那天还吃了好利来的蛋糕，我妈让我替她吹蜡烛。我妈平常也不喝酒，那天少喝了一点儿，脸红得厉害。饭后，她弹奏了一曲，家里那台电子琴，还是她小时候我姥爷给她买的。弹的哪首曲子我不记得了，总之是《小星星》一类最简单的调儿。我妈还在的时候，教我碰过几次琴，我完全没展露出任何兴趣，我妈也没硬逼，后来她不在了，琴也就再没人碰过。

　　我妈说过，如果不是因为眼睛，她的理想职业是音乐老师。她说自己最喜欢的地方就是学校。我上一年级那年，我妈每周都来学校几趟给我送饭。她干活儿的按摩院在怀远门，对面有家司机食堂，盒饭好吃还实惠，两荤一素五块钱。我最爱吃那家的锅包肉，番茄酱口的，我妈每次就打包了带来。怀远门到大西菜行要坐两站，我妈走路慢，下车再走到校门口，有时候菜都凉了。她会陪我坐在校门口吃完，听着校里校外孩子们的嬉闹声，她的脸上就会露出笑容，像在欣赏一场音乐会。等我吃完了，她再坐车回按摩院。就那次我对姥爷甩脸子，嫌弃他那破倒骑驴丢人，第二天中午我妈就来了，肯定是姥爷跟她告状了。那天她是拎着一袋子肯德基来的。肯德基好吃，但是家里没条件，那天以前，我只在店里吃过一回，也是我妈带我去的。在校门口，我俩还是在那棵柳树下的石磴子上坐着，我妈先是对我展开批评，教育我不要跟别人攀比，虚荣心最害人。我低头认错，我妈才打开袋子：一个香辣鸡腿堡，一杯可乐，一盒上校鸡块，还有一个草莓圣代。我记得自己吃得特别快，就怕吃慢了圣代别再化了，过程中糊了好几嘴柳絮。吃到最后我又放慢下来，因为要等我班同学从外面回来，我得让他们亲眼看见我吃肯德基。平时我吃饭急，那天却吃了一整个中午，我妈倒什么也没说，就一直陪我坐着，肯德基的塑料袋在她手中叠得方方正正。

也就是那一天，在彩塔街跟青年大街的十字路口，我妈准备过马路，坐237回怀远门，一辆帕萨特把她撞倒了。刚撞完时自己还能爬起来，意识也清醒，人是在坐救护车去医院的路上没的。当时有目击者称，是我妈过马路闯红灯。我妈不可能闯红灯。后来又有人说，我妈在等红灯的时候，背后被人推了一把，总之人家帕萨特没违章，判也是那么判的，最后象征性赔了三万块钱。

那天是2006年4月11号。星期二。黑圈儿中的黑圈儿。

墓地选在回龙岗墓园，我爸让刻碑的把自己名字也凿上去了。刻碑那老头儿说，没见过你这样的，年纪轻轻，多忌讳啊。我爸说，早晚的事儿，何苦再花两份钱。半个月以后，他在外面喝酒，跟人打架输了，竟然回机场取了他上班打鸟用的猎枪，回来找人报仇。机场同事发现枪丢了，一个先给我爸打了电话，另一个直接报案，最后我爸自己去派出所自首，录口供时酒还没醒呢。警察问他，知道偷枪是多大罪吗？我爸还跟人狡辩，说自己偷的算办公用品。还好是自首，最后轻判了。没人知道他到底咋想的，我妈没了以后，我好像变成了透明的，他无论干什么都不会考虑到我。一年后他出狱，我跟他就像陌生人一样。工作丢了，出狱后他又闲晃了一年多，大部分时间待在家养鸟，越养越多，最多的时候，阳台晾衣竿上挂着七个鸟笼子。他一天除了给我做早晚两顿饭，对鸟比对我上心。最招他稀罕的还是那两只黄鹂，活了十来年，高寿。自从那一趟吕家村之行回来，他经常对着那两只黄鹂说话，管鸟叫爹娘，我就知道我再不可能懂他了。后来他出去喝酒，都是跟几个养鸟的朋友，他养得最好，别人就撺掇他干脆去八一公园卖鸟，他也去了，第一天就卖出去两对儿雏儿，都是那两只黄鹂的后代。鸟成了他这些年的营生，一个礼拜出去摆三四天，卖鸟也卖鸟笼子。我家的小客厅，常年被一地鸟笼子霸占。

我妈没了不久后，我姥爷也不蹬倒骑驴了，改种树。当时我爸劝姥爷别再折腾，搬回家来一起住，他伺候，那是在他出事儿之前。我肯定举双手赞成，姥爷来了，我就不用每天跟我爸大眼瞪小眼。姥爷不同意，倒骑驴虽然蹬不动了，但他就是闲不住，认准那个种树的活儿：万里大造林——那是一个在辽宁跟内蒙古两地红极一时的投资项目，几个老板加明星，以超低的价格从政府手里购地，雇人栽上树苗，不用等树苗长大，就连地带树卖出去，赌增值，类似炒股票。项目被包装成了公益事业，种树防风固沙，倒手还能赚钱，当时广告做得铺天盖地："万里大造林，利国又利民。"——半年不到，就被揭穿是非法集资，几个老板被抓，成了个历史笑话。我姥爷就是这场笑话里的一个小标点，种树人。跟他一样的小标点，据说还有六七十个。但他们也是这场骗局中，仅有没亏还赚的一批人。这批人被公司雇去，划片儿种树，每个月能领一千多块钱。一车车杨树苗用卡车运来，他们只管种。我姥爷分的片区在国道边，过了机场再往东，马上到农村了。他一共负责十亩地，道北边四亩，道南边六亩。姥爷把自己在市里租的房子退了，直接搬进了国道边的小砖房里，连吃带住地种树。我爸进去以后，我被姥爷送去了武校，就冲武校管吃住，一周五天住校，周六日他接我回砖房去住。姥爷说他实在没精力一边种树一边带我，希望我理解。说真的，要不是小时候耽误那一年文化课，我学习应该能挺好。我用脚步丈量过那两块地的每一寸土，夏天逮蛐蛐、蜻蜓、扁担钩，到了冬天，赶上一尺多深的大雪，就够我蹦跶一下午了。姥爷种树有自己一套规矩，他是先围着两块地界勾边儿，每块先种四条棱，好比画画前先裱好了画框，宣告这是属于他的画布，他人禁止涂抹。从夏天到秋天，我亲眼见证姥爷完成了自己的初步规划，南北两块地被杨树苗圈成两个四方的空场，可惜没等到用绿色填满，项目就黄了，姥爷自然也停止了种树，靠养老金过活，但那两块地始终没人来收，他就一直在那间砖房里住着，非说自己在那睡得踏实。十年后，在我动身去北京之前，自己去看过他一次，他整个人精神焕发，胃口很好，但比过去絮叨了，三句不离我七岁以前的事。他种的那些杨树苗，都已经长到很高了，每一棵树干上都长满了大大小小的眼睛。其中正对窗子的一棵，树干正中刻着一个很显眼的"婕"字。

三、春梦

一晃离婚都快二十年了，早前一直挺有定力，怎么突然开始想女人了？——某个雪夜，廉加海坐在万顺啤酒屋里，紧盯窗外驮满积雪的倒骑驴，冷不防这样问起自己。夹一筷子小凉菜，半杯散啤送下肚，他开始反思——老婆甩手走人那年，女儿廉婕小学还没毕业，他一个人当爹又当妈。那会儿他还是个狱警，轮班不规律，一个礼拜至少两天得住苏家屯，没法回家做饭，只能让廉婕上爷爷奶奶家吃。可廉婕要强，眼睛几乎快要看不见以前，对他说，爸，你教我做饭吧，洗衣服我已经没问题了。他教女儿做的第一个菜是西红柿炒鸡蛋，一边颠勺一边哭，不敢哭出声，不出声女儿就看不见。他清楚，女儿那不是要强，那是懂事儿，心疼自己爹，知道他爹跟他爹的爹关系不好，不想让自己爹总低声下气。廉加海老早年就明白了一个道理——世上有的亲人，只是亲在血缘上，实际上辈子兴许是仇人，他自己家就是最好的例子。廉加海是家里老大，下面有一弟一妹，从小到大，苦历来都是他这个当大哥的吃，当兵几年领的补贴全寄回家，弟弟娶媳妇他出钱，妹妹嫁人，嫁妆也是他包，爹妈咋就还嫌他做得不够呢？弟弟妹妹后来过得都强过他，他碰上难处需要钱，咋就一个比一个会哭穷呢？这些问题，廉加海想不通就想不通了，只要认清自己这辈子不可能再指望家里，那就把亲人当同事处，谁也不该谁的，少来往就少计较，反倒豁然开朗。自己女儿自己养，他女儿比这个世上任何一家的孩子都懂事儿，这是福分，他得惜福。

　　不过也二十年了，他廉加海又不是唐僧，没想过女人不可能，但也只是身体上想，不是精神上的，身体上那叫生理需要，不归精神管，可以原谅。廉加海来万顺喝酒的历史并不长，一年多前被几个蹬三轮儿的老哥们儿领来的。这帮人爱往这呼堆儿，酒菜比别家便宜是一方面，主要是大落地玻璃正对北富舞厅，舞女们搔首弄姿地进进出出，白看不要钱，连吃带喝，品头论足，都当自己是选美比赛评委了，干过眼瘾也值个儿——夏天就赚了，挨个露半拉胸脯，光两条大腿，比菜下酒。不怪有人给这地方起了个缺德名，叫穷鬼乐园。廉加海刚来到乐园时已经入冬，没赶上露肉，他就跟人喝酒打牌，块八毛，玩儿得不大。可时间一长，廉加海寻思这不行，太耽误挣钱，害他一天少送好几趟嘎斯罐，越不挣钱，对女人越只能干眼馋，恶性循环啊。没等来年立夏，廉加海就再不来了。有嘴欠的编排他说，老廉啊，一天天数你最玩儿命，光知道挣钱，憋时间长了，适当得放松一下啊。廉加海反问人家，老婆没了，跟谁放松？那人又说，咱哪个不是离婚的，自己想办法啊。廉加海又不傻，还明知故问，啥办法？那人就说起顺口溜儿来：找小姐，去铁西，铁西小姐最便宜，你问到底在哪里，我说往西再往西。嘿嘿。廉加海说，这词儿编得有毛病，一直往西那就到新民了，铁西更靠南边——他总整这假模假式的，在场的都看不过眼了，又跳出一个骂，真能装先生。

廉加海确实是演戏，其实私底下早采取过行动，只是不好意思跟人提——这种事说到底还是隐私，隐私都不背人，那不活成动物世界了。准确讲，廉加海确实是一路往西南蹬的，就快蹬出铁西区了，停运的铁路道边，一排洗头房入夜就亮起粉红小灯。出来的时候，他肠子都悔青了，悔自己没板住，一百元花得太不值，省下来够买外孙子要那套什么忍者的文具了，外孙子刚上小学，吵吵要半学期了，他都没舍得给买，里边十分钟就败活没了，关键花钱还买不痛快，中间那小姐一直偷瞄自己右眼，比膈应门口停那倒骑驴还明显，闹得他给钱时又把警官证亮出来，说自己眼睛是工伤，结果一屋仨小姐全乐了。

2005年的冬天，就在廉加海下定决心再不花冤枉钱以后，他爱上了一个女人，精神上的。

那个女人叫王秀义，1963年的，离婚带个儿子，在中医药学院工作。廉加海想起来也笑话自己，人家连你叫啥都不知道，自己搁这单相思，还合计爱不爱情。自己十六岁当兵，五年没见过几个女人，复员回沈阳，经人介绍认识了前妻，处了一年结婚，二十三岁就当爹。啥叫爱情？脚打后脑勺儿过日子的人，没闲工夫思考这么深刻的问题，再后来那日子过得更别提了：女儿治病，跟老婆打离婚，还债，下岗，告状，女儿大了又要操心对象，一年年的比总理都忙，晃个神儿就老了。不过这一圈儿回想下来，一桩桩事自己都办妥了，除了告状还没个结果——廉加海突然就悟明白了，为啥自己开始想起女人了？因为他再没有那么多事可操心了。外孙子已经上小学，蹦精蹦灵的孩子，长大指定有出息。女儿跟姑爷感情好得要命，小日子过得牢实，不欠账就等于富裕，俩人又孝顺，一直张罗叫他搬回去住。拿赵本山话讲，还要啥自行车——就是在这么个心情下，刚巧碰见了那个叫王秀义的女人，爱情把他给堵门口了。

爱情到底该咋谈，廉加海外行。他第一次有冲动想跟人探讨这个问题，可身边跟谁探讨都不合适。赶巧那天中午女儿叫他回家吃饭，专门给他买了一手店的猪爪。姑爷吕新开滴酒不沾，也不耽误他喝高兴，心血来潮，对廉婕说，你带孩子上公园吧，晒晒太阳。廉婕最有眼力见儿，明白爷儿俩有话单唠，领孩子出了门。廉加海给吕新开也倒上一杯，说，今天为爸破个戒，整一口。吕新开没犹豫，干了，说，爸，你是不有话要说？廉加海突然害起臊来，还绕弯子，没啥，看你们过得好我就高兴，你跟小婕感情咋这么好呢？真让人羡慕。吕新开随口说，谁羡慕啊。廉加海说，我就羡慕。吕新开说，爸，你肯定有话，说吧。廉加海说，其实我一直有个问题。吕新开说，你说。廉加海说，当初我拉拢你跟小婕好，你还骂我是骗子，后来见了人，咋就一下认准了呢？吕新开说，我还当你要说啥呢。廉加海又给吕新开倒一杯，来，你给爸讲讲。吕新开说，我也不知道咋形容，就是感觉。廉加海问，怎么个感觉？吕新开清清嗓子，说，就感觉想跟这个人过日子，不是处对象，是想要过一辈子。廉加海竟然鼓了个掌，说得好。那就算一见钟情呗？吕新开吓一跳，说，算呗，其实是二见。廉加海自干一杯，想说什么又咽了。吕新开又补充一句，反正就是想对她好，想一直对她好。廉加海跟磕头虫似的点着脑袋，又给自己起了一瓶。吕新开这才突然反应过来，说，爸，你是不想老伴儿了？

廉加海之前同样只见过王秀义两次，一次在中医药学院的食堂，一次在人家里。第一次，廉加海给食堂后厨换嘎斯罐，食堂管学生跟职工两千来号人吃饭，嘎斯费得狠，大罐平均十天见底。那天是十二月头，刚下过一场小雪，地滑，廉加海卸罐的时候摔了个屁墩儿。上二楼换好了罐，当时下午一点半，他一向都是这个时间段来，整个食堂没人，就一个后厨的小伙儿招呼他。大罐太沉，正在大理石砖面上拧着圈儿撒呢，那个叫王秀义的女人，从卖饭票的窗口里走了出来，手里拎一塑料袋饭票，五颜六色，是她叫住了廉加海。她说，大哥，你后屁股脏了。廉加海回头一看，哎呀。头再转回来时，两张餐巾纸递到了自己面前，她说，擦擦。廉加海像是接受命令，乖乖擦屁股，一直没好意思抬头，盯住女人鞋看，一双半高跟的黑色小皮靴，挺时髦，但皮子薄，他猜里面应该带毛，不然这大冬天得多冻脚啊。擦完，廉加海才抬头说谢谢，她的手又伸过来，把脏纸接了回去，冲他笑笑，走出了食堂。廉加海杵在原地，屁股后反劲儿地疼起来，心说，这女人长得可真好看。

第二次见到王秀义，是十二月尾，日历快换下一年了。中医药学院的职工楼有三栋，都是老笨楼，就在校区里，嘎斯罐也归廉加海。那天扛上五楼一家，门打开，竟是王秀义，应该是刚剪的短发，有点儿像成方圆。她还是冲廉加海笑笑，廉加海闹不清，她到底认不认得自己呢。屋里收拾得立立整整，红地板擦得亮，廉加海鞋底脏，正要换鞋，她说，不用换，没事儿。廉加海啥也没说，直接扛罐进了厨房，厨房也利索，大勺黑亮，菜刀跟剪子在钉子上挂着。拎起空罐正要走，一个男孩从里屋出来，管她叫妈。男孩看样子十六七八，长得一表人才，眉眼跟他妈一个模子扒下来的。男孩对廉加海点了个头，说了句"你好"。等廉加海扛着空罐出了楼栋，才反过味儿来，自己都没跟人孩子回问好，脑袋都想啥呢？乱了。全乱了。她这个年龄段，肯定结婚有孩子了啊，想他妈啥呢。

直到第三次见王秀义以前，廉加海都不知道她的名字叫王秀义，还是听卫峰讲了才知道。

卫峰是廉加海以前看过的犯人，比廉加海小七岁，属狗。1986年犯故意伤害罪进去的，八年，判重了。卫峰在号儿里那几年，廉加海跟他处得还行，能聊几句。卫峰一米七出头的个子，一点儿不起眼，可骨子里那劲儿挺瘆人，平时不惹事儿，但也绝不认亏吃，死刑犯照样儿不怵。进去之前，卫峰是车筐厂的一个普通工人，出来以后，找不到工作，开过一段大货，又因为跟人打架被辞了，再后来托人留在了中医药学院烧锅炉。就前两年，廉加海跟卫峰在青年公园碰上，俩人都挺感慨，喝了顿酒，一来二去，卫峰牵线，廉加海提着两盒月饼加三条烟敲开后勤科长家门，中医药学院的嘎斯罐就都被他包了，打那干脆把收瓶子的活儿给撂下，忙不过来，铆劲送罐。廉加海为表谢意，给卫峰也拿了两条烟，卫峰没要，最后单喝了顿酒。廉加海觉得这人挺仗义，能处。本来自打下岗以来，身边也没啥朋友了。

锅炉房就在职工楼底下，廉加海从楼里出来，屁股坐上倒骑驴又下来了，拐两步进了锅炉房。他跟卫峰也有小半年没见着了，应该瞅一眼。锅炉房不小，但向来只有卫峰自己。矮平层黑茫茫一片，水蒸气烫脸，地上跟空气里全是煤渣子，火苗从闭不严的大锅炉门里挤着往外蹿。锅炉后的角落里吊下来一个黄灯泡，下面一张小木桌，一个破躺椅，还有一地的烟头，那就到卫峰的地盘了。卫峰斜窝在躺椅里，脸上盖着毛巾，身上就一件衬衣，跟蒸桑拿似的，连人带毛巾都是黑黢黢的，谁要不知道这有个人，能给吓一跳。桌上摆着四盒菜，有红烧肉，还有炸刀鱼，三瓶大绿棒子空了，还有一瓶剩一半。廉加海发现照之前多了一把带靠背的小木凳，学生用的那种，坐下说，整挺丰盛啊。卫峰脸隔着毛巾说，喝点儿啊？廉加海说，不了，一会儿还得接孩子放学。卫峰扯下毛巾，额头一层汗，身子始终一动不动。廉加海握了握剩那半瓶啤酒，说，这都煴热乎了，我看节目里说，喝热啤酒对肾好。卫峰说，好不好能咋地，还能用得上是咋地。廉加海问，忙不最近？卫峰说，奇了怪，这两天总想起老孙。廉加海说，咋地呢？卫峰说，我合计这逼到底是不是个精神病。廉加海又说，咋地呢？卫峰说，谁家正常人写诗啊。廉加海说，也不能这么说，那是挺智慧一个人，有大文化。卫峰说，那天突然想起来，他在号儿里写的一句诗，他天天写，天天念，我就记住了一句——我是个只存在于冬天的人——妈了个巴子，这不就是说我呢吗？廉加海在心里品了品，还是说，咋地呢？卫峰说，夏天还烧鸡巴锅炉。

　　廉加海驮空罐回去的路上，一直顶着风，只好开了马达，多少心疼油。风好像从多年前就认识他，可风不会老，这挺不公平的。他想起在深牢大狱里工作的年月，自己跟犯人又有啥区别呢？都是在高墙里吃喝拉撒，只不过犯人不下班罢了。卫峰说的老孙，是个奇人，一个辽大中文系的老师，一个诗人，一个死刑犯，四十岁那年杀了自己老婆，1989年判死刑。他坚称是误杀，上诉两年，最后还是维持原判。离执行不到半个月的时候，人跑了，越狱。具体怎么实施的，成了谜，因为人最后被击毙在棋盘山上，问不着了。老孙跟卫峰住同一间号儿，两年时间，每天就是写诗念诗，一屋子都挺烦他，打又懒得打，臭知识分子，要死的人了。老孙越狱当天，幸亏不是廉加海值班，不然他现在就不是被下岗，而是被开除公职了。当时是秋天，城里一半的警力都去追老孙了，廉加海这帮狱警也被领导拎去局里训，人到底咋跑的？能跑哪儿去？丁点儿线索都没有？人跑了五天，最后没想到是卫峰立了个功。他主动找廉加海汇报，说老孙跑之前，一直跟他提棋盘山。卫峰不爱搭理，他就自己在那嘟咕，说啥玉皇大帝在那落了一盘棋，大运压在底下，棋子千年不挪，他要挪一挪。廉加海赶紧跟领导汇报，反正都火上房了，派两队人马包围棋盘山，人还真藏山顶上了，身上就带一把大斧子，拒捕，一枪给打死了。最后卫峰因为立功，减了一年刑，出来以前，他对廉加海说，我得感谢老孙，我猜他肯定是个好老师，谈问题一点就透。

送完了外孙子，廉加海蹬着空倒骑驴，回到自己租的小单间，吃口饭，洗一把，躺上床，从脖颈子酸到脚后跟，天天如此。廉加海使劲儿先把老孙给忘干净，才能开始梳理下午卫峰跟他讲起的关于王秀义的那些情况。王秀义当姑娘的时候挺不省心，天天混西塔，处了一个朝鲜族对象，婚也没结，就怀上孩子，生下来没两天，那男的就跑韩国去了。她这段历史，中医药学院里的人都知道，连卫峰也总听人提。卫峰说，得亏落了个好儿子，学习特别好，在省实验念书，全年级拔尖儿，给他妈长了脸，院里也就没人敢再多讲究。尤其那帮有孩子的大学老师，自己文化挺深，孩子学习啥也不是，打心眼儿里嫉妒。廉加海心说，懂事都是天生的，跟咱家小婕一样。卫峰还透露个情况，说王秀义有男人了，就这两年工夫。廉加海嘴上说，你了解不少啊，实际心里反思，他上门时候咋没发现屋里有男人生活的迹象呢？以他的职业底子来讲，不应该啊。估计还是太紧张，眼睛顺一条线进出，左右没好意思多瞟。那是个啥样的男人？卫峰说，社会上混的，叫郝胜利，在北市挺有号。廉加海还问，俩人结婚了还是搭伙过呢？卫峰终于不耐烦了，你打听她啥意思，有想法啊？廉加海嘴硬想往回掰，反问，那你咋知道这么清楚？卫峰说，我在这院十来年了，啥不知道？后又追了句，说了你都不带信的，我俩天天见面，操。

过完春节，2006年正好踏入二月份，廉加海也有整一个月没再见到王秀义了。大年初三，"二助会"的蔺姐来了个电话，问他今年上北京打算啥时候动身，这回去八个人还是十个人，另外会费吃紧，是不是该齐钱了。廉加海心不在焉，支支吾吾，一会儿说下个月，一会儿又说过了十一，齐钱的事让蔺姐做主，自己都行。蔺姐问他，你没事儿吧？廉加海说，没事儿，一切正常。蔺姐又问，要不咱们几个骨干出来吃顿饭啊？投票决定。廉加海又说，都行。他再就不说话了。蔺姐可能也觉得没意思，电话就撂了。"二助会"的全称是"二监狱蒙冤职工互助会"，廉加海是会长，蔺姐是副会长。蔺姐对自己有意思，廉加海心里清楚，所有蒙冤职工都知道，他自己愣装了好几年傻。但话说回来，他们这些个骨干成员，从十年前开始一起上北京，早时候一年两三趟，慢慢岁数

134

都大了，老静坐腰不行，后改每年固定一趟，总有几天同吃同住，在火车站前的小旅店里扇扑克一扇一宿，感情比上班那会儿更深了。"二助会"最开始就是廉加海牵头组的，当初最激进的也是他，如今状告了这些年，还是没个结果，他心里有愧，对不住这帮老哥们儿姐们儿。他甚至想过放弃，要不认了吧，人一直不愿从旧梦中醒来，新生活的大门也将永远沉睡。这不是他说的，这是他在一本书里看的，能写书的人，肯定比他活得明白。认怂也是种智慧。

初八中午，廉加海回女儿家吃了顿饺子，猪肉酸菜馅儿。他活儿也不忙，下午蹬车路过北市，车把一歪，顺道就拐来万顺门口，果然有两个蹬三轮儿的老哥们儿正喝呢，隔落地玻璃冲廉加海招手。廉加海这趟来是带目的的，不喝也不吃，上来就跟俩人打听郝胜利。岁数大的那个，早年在社会上瞎混，还真知道。廉加海给他点了颗烟，听他讲，郝胜利小名三利子，家里哥儿仨，他是老小，八十年代就在北市这片儿混，人高马大，打架下手贼黑，严打那阵子犯过事儿，躲南方去了，九几年才回的沈阳。廉加海说，难怪，要是蹲过号儿，我不该没听过。那人又说，现在当老板了，有个拆迁队，没少划拉钱。沈阳从东拆到西，遍地人家金矿。你打听他干啥？廉加海随口说，打过交道。那人哑吧一嘴，给人家打工啊？你是够狠还是够恶啊？吹牛逼吧。廉加海不乐意听了，提高音说，我白道他黑道，自古黑白不两立。那人看看他说，你吵吵屁啊。

背起人来，廉加海是真自卑了，于是又下定了决心，北京还得去，状还得告，说死必须恢复公职，不然真被郝胜利给比下去，太他妈窝火了，那不就是个大流氓吗？那么温柔的一个女人，怎么能跟大流氓好呢？可论实际的，人家挣大钱，自己蹬三轮儿，还瞎一只眼，掰掰手指头，哪样比得过？除非自己穿回那身警服，站到王秀义面前——他一直自信自己穿警服挺带劲的，国徽顶脑袋上就是压人。爱情叫人冲昏头脑，这话不假，不过自己姑爷也说了，爱谁就是想对谁好，想一直对那个人好，单论这一点，跟钱没太大关系。

从二月中开始，廉加海棉袄胸口里一直揣着两副女士鞋垫，他看电视购物买的，纳米发热，八十八一副。他买两副，因为怕目测不准，小的一副三六，大的一副三八，大了可以裁，再小咋也小不过三六吧，总有一副能用。可转眼都二月底了，学生还没开学，中医药学院的食堂只供值班的人吃饭，用气省多了，想要见到王秀义，只能指望她家里罐用完那天——她家里要真住了个大男人，外加一个正长身体的大小伙子，做饭用气应该不慢吧？廉加海心里燥得慌，脚底下都蹬不顺溜儿。最近他每三天就换身干净衣服，就怕突然接到王秀义家的电话——上次从她家出来，廉加海特意把号码存手机里了，这个心眼儿动了很正常，可那号码再也没响过一下，心思全白费。他也不是没想过打电话过去，但那就太明显了，得找个由头。坐在青年公园门口，廉加海双手捂住一个煎饼果子暖手，犹豫再犹豫。心思乱的时候，廉加海就爱来青年公园坐坐。廉婕刚上小学时，最喜欢来青年公园，那会儿廉加海跟老婆感情也还不错，主要因为女儿当时眼睛还好好的。一家三口在湖上划小船，船是廉婕吵吵坐的，可一上去就晕船，头枕在廉加海大腿上睡着了。廉加海轻轻地摇桨，怕惊醒女儿，最后干脆任船被风赶着漂，晃晃摆摆，像三口人的摇篮。当时廉加海以为，自己的一生大概也就是这个样子了，平静，安稳，一点点波澜，四周望得到边。

煎饼果子吃到一半，电话还是打了过去。嘟声响那几下，廉加海抓紧把嘴里嚼的咽了，调整呼吸，撒谎不是他强项，心里突突怕露馅儿——那边接起来，几秒钟没声。廉加海抢先说，你好，我是给你家换嘎斯罐那个，没啥事儿，就是上回去换罐的时候，发现你家管子有点儿漏，不知道咋地今天突然想起来，提醒一下，趁早换了安全，要是嫌麻烦，我帮你换也行，本来一会儿也要去你们院，就这事儿。那边腾了几秒，传来说，你来吧，谢谢。——是那个男孩的声音。

下午四点，廉加海把倒骑驴停在楼下。肩上少了罐，廉加海觉得自己脚步都轻快了，他站在门口，没有直接敲门，拍拍立整身上衣服，此时门自己开了，还是那男孩。男孩说，你好，请进。廉加海说，你好。进了门，廉加海一眼就发现了脚垫上那双男人的皮鞋，是双大脚。再往里看，一个玻璃烟灰缸翻在红地板上，烟灰铺散一地——准确说应该是砸上去的，因为地板上多出一个大坑，上次来时没有。男孩主动说，不用换鞋。门关上，廉加海才看见沙发上坐着的那个男人，留个毛寸，脑袋挺圆，虎背熊腰，光看腿至少就有一米八多，应该是郝胜利了。他正在看电视，手上烟灰直接往地上弹。廉加海没再多看，被男孩引着来到厨房，蹲下去装模作样地检查起胶管。男孩站在身后问，漏吗？廉加海说，多少有点儿，老化了。男孩问，要换新的吗？廉加海说，今天过来得赶，没带管子，你家有胶带吗？男孩说，有透明胶，行吗？廉加海说，那不行，虎皮膏药有吗？

男孩在沙发旁的斗柜里翻东西时，廉加海就守在厨房里偷看——郝胜利连瞄都没瞄过男孩一眼，但他也没有在认真看电视，播的是《武林外传》，自己外孙子也爱看，逗乐的，可郝胜利连笑都没笑过一下，眼睛里明显有其他的事在转悠。男孩拿着一贴膏药回来，廉加海才注意到，男孩的嘴角跟眉骨上一青一紫两小块，不细看不明显。廉加海摘下头顶挂的剪子，膏药裁一半，胶管接口缠一圈儿，拧开煤气，凑鼻子假装闻闻。男孩问，好了吗？廉加海说，应该没事儿，能凑合。脸咋整的啊？男孩眨了两下眼，说，磕的。廉加海说，你妈没在家呢？男孩说，出门了，多少钱，叔叔？廉加海起身说，不用了，再有问题，让你妈给我打电话。男孩点点头。廉加海往门口走时，赶上郝胜利起身进厕所，两人擦身而过，郝胜利猛过自己一头，脑袋左边有条一拃多长的大疤瘌，从太阳穴拐到脑顶，像只蜈蚣伏在草窠里。从进门到出门，廉加海就没被他正眼瞧过一下。

两副鞋垫一直没送出去，廉加海就一直随身揣着，转眼又进了三月。那天，"二助会"的骨干们终于聚起吃了顿饭，在兴工街的甘露饺子馆，一间小包房生挤下十一个人，廉加海跟蔺姐坐主位，肩膀挨肩膀，不知道的进来，以为俩人办二婚呢。菜没等上齐，投票已经决定，过了五一就上北京，为节省会费，这次只去六个人，住五天，廉加海跟蔺姐在名单里雷打不动。廉加海没发表任何意见。饭桌上，他也没怎么说话，听别人扯闲篇儿，发现这帮人一年比一年爱唠过去上班的事了，主要集中在那八十二个蒙冤职工身上，谁谁老婆跟人跑了，谁谁在五爱街挣着钱了，谁谁孩子结婚酒席寒酸了，好像彼此的生活还紧密联系着，哪怕一年也见不了两回面。一顿饭从上午十一点吃到下午四点，回回都这样。那天廉加海话没说几句，酒喝了不少，最后实在坐不住了，先走的。蔺姐非留他多坐会儿，廉加海说还得接外孙子去，留下一百块会费，就跟大伙儿拜拜了。不过那顿饭也算没白吃，听大老刘提起来，目前有个种树的俏活儿，一个月给开一千八，还管住，就埋头种树，叫"万里大造林"，他自己计划开干。之前廉加海在电视上见过，明星做的广告。一千八算不少了，满打满算比自己送一个月罐还多点儿，确实可以考虑。

　　跨上车座，脑门儿给风一吹，廉加海比刚才迷糊了，左眼都重影儿，车一直往右边顺拐。右边这只狗眼，估计该换了，大夫说过，这玩意儿能挺个五六年到头儿了，过期了就得拿掉，要不就花钱换个晶体的，虽说也还是摆设，总比空落个眼眶吓人强。廉加海合计，等钱富余再说，先将就着用，也不耽误啥。骑到了二经三小学门口，廉加海一身酒味儿，怕孩子闻见，猛灌了两口随身的茶水。放学铃一响，他的外孙子吕旷，第一个飞奔出校门，三两步蹦上车板，催他快走。廉加海一边发动马达，心里一边乐，他明白啥意思，这孩子脸皮薄，还是怕被同学瞧见。一年级都上第二学期了，原来这个坎儿还没过去呢。坐上倒骑驴，吕旷的脸永远只向前看。廉加海发现他棉袄俩胳膊肘一边磨一个洞，像在地上蹭的，就问，没跟同学打架吧？吕旷脸也不扭，说，没有。廉加海又问，现在还有人欺负你吗？吕旷说，没有。廉加海心里也难受，吕旷打小冒话早，廉婕教他背首诗，扭脸工夫就会，这么聪明个孩子，不说生在金窝银窝，哪怕是条件能算上普通的家庭，将来的人生路也好走得多。没办法，谁跟谁凑一家是天注定的，好赖最后还得看他自己。廉加海一个酒嗝儿涌进嘴，憋气又给顶下去，说，旷旷，要是实在忍不了，就打回去，大小你也是个男子汉。姥爷理解。吕旷终于回了一下头，没说话，又把头转过去，继续迎着风。

　　第三次见到王秀义，是廉加海自己争取的。开学没过几天，他接到中医药学院食堂要罐的电话，专门掐中午十二点半到的，食堂里全是人，廉加海在地上斜着滚大罐，左右还得躲着人，后厨的小伙儿走出来帮他，四只手抬起走。小伙儿问他，今天咋赶这点儿来？廉加海说，我也排不开，以后可能都这点儿来。小伙儿说，这么多人，砸了谁脚你负责啊。廉加海说，我加小心就得了。换好，廉加海一个人转着空罐出来，故意拐两个弯儿，假装路过属于王秀义的窗口，抬头才发现"饭票口"改贴了"饭卡口"，原来是鸟枪换炮了。窗口外，陆续有人拿饭卡朝充值机拍上去，王秀义坐在里面收现金，哔一声，交易完成。廉加海注意到，王秀义对每个人都会微笑，熟人还会打声招呼，着实招人待见。他趁有一小段没人时，鼓足勇气来到窗口前，王秀义伸手正准备接钱，他从怀里掏出两副鞋垫，塞进窗口说，给你买的。王秀义定住两秒，是你啊，大哥。说完又那么笑一下。廉加海忘了笑了，说，一副大点儿，一副小点儿，但愿能合适。王秀义眼睛转着，见廉加海后面排了人，收进鞋垫，说，谢谢啊。廉加海说，那我走了。王秀义起身叫住他，大哥，要不你在楼下等我会儿，二十分钟下班。廉加海点头，临下楼前，空罐差点儿被他忘在原地。

都快一点半了，王秀义才下楼来。廉加海站在楼门外，冻得直跺脚。王秀义小跑着上前，说，你咋不在一楼大厅等呢，真死心眼儿。廉加海说，没事儿。王秀义说，我以为今天能早呢，不好意思。廉加海还说，没事儿。王秀义说，我请你喝杯咖啡吧。廉加海说，啊，都行。其实他第一反应是，地方离多远？近就走着去，远了，说死也不能叫人家坐倒骑驴啊，不行打个车。正合计着，王秀义说，不远，坐我车吧。

市委对面的避风塘，廉加海平时总路过，一帮小年轻在里面搞对象，自己从没进来过，屁股坐下都分不开瓣儿。王秀义买了两杯咖啡，廉加海喝一口，不知道说啥。王秀义又笑了，嫌难喝？廉加海说，第一次喝。王秀义说，你这人挺实在。廉加海不说话。王秀义说，我儿子跟我说了，那天你上我家去给修管子，都没要钱。廉加海说，小意思。王秀义说，都没问你贵姓呢。廉加海说，免贵姓廉，公正廉洁的廉。王秀义问，为啥给我买鞋垫啊？廉加海嘴又笨了，扭捏两下说，我看电视上说保暖效果好，纳米发热，对女人好。王秀义笑了。廉加海问，笑啥呢？王秀义说，这都二月份了。廉加海说，也是，用不上了。王秀义说，又不是不过冬天了，来年能用上。廉加海点了点头，又喝一口咖啡，真挺难喝。王秀义说，我三六的脚，三八那副你带回家给嫂子吧，别白瞎。廉加海说，离多少年了。王秀义说，咱俩一个情况。廉加海差点儿脱口而出说我知道，但他拐个弯儿说，自己带孩子，咱俩一个情况，我女儿跟我长大的。王秀义说，我儿子就是我的命。廉加海说，你儿子真有教养，你不容易。王秀义说，说实话，都是天生。廉加海说，没错，没错。

两个人在避风塘坐了不到半个点儿，王秀义又开车顺廉加海回中医药学院取倒骑驴。车啥牌子，廉加海不懂，好像叫马什么达，标儿像个小燕。大红色车，挺配她。车是郝胜利给她买的。廉加海就记住这个了，王秀义说了两遍——他对我挺好。这句再往后，廉加海耳朵像是漏风了，脑袋里没留下几个字。原来她跟郝胜利认识多少年了，郝胜利脑袋里镶那块钢板，就是为她拼命落下的。话不用再多说了，啥意思还不明白吗？为啥非要出来喝咖啡说？人家心里都有数儿，给个台阶好看，他懂。王秀义故意往这个话题上拐的时候，其实还挺刻意的。廉加海坐在车里，有股香味呛人，加上刚才那几口咖啡喝得心慌，直恶心。虽然还有句话，廉加海憋在心里，也只能当自己忘了。

天猛地暖和起来，一场春梦也该结束了。来去匆匆的。三月中的某天，廉加海扛罐上楼时把腰给闪了，在家躺了两天，也没敢跟女儿和姑爷说，撒谎自己有别的事忙，得他俩自己接孩子了。闪腰也不是头一次了，可这一次，廉加海感觉自己老了，老到希望的大门只是朝他微微敞开过一道缝儿，立马又关死了。原来希望这东西，也是见人下菜碟。躺床上看了两天电视，廉加海一共打过两个电话，一个打给蔺姐，简单问了两句齐会费的情况，果然有人装死不交钱，能理解，都是不想再自欺欺人了呗。第二个电话，打的是一个咨询热线，问一下做这个项目都要啥条件，听动静对面是个小姑娘，挺客气，说啥时候想过来都行，只要有基本的劳动能力，别的没要求，最后把廉加海手机号记下了。

重新下床的第一天，是礼拜天，廉加海给中医药学院职工楼一家送完罐下来，见隔壁栋口前停了一辆警车，正是王秀义家那栋。巧的是，其中一个警察自己还认识。廉加海叫住刚下车那个年轻的，郑羽？对方吓一愣，细瞅瞅才反应，廉叔？你咋搁这儿呢？廉加海说，这三栋楼的罐都归我管。郑羽点个头，啊。廉加海问，办案呢？郑羽说，啊。廉加海主动说，那你忙去吧。郑羽又问，廉婕挺好的啊？我听说结婚了。廉加海说，孩子都上小学了，挺好的。郑羽点头，说，挺好就好。廉加海反问，你呢？郑羽说，结婚了。廉加海说，有孩子了吗？郑羽说，媳妇刚怀孕。廉加海说，恭喜啊。郑羽说，谢谢叔，哪天我上家看你去。说完他就被岁数大的那个警察催着进楼栋了。廉加海明白，最后那句就是客套，那心里也挺热乎。郑羽是个好孩子，他过得好也是应该。

郑羽是廉婕的初恋。虽然俩人也是廉加海猛撮合的，但人家本来就是小学同班同学，自己曾经就有那意思，他只是添把柴。廉加海跟郑羽他爸老郑一起当的兵，老战友了，两家知根知底，老郑也没反对。廉婕跟郑羽都二十岁那年，两人约了三次会，就算正式好了，当时郑羽还在刑警学院上学。处了半年，有一天廉婕回家跟廉加海讲，郑羽自己说从小就喜欢她，她不敢信。廉加海说，那有啥不信的，郑羽不像撒谎的孩子。本来挺好一段缘分，直到半年后郑羽把廉婕领回家吃饭，他妈死活不同意，刀架脖子逼俩人分手。廉婕回来，哭了半个月。结婚以前，郑羽就是廉婕唯一的一次恋爱。结婚以后，廉婕给吕新开讲过这段，吕新开不是小心眼儿，反倒跟廉婕开玩笑，孤儿有孤儿的好，人生大事，自己拍板，谁的窝囊气也不受。吕新开说这话时，廉加海也在场，他心说，这个姑爷自己没看走眼，老天对他们父女俩不赖。

廉加海站在王秀义家楼下，突然上来直觉，实在忍不住想求个对证，于是就进了锅炉房。卫峰正往炉子里一锹一锹添煤，见廉加海来了，又铲了两锹，关上了炉盖子，煤渣子绕着他周身飘。廉加海说，忙呢啊。卫峰说，咋地了？廉加海说，来警察了。卫峰放下锹，说，又来了？廉加海说，谁家出啥事儿了？卫峰说，找王秀义的。廉加海早知道自己感觉对，也没太意外，问卫峰，她咋地了？卫峰说，郝胜利失踪了，媳妇报的案。全院都知道。廉加海心里揪了一下，问，郝胜利有老婆？卫峰说，儿子都上大学了。廉加海问，啥叫失踪了？卫峰说，一个礼拜不见人了，他媳妇跟警察咬死说是王秀义给拐跑的。廉加海问，实际呢？卫峰说，谁知道。

三月底的某天，大概是整个月天气最好的那天，廉加海一大早又给"万里大造林"的热线打了电话，约好下午去看地。那片地——准确说是两块地，中间夹着国道，来去最多的是大客跟大货，放眼四周再无他物。廉加海第一眼挺喜欢这个地方，不知道为啥，让他想起当兵那几年，驻在山里，站岗的时候，眼前就是一片空地，生满野草，经常有黄鼠狼和野猪路过，它们偶尔也停下脚来，看一眼廉加海。销售的小姑娘问廉加海，大爷，你身子骨还行不？廉加海说，没问题。小姑娘说，人可能得住这儿。廉加海，挺好的。小姑娘问，大爷你还有啥问题吗？廉加海想想，问，平时有领导检查吗？小姑娘笑了，说，没有。廉加海说，那我种给谁看呢？小姑娘说，大爷，样板间知道不？廉加海说，知道。小姑娘说，我以前是卖房子的，打个比方，大爷种这十亩地，就等于样板间，虽然楼还没盖好呢，但是万一别人想看房，咱得能拿出房给人看。跟这十亩地一个道理。你种一棵树，背后其实是一百棵树。一百个人一起种，背后就是一片大森林，懂了吗？廉加海说，懂了，以点带面。小姑娘说，大爷真有水平。没问题的话，随时可以过来，一车树苗下周就到。

蹬回市里的路上，廉加海腰疼得厉害，后悔刚才坐小巴来好了，回去还能搭小姑娘车给他顺回去。廉加海想，既然决心种树了，干脆就把倒骑驴卖了吧，干完这礼拜，以后就不送罐了，用不上了。他又想，从今往后，再也不会见到王秀义了吧？郝胜利到底跑哪儿去了？那女人的命可真苦。可惜自己没本事，不能给女人托底的男人，就别把爱不爱的挂嘴边了。廉加海感觉自己终于想通了——如果不是因为自以为是，他也不至于冒出要跟王秀义做个永别的念头。

廉加海给自己安排的那场永别，在4月11日。日子本身没什么特殊意义，他只是在难得睡了一个大懒觉醒来后，突然就想起了王秀义，趁着还没完全清醒，斗胆去电话，得知王秀义当天轮休在家。电话里，他对王秀义坦白，自己以后不送罐了，他要去城市的另一头种树了，手头正好剩最后一满罐，就当送个人情，不要钱。王秀义没拒绝。廉加海等不及爬起床，洗了把脸，才算是醒彻底了，他对着镜子反问自己，为啥非要再见一面呢？留点儿念想不好吗？思来想去，只能劝他自己，好像还有话必须得说，那话跟爱情没一个字关系。

路上，廉加海感慨，当天的天气挺合适，阳光不烈，云薄薄一层，风也微微的。车板上唯一的一罐嘎斯，是廉加海为自己准备的信物。到了王秀义家楼下，扛罐上五楼，家门大敞着，两个工人在撬地板。廉加海站在门口，王秀义还是冲着他笑。廉加海说，是不是赶的不是时候？装修呢？王秀义说，没关系，进来吧。廉加海穿越被炮轰过一样的客厅，进厨房换好新罐，手上掂量下旧罐，至少还剩一半。廉加海说，这半罐你要留下也行。王秀义说，拿走吧，家也没地方摆。廉加海问，儿子呢？王秀义说，再有俩月就高考了，住校比家里清静，正好趁这工夫整整地板。廉加海问，人还没找到吗？王秀义说，找人归警察，我不找了。想走的人，你也留不住。廉加海说，是姓郑那个警察吧。王秀义眼睛瞪大一圈儿，说，你认识啊。廉加海点头，说，老相识了，我以前也是警察，之前没跟你提过。王秀义说，确实没提过。之前咽回去的话，廉加海犹豫再三后，还是吐出了口——郝胜利打你儿子，你是装不知道，还是真不知道？王秀义捋了一下刘海儿，眼神越过了廉加海，她说，我儿子是我的命。廉加海没话说了，该明白的都明白了，但最后还是撂下一句，我们应该不会再见面了，你多保重。没等王秀义说再见，他就转身下了楼。

与王秀义永别后，廉加海扛着半罐气走出楼栋，都撂上倒骑驴了，就最后那下寸劲儿，腰又闪了一把，这次他听见咔吧一声，疼到钻心，扶紧车座缓了会儿，动弹还是费劲，原地合计半天，决定去锅炉房里先坐会儿，歇口气。廉加海进去，喊了两声卫峰，没动静，他忍着疼，一步步蹭着往深了走，想去找那把学生凳。经过大锅炉时，脚底下踩了一裤腿炉灰，低下头看，锨横着，他又叫一声，仍没人应。廉加海回味，刚好像有道银光在灰黑中抓了自己一眼，于是左手撑腰，身子一寸寸地抻着劲儿往下蹲，右手探进那堆炉灰里扒拉——第一眼不确定那是个啥，可能是个水壶盖，也可能是个厚易拉罐——不对，那是件比那些都扛烧的金属。光太暗，廉加海蹲在地上一时辨不清楚，一时又起不来身——最后竟是卫峰的眼神令他刹那间拐了心眼儿——啥时候进来的？卫峰从角落里钻出来，面色暗红，不知道是火烤的还是刚喝了酒。他盯着半蹲在地的廉加海追问，你蹲那干啥？廉加海反问，忙活啥呢？卫峰说，停暖好几天了，掏掏炉灰。廉加海说，正好想跟你要点儿。卫峰问，要这玩意儿干啥？廉加海说，我现在种树了，都说炉灰能养土，树长得快。

撑饱四大编织袋的炉灰，卫峰帮着在车板上堆好，保证车板前后平衡。廉加海咬牙跨上去，腰已经不是自己的了。卫峰问，你这德行能行吗？廉加海说，没问题，进去吧。卫峰没进去，一直站身后望着他蹬出了院的南门。等拐上了街，廉加海才把车停在道边，揉着老腰喘粗气。就是在他刚刚把东西偷偷揣进裤兜儿的那一刻，隔着布料的触觉令他意识到——那不是一块普通的钢板，那是一块钛合金板，医用，当年廉婕她爷爷火化完推出来，胯里装那个假股骨头就是这种乌银色，烧不化，掂手里轻飘儿，比钢轻一半。廉加海叫不准卫峰刚刚到底有没有看见，他也来不及想更多，职业病告诉自己，该有说道的事，必须有个说道。随后他掏出手机，给郑羽打了个电话，没接，也不知道换没换号码，改发了一条短信，灌了自己一肚子茶水后，咬紧牙继续蹬。

他的腰好像被一双巨手给掰折了。廉加海不确定自己还能蹬多远，当他第一站路过敬康按摩院时，干脆把倒骑驴停下来。他朝屋里喊了两声廉婕的名字，等了两分钟，女儿从门内慢悠悠地走出来。廉婕问，爸你咋来了？廉加海说，顺路，看看你。廉婕说，我挺好。廉加海说，忙不？廉婕说，一般，正打算买肯德基给旷旷送去呢。廉加海说，爸拜托你个事儿。廉婕笑起来，啥事儿啊？还整这客气。廉加海从裤兜儿里掏出那块板，拉过廉婕的手，塞进她手心。廉婕看不清，问，这啥啊？廉加海说，郑羽还记着吧？廉婕说，说啥呢，当然记着，你跟他咋了？廉加海说，我刚才给他发了短信，说好去找他，但我有事儿过不去了，你帮我把东西交给他，沈河分局知道在哪儿吧，离青年公园不远，你打个车去。廉婕说，爸，你没瞎掺和啥事儿吧？怎么还跟郑羽联系上了？廉加海感觉自己的腰可能废了，揪起嘴说，他办案子求我帮个小忙，顺手的事儿。廉婕笑说，不信，吹吧就。廉加海说，不撒谎。待会儿一定打车去。廉婕低下头说，也不知道你们这是唱哪出儿，我都多少年没见过郑羽了。廉加海没在听女儿说话，他脑袋里正盘算，待会儿等廉婕进了屋，他就把倒骑驴停胡同里，打辆车上骨科医院，拍个片子，他真的是多一下也蹬不出去了。廉加海继续说他自己的，他说，今天我接不了旷旷了，我想，往后我也就不去了，让他自己坐车就行，旷旷那么聪明，离家也不远，我想他丢不了。廉婕眨眨眼，问，爸，你到底怎么了？廉加海说，我也得替孩子想，我确实给他丢人了。

四、女儿

是否每一棵树的生日都在春天？我不知道，也不确定，一棵树的生日该如何计算——假如按照扎根入土的日子算，我的生日就是2006年4月19号——廉加海的女儿，廉婕过世的第八天。正是春天。

那天，来砖房找廉加海的人，是一个叫郑羽的年轻警察。他穿着便服来，手提两盒脑白金，一瓶虎骨酒。当时廉加海的腰只能是强挺着，走路始终用两手撑着后腰，像个老罗锅儿。此前几天，他才刚把自己那点儿家当——也可以理解为破烂儿，搬进这间砖房。他一个人蹬着倒骑驴来回市里，折腾了两趟。砖房把道北这四亩地的西北角，第一批树苗已经抵达，围砖房半圈儿，成排躺着，廉加海开始顾不上，每天从我们身上跨过来跨过去，就在那间小房里忙活，奖状糊满墙，都是他以前当警察时立功的凭证。郑羽从我身上跨进门的一刻，迎面愣住一下，好像早都不记得廉加海曾经也跟他一样，是个警察。

房子里还没收拾完，廉加海只能请郑羽一起坐在土炕沿上，脑白金跟虎骨酒也摆上了炕。廉加海对郑羽说，何苦大老远跑一趟，还拿这么贵的东西干啥。郑羽说，之前给人办事儿，别人送的，也没花钱，虎骨酒不错，长骨头能有帮助，试试。廉加海说，有心了，孩子。郑羽说，腰可不能不当回事儿啊，骨折应该在医院躺着。廉加海说，没骨折，大夫看了说骨裂，养着就行。郑羽说，这样就别种树了。廉加海说，本来也不着急，一天种一棵，日子一样到头。郑羽说，叔，小婕的事儿，你应该第一时间跟我说的，葬礼我应该到位。廉加海说，太突然了，确实也没准备。郑羽这才想起，从兜里掏出两千块钱，还没张口，就被廉加海摁住了手。廉加海说，你能来看我，叔就感激不尽了，收回去。郑羽较劲说，这是我爸妈给的，你一定得收。没等说完，廉加海直接夺过钱，硬塞进郑羽的夹克兜里，说，绝对不能收，回家替我谢谢你爸妈，我心领了。郑羽像突然被泄了劲，也不再争，身子塌下来说，当初要不是我妈，我现在可能都不叫你叔了，廉叔。廉加海说，缘分没到，别怪你妈。他又说，你现在过得好，小婕在天上能看见，肯定也替你高兴。说完他发现，低下头的郑羽好像是哭了，伸手揉了把眼角加鼻梁，又抬起头说，叔，你给我发短信那天，是不是就是小婕出事儿当天？廉加海说，对，4月11号。郑羽说，我那天开会，后来才看到短信，中午就在办公室等你来着，后来再打你电话你又不接。廉加海说，我中午就去医院了，拍片子，手机没在身上。郑羽说，都是那一天啊。廉加海说，赶得不巧。郑羽问，你本来有啥情况啊？廉加海把身子换向另一个角度坐着，腰稍微缓过来一些才说，其实也没啥情况，王秀义家的罐是我送，你知道吧？郑羽说，知道，咋了？廉加海说，我那天进屋，发现她把地板都撬了，就觉着不太正常。郑羽说，这个情况我们也了解，王秀义自己说是家里发水把地板泡了，后来我们跟楼下打听过，没听说哪天漏过水。廉加海点着头。郑羽掏出烟，给廉加海也点了一颗。廉加海抽上一口，说，多少有点儿奇怪。郑羽以点头回应，叔，我明白你咋想的，我刚进单位那年，就跟过一个案子，男的把老婆砍死了，血渗进地板缝里洗不干净，男的就把地板整个撬了，不过那家是一楼，当初为了防潮，地板底下还铺了一层毡子，得亏我们再回去的时候，毡子还没来得及揭，在那上面才找到血迹。你也是在想这个吧？廉加海抽着烟点头。郑羽问，就这个情况？廉加海说，就这个情况。郑羽说，叔还挺老练。廉加海摇摇头，也是瞎合计。郑羽说，其实电话里说就行。廉加海说，本来想当面比较严肃。郑羽烟抽得快，脚下刚踩灭，手上又续一颗，接着说，问题是，郝胜利从失踪那天，车一直停在自己家楼下。廉加海也踩灭了烟，说，人可能真跑了呢，也说不定。郑羽说，郝胜利的社会关系本来就复杂——话紧接着又被他打住，只说，叔啊，再多我也不方便跟你说了。廉加海说，理解。

那天郑羽临走的时候，廉加海双手撑腰，硬要送他出门。站在砖房门外，郑羽看着地上一排树苗，对廉加海说，叔，你也该歇歇了，早点儿回家去吧，以后生活上要是有困难，你就跟我说，就当我半个儿子。廉加海说，叔有你这句话就够了。说完他也跟着看地上，说，要不帮我种棵树再走。

我被种在了砖房朝东开的那扇窗前。活儿都是郑羽干的，廉加海站在一旁，郑羽不让他上手。郑羽开车离开以后，廉加海回到屋里，还是在炕角上发现了那两千块钱，郑羽是趁进屋取水桶那工夫放的。下午三点，廉加海折腾饿了，土灶刚搬进来那天就收拾出来了，改过的土灶也用嘎斯，廉加海开了气，煮一锅水，下了半棵白菜，一块豆腐，就着两张大饼子，吃掉一整碗。吃完饭，他在屋里晃悠一圈儿，又走出来，站到我的面前，手里攥一把抹墙的小三角铲，面对面端详过一阵，才动手在我身上刻起字来，刻的是一个"婕"字。

那天的太阳落得慢。廉加海一直站在我面前，好像一尊静止的雕像，直到他又开口说，小婕啊，孩子都没有罪，你说是不是？她儿子是她的命，你也是爸爸的命，爸现在没命了，但我又没死，赖活着，是不是等于我就不存在了？——打那天起，廉加海每天都会赶日落那一个小时，拉把折叠凳，坐在我的跟前，有一句没一句地说话。他有时候会抽烟，大多数时候不会，就那么坐着。他时常跳跃着讲起他们一家人的某段往事，好像那是别人家的故事，想到什么说什么，偶尔还会停留在某个细节上，来回重复。还有段时间，他总叨咕关于眼睛的话题，像做算术题一样。他这么说：以前家里就我们父女俩人，一共两只好眼睛，平均一人一只，后来为我姑爷牺牲一只，他又进这个家，三个人三只好眼睛，平均还是一人一只，再后来就有了旷旷，四个人有五只好眼睛，平均每人一又四分之一只好眼睛，如今只剩下我们爷儿仨，还是五只好眼睛，我不会除了，但平均数肯定是更大了——原来咱们家的好眼睛一直在变多，按理来说，生活应该是越过越好，这个账没算错吧？他每次算完一通，自己还会再补一句，肯定没错。几年之后，当我已经长到很高，躯干上由于廉加海定期修剪枝丫，结出大小不一人眼状的痂，某天他突然绕着我观察了很久，嘴里嘀咕，小婕啊，原来你有这么多的眼睛，一定比我们看得都多，我们谁也比不上你看得多了。

透过砖房的小窗，刚好能看见廉婕的黑白照片挂在墙上，旁边还有张一家四口人的合影，彩色的。从照片上看，属于他们家的八只眼睛都是完好无损的，最亮的一双，属于那个叫吕旷的男孩。

郑羽走后的第二天中午，廉加海正给我浇水的时候，接到一个电话，是那个叫王秀义的女人。电话里，她管廉加海叫大哥。廉加海对她说话的语气，跟平时不太一样。王秀义说，自己就是想问问他怎么样了。起先廉加海没怎么说话，就听王秀义一直说。她说，郝胜利可能不是失踪，很可能是死了。一开始她还安慰自己，这辈子就是被男人抛弃的贱命，郝胜利不过也是腻了而已，回到了他自己的家，现在她觉得，如果郝胜利是死了，自己心里反倒舒服一点儿。她问廉加海，会不会觉得她冷血。廉加海也没接话。王秀义又问，报纸跟新闻看了没？廉加海说，这没电视，也不给送报纸，但他在半导体上听了。王秀义说，上礼拜又死了两个人，都是郝胜利拆迁队的，算是左膀右臂，自己还跟那两个男的在一桌吃过饭。廉加海依旧面无表情，承认这个没听报道里提，光说都是被利器从脑后勺儿敲死的，尸体一个被扔在浑河边，一个在北站附近的胡同里。王秀义说，警察现在怀疑是仇杀，郝胜利干拆迁这么些年，冤家数不过来，应该是激着了哪个不要命的，杀一个是杀，三个也是杀，郝胜利可能就是第一个，尸体没找到而已。廉加海反问她，你给我讲这些啥意思？王秀义说，没别的意思，就是想让你知道，我知道你关心我，不然上次来家里，也不至于说那些话。廉加海说，早知有今天，我一句都不带问。王秀义说，她确实再没有人可以说这些了。廉加海最后对她说，要是不愿意跟他说实话，就挂了吧。挂掉电话，廉加海放下水桶，直接进屋上了炕，当时刚过中午十二点，他一直睡到了第二天清早。

第二个来找廉加海的人，是他的姑爷吕新开。那天已经是半夜，吕新开骑一辆摩托车，人是醉的，后坐垫上绑了个长条的东西。他把车停在砖房门外，卸下东西，摘去外面裹那两层挂历纸，里面是一杆猎枪。廉加海从屋里出来，被他吓了一跳，问他到底喝了多少酒。吕新开叫了声爸，说，你别害怕，给小婕报仇的事，就交给我，你不用管。吕新开被廉加海拉进了屋，摁坐下，还一直要酒。廉加海说，别喝了。吕新开就突然哭了起来，说，爸，我要报仇。廉加海说，孩子啊，你傻透腔了。吕新开又问廉加海，你不是说找到卫峰了吗？人在哪儿呢？说话不算数？廉加海说，昨天又接到电话了，卫峰说他一定会来，叫我先别再找他。你赶紧把枪送回去。吕新开说，我不回去，我就搁这儿等他，只要他有胆儿来。说完自己又哭了。廉加海说，卫峰是个说话算话的人。廉加海又说，我这两天在想，可能有些仇，根本没有仇人。我一辈子的仇，都不知道找谁报。吕新开抹着眼泪说，爸，我听不懂。廉加海说，这件事你再也不要管了，我会处理，你现在就回机场去。

那天晚上，吕新开还是在砖房里睡了一宿，他太醉了。第二天，天蒙蒙亮时走的，临走前给廉加海跪下磕了个头。廉加海说，回去好好认错，其他你放心，爸会办妥。

吕新开骑摩托离开的那一刻，我突然发现，两个人的背影像一个人。一年以后，吕新开出狱回来，我发现他们俩连模样也越长越接近，生人甚至会当成亲父子。出狱后，吕新开每个月都带吕旷过来一趟，爷儿俩喝酒，吕旷就在野地里自己玩。吕旷特别淘气，喜欢枪，夏天拿一把呲水枪，胡乱往哪棵树底下浇水，后来闹他姥爷给买了一把塑料手枪，可能因为我正对着窗口站，他从屋里往外射时专爱瞄我，偶尔也瞄我头顶落的麻雀和乌鸦。还好是塑料弹，打在身上并不疼。我算是看着那个孩子长大的，他直到上了高中，每年还会来这里住上一段，几年时间，个子蹿得比我还快。还是在某一年的春天，突如其来的感想令我为之一震——原来我是在替廉婕看他长大。

那年春天里，卫峰是最后一个来找廉加海的人，廉加海一直在等他。那天是4月28号。卫峰到的时候，是黄昏，太阳还没落山。他先坐大巴到机场下车，自己两脚走了五公里过来，灰头土脸。他跟廉加海俩人第一眼见到时，彼此点了个头。卫峰点一颗烟，站在砖房门口抽。廉加海说，等你半个月了，为啥才来？卫峰说，得留时间安排后事，操。廉加海说，以为你跑了。卫峰说，能跑哪儿去。王秀义是不给你打过电话？廉加海承认，打过。卫峰问，都说啥了？廉加海说，啥也没说，但我心里有数儿。卫峰说，事情本来走不到今天这步，算你倒霉，我也认。廉加海说，我就想知道，到底是王秀义，还是她儿子，谁？卫峰踩灭烟头，说，现在唠这个还有啥意思。廉加海说，我就是想弄明白。卫峰说，让你弄明白，就他妈都白忙活了，你永远也明白不了。不可能让你明白。廉加海说，那你又图啥？卫峰不说话，又点起一颗烟。廉加海说，对她有感情。卫峰说，操。那天你要是没赶上我正掏炉灰，你还能猜着？廉加海说，不是猜，家里地板撬了，厨房那把张小泉的剪子跟菜刀都不见了，我就明白一半了，要不也不会进锅炉房找你。卫峰说，这就是赶巧，唉。

　　廉加海跟卫峰一直站在门口，熬走了太阳。卫峰不耐烦说，咱俩别搁这儿废话了，再磨叽我可能改主意了。廉加海说，你可以自首。卫峰说，那孩子马上高考了，你知道吗？廉加海说，知道。卫峰说，他肯定能考上好大学，将来出人头地。廉加海说，我相信。卫峰说，我可以死，但不能自首。廉加海说，明白了。卫峰说，我答应来，你也得跟我保证，保证不再动她娘儿俩。廉加海说，我谁也没想动，证据都没了，但我得给我女儿要个说法。卫峰点头。廉加海说，你招儿挺高明，警察注意力都被你转走了。卫峰说，你说那俩狗娘养的？都他惦记王秀义，多赔两条命，郝胜利不冤。廉加海说，是三条命，三条。卫峰又点上一颗烟，抽掉一半才说，那天我骑车跟了你一路，以为事儿能在咱俩之间解决。廉加海接话说，把我也整死。卫峰摇头说，真没想到那步。我真不是故意推她的，知道她看不见，我就想抢她手里那个塑料袋。她要是直接去找警察，不是先给孩子送饭，也就没现在了。廉加海说，历史不能倒退，那天我不该去医院，我的命不值钱。卫峰说，电话里说了，今天就是来偿命的。他从怀里掏出一包耗子药，又说，有备而来的。

　　那天晚上，有夜风来过。两片叶子从我头顶抖落，先是一片，接着又一片。两人一直在砖房里喝到深夜，直到卫峰抽光最后一颗烟。他揣了三包烟来。喝到一半时，廉加海还用土灶顿了一锅酸菜，切了半块五花肉下进去。肉是他前天早上在农村大集上买的。卫峰正对着窗户坐，窗半敞着，往外是一片空地，跟一棵孤零零的小杨树。他望着窗外说，把我埋窗根儿底下，够胆儿咱俩做个伴儿。廉加海说，立个碑也行。卫峰说，啥也不要，记住，我不是死了，我是不存在，没人找我。廉加海说，我可以给你种棵树。卫峰始终望着站在窗外的我，说，我看那棵就不错，现成的。廉加海说，随你意。卫峰又说，树长在我身上，我就又存在了。廉加海补充说，一年四季都存在。

五、沈阳

山崎川是名古屋赏夜樱最经典的路线，吕旷几乎是全程被欧阳阳拖着，沿河边走了小两公里。樱花早就在前面三天被他看腻了，加上刚刚从居酒屋里酒足饭饱出来，吕旷早困了。欧阳阳拉的是他的手腕，没有牵手。这样不失亲昵，彼此又都放松。欧阳阳果然是聪明女孩，心里自有轻重，上过床也不等于他们俩就是男女朋友，牵手那就是另一回事儿了。

横跨一道小桥时，一对儿身穿和服的年轻日本情侣从他们身旁经过，女孩染着黄头发，两绺长鬓角打卷儿，撑把纸伞，伞顶画的也是一片樱花。吕旷把手腕从欧阳阳的手中收回来，掏出手机，对着那对儿情侣下桥的背影拍了一张，闪光自动忘了关，一圈儿白光将对方包围，情侣双双回眸，男孩的眼神里露出错愕。欧阳阳赶紧又拉起吕旷的手腕，从反方向下了桥。等拐到河的另一边来，欧阳阳才说，刚才那样不礼貌，日本人胆子小。吕旷揣回手机，说，当年侵略咱咋没见胆子小呢。欧阳阳打他一下，说，你怎么也这么说话。吕旷说，我发现日本人还挺会起名的。欧阳阳问，怎么呢？吕旷说，猪肉不叫猪肉，叫豚肉，鸡翅不叫鸡翅，叫手羽先，河泡子不叫河泡子，叫川，名起得洋气，听着一下就上档次了。欧阳阳说，你真没劲，好心带你赏夜樱，气氛全叫你破坏了。吕旷说，本来的嘛，这不就是个河泡子？一步都能跨过去。欧阳阳说，不想跟你说话。说罢扭头朝前大步走。吕旷就在她身后跟着，樱花瓣浮在窄而浅的河水上，从两个人的右手边缓缓前进。吕旷还是不觉得晚上的樱花比白天好看到哪去，麻木是真情实感。

回到小公寓里，两个人洗过澡后，做了一次。欧阳阳租的地方很小，目测顶多十五平方米，卫生间比火车上的厕所大不了多少。宽不足一米的单人床，两人得并排侧身才能挤下。欧阳阳又冲了遍水出来，钻回吕旷怀里，把他的手搭在自己腰上，脸贴脸地说，你眼睛真好看。吕旷说，我一直有个问题，问了你别生气。欧阳阳说，可不保证，你问吧。吕旷问，你到底是姓欧阳还是姓欧啊？欧阳阳瞪起眼说，我咬死你！你是真不知道还是跟我演呢？吕旷说，是真不知道。欧阳阳尖声说，姓欧！欧！同学三年，你太让人伤心了！吕旷说，咱俩又不是一个班的，我听你们班同学都管你叫欧阳啊，我上哪儿弄明白去。欧阳阳说，他们那是故意的。吕旷说，我看是你父母故意的，肯定觉得复姓洋气，故意给你起这名字，混淆视听。欧阳阳说，我发现你这个人，真的是挺讨厌，再说我真生气了啊。吕旷闭嘴。欧阳阳翻了个身，脸冲墙，又拱了拱屁股，换面重新贴紧吕旷的肚子。欧阳阳说，那我也问你一个，高中那三年，你为什么没跟我说过话？吕旷说，这得问你吧，那时候我不就是个透明人吗？你多优秀啊。欧阳阳说，你说话就不能不阴阳怪气的？吕旷说，实话啊。欧阳阳说，你应该再考个大学。吕旷哼了一声，上大学有没有用，你还不清楚吗？欧阳阳朝墙叹了口气，算了，不跟你说了。说罢，她的确没再出声。吕旷主动把前胸贴满她的后背，皮肤滑溜溜，像怀抱着某种小动物的幼崽，有细细的呼噜声传到耳边。吕旷对欧阳阳的后脑勺儿说，告诉你个秘密，这次来日本，是我第一次坐飞机。

吕旷上高中那三年，说是透明人可能有些夸张了，但平平无奇是真的。高中学校管得严，学生一年四季穿校服，想引人瞩目只能凭长相，最次靠才艺。吕旷自认长得一般，身无长艺，七岁在武校学那几招套路武术，最后一次登台表演还是初一那年文艺汇演，后来自己都觉着像耍猴儿，谁再撺掇都不上当了，打那再没跟人提过小时候上过武校的事。三年，吕旷几乎也没什么特别要好的朋友，集体活动也从不参加，足球篮球一个不爱，早恋也跟他不挨着，最常干的就是躺在宿舍里看漫画，也喜欢翻图书馆里的军事杂志，这两样都可以帮他减少刷手机的时间，当时很多同学喜欢偷偷聚在厕所里打"王者"，吕旷都替他们爸妈心疼话费。虽说也有一两个女同学给他递过情书，不过吕旷心里清楚，对方选自己当目标，无非因为她们自己也都是平平无奇的存在，先价值比对，再资源匹配，那不叫恋爱，那叫配对儿，吕旷觉得太可笑了。他在高中三年唯一得意的事，是学校批准了自己的住校申请，本来家离学校不远，不符合住校资格，但班主任了解过他的家庭状况后，多半出于对他的同情，特批了。吕旷一周只有周末回家，而周六日正是父亲赶八一公园卖鸟最忙的两天，父子俩见面时间基本就是两个晚上，吕旷已经很知足了。到了寒暑假，他有一半时间都去姥爷在国道边的那个小砖房里住，父亲也不拦他。直到2017年，吕旷去了北京，他再也不用费尽心思地躲父亲了，他把整个沈阳都躲开了。

吕旷从小床上醒来时，欧阳阳妆已经化了一半。吕旷看手机，快中午十二点了。欧阳阳说，下午带你再吃一家寿喜锅，就送你去车站。吕旷起身，站到欧阳阳身后，盯着镜子看她化妆，自己全裸。欧阳阳回避着他的目光说，穿上点儿，羞不羞。吕旷觉着无聊，进卫生间简单冲了一下，出来套上衣服，拉开窗帘，楼下的街道很干净，离大马路远，零星有行人跟车辆经过。

下午那顿饭，吕旷还困着，胃没醒透，只拣了小锅里几片和牛吃，裹着欧阳阳替他打好的生蛋液。吕旷倒是对那颗鸡蛋起了兴致，不停问欧阳阳，日本这鸡是怎么养的？生吃肚子里不长虫吗？中国的鸡蛋可以这么当佐料吃吗？欧阳阳说，鸡是无菌环境养的，你回了北京，去进口超市肯定有卖，估计就是贵一点。她直接让吕旷记住两个牌子，回去照着买就行。欧阳阳又问，你吃饭有什么怪癖吗？吕旷问，什么算怪癖？欧阳阳说，我不吃香菜，葱也不吃，一顿饭不能同时吃三种以上的肉类。吕旷说，毛病真不少。我不吃肯德基。欧阳阳说，这算什么怪癖。随后她转移话题，问吕旷，你之前一共有过几个女朋友？吕旷反问，你是说正经的？欧阳阳一口苏打水喷出来，那你还有多少个不正经的？吕旷放下筷子，装模作样地掰起手指头，从左手数到右手，接着对欧阳阳说，把你的手给我。欧阳阳中计，伸出手问，干什么？算命啊？吕旷说，我十个手指头不够用。欧阳阳狠狠打吕旷的两只手，吕旷反应快，只命中左手。欧阳阳气哼哼地说，上学那时候怎么没发现你是这么坏一个人呢。吕旷说，上学时候你就没发现过我。欧阳阳收起表情说，其实我认识你，也知道你名字。你住校，头发特别长，晚饭点儿总碰见你从宿舍里出来，头发永远湿漉漉的，在夕阳底下闪金光，还挺跳眼。吕旷若无其事地说，这倒不像撒谎，我爱好洗头。欧阳阳说，有一次，高主任把全高三头发不合格的男女生都揪到主席台上罚站，拎把剪子挨个剪，所有女生都哭了，里面就有我。吕旷说，也有我呗。欧阳阳说，对，轮到你是最后一个，你说死不让碰，高主任都快跟你动手了，最后还是没得逞。吕旷说，我记得，后来找家长了，我叫我姥爷来的。欧阳阳问，所以最后头发保住了吗？吕旷说，毫发无伤。说罢得意起来，搂了一把自己的长发。欧阳阳说，你还没回答我问题呢。吕旷再度装起严肃，说，正经女朋友就有过一个，北邮的大学生，重庆人，玩抖音认识的，好了不到一个学期，都觉得没啥意思，就分了。欧阳阳问，长得好看吗？吕旷说，没你好看。欧阳阳呸了一嘴，少来。那不正经的几个？吕旷说，逗你呢，我多正经一人啊。欧阳阳拿筷子搅着自己那半碗蛋液，低头问，那我算正经的，还是不正经的？吕旷说，算一起落发的革命友谊。欧阳阳说，你可没落成，你叛变了。吕旷撂下筷子，说，那你觉得我这趟来日本是找谁来了？欧阳阳嘴一噘，说，谁知道还有几个女的在后面排着呢。吕旷说，我明天早上六点飞机，你说呢傻子。

下午四点，吕旷被欧阳阳送到名古屋站，身背一个大双肩包。欧阳阳帮吕旷买的是JR线最快的车，票也最贵，吕旷给她钱硬是不收。进站前，欧阳阳又跑去便利店给他买了一排养乐多，两袋零食，还有一瓶矿泉水。吕旷说，整得跟小学生春游似的。欧阳阳说，上车发微信。吕旷说，知道了，妈。欧阳阳锤他肩膀一下，两人互看一眼，最终默契地浅浅抱了一下，没有亲吻。

进站上车，车厢里不到一半人。吕旷找到自己座位，靠窗。车刚启动，欧阳阳的微信就在裤兜儿里震起来，吕旷掏出手机——

阳阳：坐下了吗？

二嘴：马上安排入睡。

阳阳：到了发微信。

二嘴：妥了。

阳阳：东京的酒店还没订吗？要不要我帮你订？

二嘴：想骗我身份证号没这么容易。

阳阳：正经的。

二嘴：计划睡大街。不用管我。

阳阳：懒得管。渣男。

二嘴：收到。下车微信摇一摇。

阳阳：你能不能改个微信名？

二嘴：为啥？

阳阳：土。

欧阳阳仍在输入中，收到对方一个动图，是两个卡通红唇在不停接吻，唇间飘出小心心。

二嘴："二嘴"要是这个意思。还土吗？

阳阳：你会想我吗？

吕旷又在收藏的表情库里翻了半天，终于找到那张小女孩扑进小男孩怀里的动图，截自宫崎骏动画《悬崖上的金鱼姬》，正要落手点，被欧阳阳打断。

阳阳：算了。不问了。

吕旷还是把图发了过去。过了半分钟，欧阳阳又把那个动图发了回来。

阳阳：宫崎骏的动画片，都是女人更主动。不说了，你睡会儿吧。这几天都没睡好。

吕旷手指空舞了几下，最终划掉了微信，点开网易云音乐，掏出无线耳机戴上。

车进东京火车站时，六点刚过，下了车，吕旷直接傻眼，周遭的人潮让他怀疑自己是只被拔了触角的蚂蚁。他长这么大，眼睛里从来没有一次性容纳过这么多的人，从八方十面涌来，又向十面八方涌去，吕旷感觉自己被同类的呼吸围剿，就快要被淹死。吕旷在站内至少被困了半个小时，问路语言又不通，最后干脆跟随一个方向的人流闭眼睛走，总算逮住一个向上去的滚梯，尽头有半光不光的天色在守候。出到户外，吕旷深吸了两口气，方向不复存在，他继续学瞎蚂蚁原地三百六十度转了个圈儿，意识到自己身处站前广场的某一角，身后是东京火车站的红砖建筑。吕旷掏出手机，随手拍了一张，随后挑了眼前最近的马路横穿，追逐向新的人流。

第二天早上四点半，吕旷坐酒店小巴到的成田机场，飞沈阳的航班是六点半，值机窗口正开，吕旷抢了第一个。值机的年轻女孩，低头偷偷在嘴巴里憋死了一个哈欠，恰赶上吕旷站到面前，抖了下身子，马上点头说了句日语，吕旷听不懂，也能猜到是道歉。吕旷递上护照，女孩动作麻利，机票一边打印，她一边伸手朝下方的传送带指了指，说了两句，吕旷也没多余反应，顺势把背包从肩上卸下，甩上传送带，后换来一张贴着托运签的机票。吕旷目送背包平移向远处，才回味过来，自己从北京飞来的时候，背包一直随身，忽感脊背上空落落的，可不踏实。

过了安检，吕旷饿了，往登机口走那一路，开张的几家都是西餐，完全没兴致，继续走一段，已经到了，就索性找了个靠登机口最近的窗边位子坐下。巨大的玻璃窗外，晨光穿透一层低厚的云，看起来还挺美的，天气算不错。吕旷戴上耳机，闭目养神。

于半睡半醒中，吕旷回想着昨天晚上到底是怎么一晃而过的——他记得，他背着大包走了很远一段路，直到前方再无成规模的人流，自己已经来到了一条相对安静的街上。街边有一家门脸不大的小酒店，他进去查看房价，拿手机换算，单人间合人民币六百多元，在东京已经算便宜了。办好入住，他没有直接上楼，而是返回刚才路过那家街角的OK便利店，买了四罐麒麟啤酒。啤酒很冰，他捧在怀里回到房间，脱下背包，坐进小沙发里就开始喝起来，就着欧阳阳买给他的两袋零食。四四方方的一块死玻璃窗外，是东京的夜景，东京塔很出挑，红白相间了一阵，又变幻成蓝绿色。他心想，自己好不容易来趟日本，跟东京竟然就是隔窗一望的缘分，也是过于随意了。自己酒量不好，四罐啤酒下肚，已经有点儿晕了，衣服也没脱，上床斜躺着。欧阳阳的微信进来，问他找到酒店没有，他才想起来还没报平安，顺手把刚刚拍的东京火车站发了过去。欧阳阳回复他，不觉得眼熟吗？他回复，什么眼熟？欧阳阳回复，东京火车站，跟沈阳站长得一模一样。他放下手机回想了一下，好像确实长得像，但又懒得百度照片，就继续想，真的是一模一样吗？沈阳居然都跟他到东京来了。想着想着，他就那么睡着了。

吕旷被人拍醒的时候，是五点半。两个身穿安检制服的日本男人，在他面前弯着腰不停说话。吕旷摘下耳机，蒙住片刻，对方意思应该是叫他起身，他才站起来。年纪大戴眼镜的男人，操着磕巴的英文对吕旷连说带比画，可是在吕旷听来更像广东话或闽南话，除了"yes"跟"no"一个字都听不懂。两个男人有些急了，吕旷更急，对方伸手想拉他走，他也不动。老眼镜手里不停比画出"八"的手势，嘴里还学怪声，吕旷都想笑了。两个日本人忙活了二十分钟，眼看都开始登机了，吕旷终于不耐烦起来，逼不得已掏手机给欧阳阳打了两个微信语音，没接，这个点儿肯定睡得正死呢。正值此时，一个披米色风衣的男人，从登机口走了过来——这人刚站在登机口一直看吕旷，三十上下的模样，个子不矮，短背头一丝不苟，半长的风衣里面，棉白布衫配藏蓝色九分裤，纯白运动鞋上裸着脚踝——整个人像是刚从MUJI店里走出来的。如果不是他用流利的日语跟两个日本人沟通一番后，又对吕旷说起中文，吕旷真以为这也是个日本人呢，讲话都是一样的细声细气。这人问吕旷，你的托运行李里，是不是有把枪？吕旷一时神飞，没有啊！这人说，再想想，是玩具枪吗？吕旷定了下神，恍然大悟——我操，原来刚才老眼镜手上比画的不是"八"，是"手枪"，嘴里配的音是"bang! bang! bang!"。

枪是一把金色的沙漠之鹰，钢制枪身，长短、口径、手重，跟真枪丝毫无差，已超出玩具枪范畴，应归为仿真枪。——枪是欧阳阳送吕旷的礼物。吕旷从京都到名古屋的第一天晚上，欧阳阳领他轧马路，路过一家军事玩具店，吕旷在门口就被迷住了。吕旷喜欢枪，不像大多数同龄人因为玩"吃鸡"才开始把武器型号挂在嘴边，他是上学那会儿看军事杂志就已经如数家珍。他独痴迷手枪，尤其某些特制款式，闪金亮银，雕花带刻，简直就是艺术品。为此他不是没动过当兵的念头。吕旷与橱窗中的那把沙鹰对视时，眼神甚至令欧阳阳嫉妒——她欧阳阳一个大活人还比不过件死物？多半就是出于嫉妒，欧阳阳没问吕旷一句就把东西给买了。

好心帮助吕旷的这个男人，姓王，叫王放，也是沈阳人，生活在东京。王放一路陪着吕旷又从安检出来，进了一间小屋。小屋里还有两个日本警察在，加上那两个安检，六个男人一起等吕旷的行李送过来。王放问吕旷，你是把玩具的盒子都拆了吗？说明书也扔了？吕旷说，嗯，占地方都扔了。他又补充说，不是玩具，除了不能开火，跟真枪没区别。王放瞅瞅他，笑了，说，这时候不用这么实在。四个日本人看着眼前两个沈阳人扯闲篇儿，默不作声，一个个表情比当事人还紧张。吕旷对王放说，今天太感谢你了，哥，不然真给我整蒙了。王放说，都是老乡，不说了。你多大？吕旷说，1999年的，刚二十。王放说，真年轻，属兔吧？吕旷说，对。王放说，我正好大你一轮。此时，欧阳阳打回来一个微信语音，吕旷嫌麻烦就给挂了，看手机时间，都快八点了。吕旷说，哥，为了我你都没上去飞机，心里过意不去。王放说，我怕你语言不通再惹麻烦，反正我也不着急，机票公司给报销。吕旷说，这个钱应该我出。王放突然眯起眼端详吕旷，你网名是不是叫——二嘴？吕旷愣住无语。王放继续说，我看过你的直播，其实我第一眼就认出你来了。

一个女安检携吕旷的大背包进门，打断了二人的对话。吕旷在注视下当场开包，脏衣裤、洗漱包、两盒巧克力、手机充电线、转换插头，逐一摊晒，那把金色沙鹰埋最底下，用一件黑色T恤裹着。两个警察先接过枪，仔细检查一番，再等三个安检重新把其他物品筛摸一遍，五人细语几句，老眼镜才跟王放和吕旷点点头。此后二十分钟，王放至少替吕旷填了五份表格，吕旷只管签字。王放说，枪得扣下，如果还想要，他们可以代为保管，等你下次再来东京，或者寄到日本的朋友家里也行。吕旷说，我不要了。王放说，不要还得再签一份文件。吕旷不耐烦了，日本人可真磨叽。

两人从小屋被放出来时，已经是早上八点半了。吕旷问王放，你的行李怎么办？王放说，比我先一步到沈阳，刚才我跟他们沟通了，等到了沈阳再找机场的人要。吕旷说，我欠你的，哥。王放说，还是先买机票吧，下午一点半还有一班飞沈阳的。

买好票，吕旷重新托运了背包，跟王放一起再过安检。折腾来回，眼瞅十一点了。吕旷提议请王放吃个饭，王放没有拒绝，选了一家日式拉面。吕旷又提议喝一杯，王放也点头。两个人早都饿了，吃完两碗拉面，才开始慢慢喝啤酒。——吕旷还是第一次见吃饭这么斯文的男人，吃拉面的时候，左手筷子右手勺（是个左撇子），右手掌心一直攥一张纸巾，额头吃出一层薄汗时就拿纸巾浅浅地蘸两下。等到喝起冰啤酒时，再把纸巾折成长条，绕扎啤杯的杯腰缠一圈儿，手不沾水——要是搁以前，吕旷会管这叫“娘”，但是安在面前这个男人身上，吕旷觉得这就叫“讲究”。王放问他，现在来日本自由行是不是很方便？吕旷说，其实挺方便，但我没工作，办签证费劲，不过现在上网花三千块钱就能搞定，人都不用去领事馆。王放问，你为什么没考大学？吕旷说，就是不想念了。哥，你说读那么多书，真有用吗？王放说，人虽然不一定非要在学校里读书，但读书一定是有用的。吕旷问，你高中是哪个学校？王放说，省实验。吕旷说，学霸，牛逼。后来就到日本上大学了？王放喝了一口啤酒，说，高考那年遇上些事情，考砸了，二本掉到大连外国语，二加二，大三那年才来的东京。吕旷说，我那朋友也是大二才过来。王放笑了，女朋友啊？吕旷说，不算，就是高中同学，在名古屋大学。哥，你是做什么工作的啊？王放说，大学专业是日本文学，毕业后在出版社跟广告公司都做过，现在在一家动漫公司，快五年了。吕旷突然兴奋起来，咧嘴说，太牛逼了，我最喜欢日本动漫，真的！不信咱俩加微信，我头像都是"自来也"！——激动过后，吕旷稍有点儿后悔，感觉自己在人家面前毛愣得像个小崽子，但还是忍不住说，我的签名就是那句，"游龙当归海"——想不到王放直接跟他对起暗号——"海不迎我，自来也"。吕旷突然体会到什么叫相见恨晚了。他淡定一下，才说，哥，像你这种人，怎么会看我直播呢？王放反问，我这种人，是哪种人？

吕旷刚开始玩儿快手那会儿，胡乱拍拍段子，根本没人看。后来一次跟快递公司的几个男孩去京郊烤串儿一日游，偶然发现一间废弃多年的小独栋，吕旷醉着酒，趁夜进去楼上楼下拍一圈儿，谎称是间鬼屋，没承想小火了一把，点赞五万多。之后他受评论启发，干脆把自己定位成"鬼屋探险"，每周末都在北京周边搜寻所谓的"鬼屋"拍段子，著名的"朝内81号"他也去过，不过被打更的给骂了出来，有时候再跑远点儿，去天津跟河北的农村。他胆子大，得益于小时候跟姥爷住在荒郊僻野，生锻炼的。粉丝慢慢多起来后，他一周开四天直播，靠打赏每月能赚个八千一万，钱虽然不比送快递多，但再也不用起早贪黑，连玩带闹地把日子给过了，更符合他对二十岁的预期。如今他在快手粉丝二十七万，抖音也攒了四万，行情却大幅下滑，钱几乎赚不到多少。他渐渐发现，自己玩儿那一套，在短视频领域里越来越没人看——这也是为什么王放建议他尽快转型：改作"up主"，制作高质量长视频，可以继续专攻鬼屋跟探险，再拓展到神秘事件和都市传说，找专人剪辑配乐，往内容的上游走。王放觉得吕旷口才不一般，适合走这条路。王放说，当初我看你直播的时候，就这么想。吕旷提问，光做视频不直播，还怎么挣钱？王放说，目光要放长远，挣钱是后面的事，未来一定是内容为王，你永远打不败有内容的人，谁活到最后，金钱就忠于谁。——吕旷若有所思，虽然一时也不觉得王放说的都对，但他确信，这是个高明的人。吕旷还发现，王放说话基本听不出东北口音了，普通话很标准。他问王放，你为什么懂这些？王放说，B站你知道吧。吕旷说，当然。王放说，他们挖我去上海的总部，我这次回沈阳看完我母亲，就去上海办入职。

两个人一共喝掉了七杯啤酒，大部分时间是吕旷在说，王放听。但王放听得极认真，甚至是专注，拿东北话讲，是走心了。因为母亲是盲人，姥爷是单眼瞎，眼睛对吕旷一家人来说，异常珍贵，也导致吕旷从小就对别人的眼神无比敏感——自己说了这么久，王放的眼神从没有一刻飘忽到他的脑后勺儿去，或者偷偷放空。吕旷注意到，王放有一双大而亮的眼睛，睫毛很长，衬在一张本就清秀的脸上，更显明净。吕旷讲到了自己的童年，还有他的姥爷，他的父母，彻底刹不住闸。王放不时也穿插几句他自己，自幼单亲家庭，没见过生父，自己跟母亲姓，在东京十二年，如今已拿到日本永居，娶了一个日本老婆，小女儿去年刚出生。提起他的母亲，王放的话明显多了几句，他说自己的母亲是个善良又温柔的人，当年在学校食堂里卖饭票，每天收一袋子作废饭票，必须拿去锅炉房烧掉，可母亲私底下都送给了那个烧锅炉的男人，有好多年，那个男人吃饭都没有花过一分钱。

直到机场广播第二次呼唤吕旷和王放的名字，两个人才发现时间早被忘在了脑后，幸好都没行李，一路小跑到登机口，总算赶上。航班基本满员，都是来赶日本樱花季的东北游客，听口音一大半是沈阳人。吕旷的座位靠前，王放靠后，挨着窗。临起飞前，欧阳阳的微信又进来，问吕旷到沈阳了没有，吕旷懒得解释这个怪梦一般的上午，随手回她，到了。欧阳阳迅速回来一条，记得到家给我拍那两只黄鹂，我不相信它们能活二十年。吕旷烦得关了手机，心说这女孩智商也不算高，看照片你就能分辨出鸟的年纪吗？还当真了。他警告自己，千万别中了樱花的计，再美的景色也掩盖不了欧阳阳不过也是俗人的事实——如果不是因为他在网上有了点小名气，欧阳阳怎么会在高中的微信群里主动加自己？没劲。都挺没劲。

飞机升空时，吕旷才觉出有点儿醉，闭上眼，努力想要睡一会儿，却怎么都睡不着，他总觉跟王放有话还没说完，嘴跟心都痒痒。等到飞机平稳后，吕旷起身来到后排，跟王放身边的沈阳大哥商量换座，大哥不太乐意，但还是换了。吕旷坐下，问王放，哥，接着喝啊？王放微笑，点点头。吕旷跟空姐要了两罐啤酒，王放要了一个塑料杯。王放小口抿着喝杯中酒，吕旷观察，他应该是醉了，酒量比自己还差。吕旷没话找话，我刚才跟你提过我学过武术的事儿吗？王放说，嗯，学一年。吕旷说，一年以后，我感觉自己是李小龙了，我从武校出来，换了一所小学，大西三校，但我要回二经三校去报仇，原来班里最高的那个男生叫余斌，以前总欺负我，那天放学，我就去二经三门口堵他，非揍他一顿，可是等到余斌出来，我发现他比以前更高了，没等我出招儿呢，又被他胖揍了一顿，后来我就思考，原来人就算有天大的能耐，在绝对力量面前也全是白费，所以我猜，李小龙要是活到今天，肯定打不过泰森，估计连巨石强森都打不过。王放这回好像没有在听。吕旷有些失落，又找话说，我爸给我讲，他以前当驱鸟员的时候，机场里会立假人，架喇叭放噪音，吓走那些鸟，可是就有那些老鸟，敢飞到假人头上拉屎，站喇叭顶，拿噪音当歌听，根本吓不走，那就只能拿枪打下来。王放这回接话说，人经历的痛苦多了，自然会对痛苦免疫，鸟也一样吧。吕旷听出王放说话故意换了一个腔调。他又起话头，问，哥，你说是所有的女人都爱慕虚荣吗？王放终于侧脸看了他一眼，说，小吕，你还年轻，看待生活有些偏颇，等你到我这个年纪，自然就会公正一些。吕旷一时无语。王放又说，我困了，想睡一会儿。

　　从北京飞京都时，飞机一路颠簸，吕旷才发觉自己好像恐飞，幸好飞回沈阳这一程相当平顺。他见王放真的睡了，自己又跟空姐要了两罐啤酒，总算在把自己灌醉后，也睡着了。等他再醒来时，飞机已经开始下降，看手机，睡了快两个小时。王放的头靠在窗户上，睫毛频闪，吕旷看不出他是醒还是没醒。吕旷就当是自言自语，又开始说，哥，刚才我认真想了一下你说的话，挺对的，挣钱不着急，目光要长远，再说我马上也不愁钱了——他又看看王放，仍没反应——我这次回家，其实是因为我大姨奶，就是我爸的大姨，就这月初，她死了。我从来都没见过她。大姨奶很早跟她老公去了海南，后来两人离婚，也没孩子，她死以后，有律师打电话给我爸，说遗嘱写的是我爸名字。大姨奶留下三套房子，两套三亚，一套海口。我问过人，说加起来至少一千多万元。都是我爸的了。

此时，机舱广播提醒下降。王放终于睁开眼睛，收起了小桌板，调直座椅靠背，随后打了个含蓄的哈欠。吕旷也不知道刚才他有没有听见自己说什么。飞机下降得很快，王放的脸一直望向窗外，他开口说，你有钱了，接下来是怎么打算的？吕旷说，实话，有点儿飘。我从小到大都是班里条件最差的那个，二十岁，突然变成富二代了，哈哈。吕旷是想开个玩笑，但王放并没有笑，仍旧望着窗外问他，所以你会跟你父亲，还有你姥爷，搬去海南吗？吕旷叹口气，说，问题就出在这，我在电话里问他俩，俩人口径一致，都说绝对不走，永远都不走，这次回家，我就是要跟他们谈谈，实在不愿意走也行，至少先把海南的房子卖一套，改善一下生活，我姥爷都快七十了，吃了一辈子苦，该享两天福了。话音未落，王放伸出手朝小窗上戳了戳，唤吕旷说，你看，那像不像一个"吕"字？吕旷迷惑，凑近脑袋，顺王放手指停留的地方向斜下俯瞰——飞机距离地面越来越近，一条道路由细渐粗，在道的两侧，是两个用绿树勾边儿的"口"字，一大一小。吕旷顿时醒悟，那些树是杨树，枝叶繁茂，油绿似漆。吕旷并没有太惊讶，而是下意识地用目光搜寻那间他再熟悉不过的砖头房。王放说，我想你也走不了，年轻人。——吕旷闻见王放的酒味很重，又听他说——有人把你种在这片土地上了。

（原载《芒种》2020年第10期）

奇迹之年

◎东　来

1

"我爷爷是个赤脚医生。"

对面的男子掸去身上的烟灰，起身把头顶的遮阳伞撑开了，在沙漠的浓烈阳光下，我们获得一小块珍贵的荫蔽。在继续讲述之前，我和他一起看向沙漠，绵绵无尽的红沙堆砌起的绵绵无尽的沙丘，地上只有一些枯死的白草和水波似的涟漪，看一眼都觉得眼睛干痛。旅馆老板用脸盆种了些仙人掌，土块结得硬邦邦的，仙人掌绿油油，硬刺横生。有丝丝微风吹着，薄汗蒸发，并不热。

这家青年旅舍很有名，出现在很多旅行必去清单之中，因为它孤独地建在沙漠深处，乘车抵达时，若值傍晚，可见晚霞和沙漠温柔地包裹几间矮矮的土屋，周围绝无人烟，许多旅行者将这里视为世界的尽头——旅行的终点，有些人甚至会用"圣地"来标榜它，住两个晚上之后就折返，也有人向沙漠更深处继续进发。旅馆养了一队骆驼，雇用了三个向导，交两千块钱就可以租一匹骆驼和一顶帐篷，走上两天，去看两处已经风化成丘的古城遗址、一片已经干死的沙棘林、一条没有一滴水的古河道。两天前，交完两千块钱，临走时我突然感到厌倦，没有出发，只是目送了骆驼队的离开，早上的露水打湿沙地，骆驼的脚印在地上印出乱纹，不一会儿就被风刮走。我的骆驼仍被拴在原地，不停地反刍，我看了它一会儿，喂了它一些玉米粒，跑去旅馆的餐厅喝酒。旅馆的老板跟我说，晚上会有个男人住进来，他自己开车来的，微信名字叫作阿来，头像是只飞奔的豹子。

我说："怎么要特意说起这人？"

旅馆老板说："我感觉，已经很多年没有看到用豹子做头像的人了。"

我说："还真是！好久没遇到了，有那么一段时间，有不少。"

老板说："用豹子做头像很傻。"

对话结束。

夜晚九点，旅馆的狗全部狂吠，一辆车开进了院子，一个长手长脚宛如螳螂的男人在群狗的围攻之下，淡定地劈开道路，走进了屋子。那就是阿来吧，我见他拿了房卡，要了一大份面、两瓶啤酒，坐在我对面吃起来。我一眼瞥着电视，一眼瞥着他，期待看到一张豹子似的面孔，但他的面孔始终埋在阴影之中，看不清楚。阿来吃完了饭，穿过院子走去客房区，所有的狗又叫起来，他咳嗽一声，狗子们噤声，退回狗舍去了。我问老板，那是阿来吗？老板努努嘴，当作回答。

隔日，我在天台上坐着，喝冰镇啤酒。阿来拿了一堆衣服，走到晾衣竿边，将衣服晾好，他随即坐到我的身边。他自然没有长出豹子的面孔，那张脸眉眼平淡，只有一双又圆又厚的嘴唇突兀地挂在脸上，头发稍长，面孔倒是整洁，一丝胡茬也没有，有些恹恹的病态，年纪四十五往上，也许更年长一些，异于常人之处唯有他的眼睛，眼眶红红的，应该是长期睡眠不足所致的慢性角膜炎，乍一眼看去像是刚刚哭红了眼。他问我借个火，我说我不抽烟，没有火。他笑笑，从口袋里掏出一盒火柴来，划着一根，点着了根烟，深闷一口，长长吐出来。

"我爷爷是个赤脚医生。"他很自然地说，声线尖细，话茬便立起来，我们像是认识了很久，不必做任何开场、背景阐述、自我介绍云云，直说想说的话，我也没觉得有任何异常，"他以前在粤北山区的村庄里给人看病，山里面蛇多，人总是被咬，所以第一要学会的就是治蛇毒，他因此认得很多草药，凭它什么蛇咬伤，咬成什么样，送到他跟前，几贴药敷下去都能好。他认得一种叫作'卡子草'的草，包治百病，比仙丹还灵，比人参还难找。这草药的脾气也大，春分时候，卡子草的叶子从土里冒出来，长得和芋头叶子差不多，就个尖尖儿冒着，见到也别心急去拔，得坐它边上和它说会儿话，或唱支山歌，趁它听得认真时，轻轻地揪着它的茎，把它从土里拉出来，一路上还得好话哄劝，把它哄高兴了，它才给治病，要是它不高兴，病人吃它敷它也治不了病。"

我笑了笑，阿来见我笑，问："卡子草，你信吗？"

我摇头。

"我知道你不信。"阿来说，"你跟其他人一样，只信自己看见的，自己听见的也只信五分，但是只要……给你看见了，你就信。一旦超于常规，你们就不理解，视为异端，可是你们把'常规'划得那么小。"他用大拇指抵住小拇指的最上节，比了一下，"就这么大。"

我又笑，因他过于认真的口吻，反倒无法生气，心里或已——承认，他说的是对的。我说："你爷爷与卡子草后来怎么样了？"

"1998年，镇上有人被毒蛇咬伤，送来时已经晚了，我爷爷说没救了，那家人不死心，八百里加急送到省医院去，靠打蛇血清活了下来。那之后，我爷爷再没见过一株活的卡子草，它们全都躲去了深山。再后来，我爷爷退休，在鹭城养老，他说鹭城以前也有卡子草，九十年代绝迹，与此同时，蛇也快没了，不到穷乡僻壤见不着。应该是从九十年代末开始，人变得只信自己眼见与耳听的，但是一个人能看到多远、听到多少呢，相比世界之大，肉眼看见的、耳朵听见的，都太短浅，而且容易受到蒙蔽。卡子草的叶心有一层细密的黄绿色绒毛，返照淡淡的昏光。如果你走在山中，遇见了卡子草，就算你不认识它，你也会知道，这是仙草。很好认，如果能碰见的话。"很熨帖的小故事。

上午十点半，旅店里已经两天没有来新的客人了，旅店老板送了两瓶沙漠啤酒过来，算作送给我们的礼物。他用多年收入买了一整套日本酿酒设备，加入沙棘汁和油柑汁，酿出一种入口极苦，回甘如蜜的沙漠啤酒，一旦熟悉那个苦味，尝过回潮的甜味，便十分上瘾。我对旅店老板说，等我回到上海后，请他寄一些过来。他说，寄不得，在沙漠喝沙漠啤酒才能喝出甜，回到城市里再喝这个啤酒，要么纯粹是苦，要么淡得像水。或许是路上颠簸，让酒变质了，也或许是喝酒的人回去之后，舌头不再敏锐了，沙漠啤酒只能存在于沙漠之中，这也是一种在地魔法。阿来一口气喝完两瓶，虾皮红随即爬满他的全身皮肤，红眼眶也不显红了。他说，这个酒很有能量。能量，我思考着他的用词。

"你来这里做什么，来看沙漠吗？"我问他。

他摆摆手，说："两个月前，梦见有人对我说，你往西去吧。我从家里跑出来，一路朝西，每到一个城市就停两天，睡梦中还是有人说，你往西去吧。到了这里，如果晚上还是做那奇怪的梦，我就还得往西去，直到那个梦消失。只是我又有些担心……"

"担心什么？"

"担心这个梦不停，我就得一直往西走，地球是圆的，我会回到原点，要是这梦不停，得绕个大圈子。"他皱了皱眉，为这个事情真实苦恼着。

事到如今，我已经确定眼前的中年人有些精神问题，臆想与偏执已深，但另一方面，我又很乐意和他说说话，若在S城，我们不大有机会打上照面，甚至不会朝对方看一眼，他的疯癫会被城市放大，他肯定也瞧不上我，一个中规中矩疲于奔命的上班族。旅馆断网三天了，只能打电话和发短信，之前网络未断时，刷个网页或者微博也要好几分钟。而这三天之中，天上没有任何云彩，今天的景致与昨日别无二致，风也如昨一样徐徐，带着巨大的擦刮声，时间似乎停滞了。我主动揽下了喂骆驼的活，阿来没有来之前，我主要面对骆驼和狗。时间似乎在此停滞，因为没有高楼大厦和车水马龙的对比，这里辽阔还与千年之前一模一样，似乎现代社会的雨露不会洒落在这里，身在这里就是做梦，梦的内容就是空无。旅馆、沙漠啤酒、阿来就是梦中的点缀，烈风刮过皮肤留下的微灼，就是梦的质地，而在梦中，阿来又给我讲了另一个梦。

"这个梦听着像是宗教故事里才有的东西。"我说，"也许你会成为圣人，你看啊，故事里都是这么写的，《西游记》也是这么写的，历经九九八十一难，最终取得真经，出门之前他连真经是什么都不知道，就这么上路了。穆罕默德追寻真主，摩西出埃及不都是这样。"

阿来嘎嘎笑，说："要真是这样，我可能会死在路上。你呢，你为什么来这里？"

"休年假，看到网上有一篇帖子写到这里，说这里人少，就买了一张机票飞到邻近的城市，再坐了六个小时汽车过来。"我说，"想远离热闹，越远越好。"

"一个人吗？"

"太太和小孩去了巴厘岛，她们觉得那里有乐子，那地方我们都去过三次了，到处都是中国人，沙滩、大王椰、海鲜、潜水……我早都腻了，她们还没有腻，也许就是有人会腻烦，有些人不会。其实年假一个星期前已经结束，但我还不想回去，又多请了十天假，多待几天。"

"为什么？"

"啤酒好喝。"我说，"晚上刮大风的声音也特别好听，好入睡，网络不通畅，那些逼着人不断往前的东西，看起来很重要很紧迫的事项，都被甩到了外面。刚开始那几天，我好像还有一半的身体和脑子还在上班，想到好多事情还没做完，想到其他人都在忙，睡觉都不踏实，数字在梦里蹦，涨了跌了，红了绿了。那阵焦虑劲儿过去之后，待在这里就很舒服了。时代的进程在不同地方确实不同，在某些地方，我们不配得到这样的平静。这份平静很奢侈，也很短暂，一旦离开这里便会失去，所以想多待几天。"我话说得有些多了。急于分享，也是都市人的毛病之一。因为无所想，心里面有种东西正在复苏，眼睛是眼睛，鼻子是鼻子，耳朵是耳朵，五感敏锐起来，可以感知到空气中很细微的变化，世界变得极为清晰，甚至能感觉到时间流逝的节拍——只是一个比方，时间流逝不会发出声响，所以我们才察觉不出它的流逝——我已十几年没有过这种感觉了。有那么几天，我每天坐在阳台上，四下里看，只是看，只是听，数公里外一只隼飞过我都听得见，它滑翔过去，羽翼振动，发出轻微的哨声，我就随着那哨声飞脱了，从山巅俯冲下来，肾上腺激素飙升，多巴胺疯狂分泌，全身骨头通过风一样痛快。这么极致的痛快，没法跟人说。阿来来之前，旅馆老板不理睬我，他被沙漠同化了，变成了一种木头似的无悲无喜的人，我说的这些他司空见惯。

我继续说："我肯定要回去的，此地不宜久留，山中一日，世上千年，就怕自己回去，城市换了个样子。这个世道真像跑道，再不跑，就要负担不起我太太和小孩的旅行费用了。"

阿来一脸"我很懂"的表情，四肢扭绳一样盘着，周身的怪异又加了几分，有些嘲讽的意味，我知道他不是故意的，他肯定自诩活得比我明白，我短暂的平静与长久的焦虑本来就是城市小资产阶级的快乐与忧烦，在此时身处的广袤天地间，渺小得不值一提。

"有一团黑色……"他说，"盘旋在你的头顶。"

我仰头看了看自己的头顶，头顶之上是遮阳伞，遮阳伞之上是被阳光炙得发灰的天空。

"每个人头顶都有颜色，你仔细看，一定也能看见。"阿来指着我的头顶，"每个人都可以看见。"

我有些不耐烦，说："我看不见。"

"得学会一种特别特别的看世界的方式，不只是用眼睛，还得用鼻子、耳朵、皮肤、五脏六腑，一起来看，全息地看，站在制高点看。如果只用眼睛，一定看不到。虽说不难，但也不容易，绝大多数人找不到门径，找到了门径也不容易学会，学会了又容易忘记，所以它仍是极少数人才能掌握的能力。小孩子头顶的颜色通常是干净的，没有杂质的红色黄色蓝色绿色。有些能够看见颜色的人以为这是性格的标志，但我以为应该更复杂一些，颜色里不只包含性格，也许还有健康、命运，可能类似人的八字……破解颜色犹如破解密码，我没兴趣，我只是看看，就像看人的相貌，再自然不过。人年纪越大，头顶的颜色越趋于浑浊，染上灰调，中年人的色彩多半是灰或者黑，很正常。有时候，你会看到一些特别清秀的人，不一定是相貌上有什么特别之处。哪怕他浑身是泥，你也只会觉得这个人很干净，周边的灰尘扑不到他身上。这种人头顶的色彩没有变灰，仍像小孩子一样没什么杂质，这种人你碰到一个，就算只打个照面，过十年二十年想起，仍然会鲜明地出现在脑海里。还有人——这种人就更少，可能你终其一生都碰不上，他们头顶的光七彩流溢，他们与你同在一个世界，又在不同的世界。不能用言语解释清楚，不过也没什么可解释的，可解释的都不足。"

　　"你看，你果然是做大事的人。"我不无揶揄地说，"我不会做神奇的梦，也看不到人身上的彩光。"

　　"我知道你不信，我说出来不是为了让你信，要让你这样的人信一样东西，得费好大力气去论证，论证一件你看不见的事物实在太难，就算我能够论证，你也会因为无法看见而选择不信。别费那力气了。"他说，"那么，你相信世界末日吗？"

　　"不相信。"我说，"应该说，我觉得那就是个笑话。"

　　"差不多吧。"阿来说，"但世界确实毁灭过了，现在的世界是一片废墟，我们以捡垃圾为乐。"

　　"我得去喂骆驼了。"

　　"2012年12月21日，就是那个众所周知的日子，世界毁灭过一次了。"他郑重其事地说。

　　"骆驼……"

话题逐渐奔着巫蛊的方向去，我看了一眼阿来的面孔，发现他变得年轻了许多，眼尾的鱼尾纹不知道哪里去了，也许是我的错觉，光线抚平了他的皱纹。我要赶去喂骆驼，和阿来约定晚上去他的房间里喝酒，十瓶沙漠啤酒，我来出酒钱，他愿意一一告诉我，世界毁灭的过程。

我把饲料倒在石槽里，抬起头，在目见的尽头，天边染上一层紫灰色。旅馆老板说，也许今年第一场风暴要来了，明天或者后天。

沙暴来时会怎么样？

刮大风，沙子全部都被吹起来，之后又恢复如初。

风要把表面的沙尘全部吹起来，意欲找出一层平滑的地层，建立在浮沙之上的一切都会被抹去。但常识告诉我们，风没有意志，浮沙之下，也没有什么光滑得像鸡蛋壳一样的岩石地面，浮沙之下仍是浮沙。

2

我当然不愿意接受世界已经毁灭过一次的说法，不然我所生存的这个世界，作为一个普通人为之奋斗的一切，感受的欢愉、承受的煎熬全没有了依据，那一天，世界并没有发生任何变化，甚至连微小停顿也没有，依旧不管不顾地向前，较之以前，速度更快，几乎要飞。

那一年，我刚过三十岁，看完那部名为《2012》的灾难片，我和当时的女朋友约定，如果12月21日世界没有毁灭，我们仍能见到第二天的太阳，那我们一定要结婚。这当然是玩笑话，我们根本不信世界末日，但谁的内心没有过片刻希冀，地球在一瞬间灰飞烟灭，誓言、许诺全都因此无法兑现，因此可以放肆胡言。12月22日早晨，她发信息给我，只有三个字"我愿意"，末日预言反而成为了婚姻生活的开端，足以在我的生活中留下一个小小标记。个人生活，与另一个人生活合并，分量变轻，变成一团混沌毛絮，脆弱且容易飘散。就好像那辆倚靠在路边的公交车，本来一直在等你，你还在路边买冰淇淋呢，车忽然发动了，你得跑起来才能追上它。2012年之后，进程确实加快了，结婚、买房、生孩子、卖房、换房、小孩上幼儿园（转个眼要上小学），事情一件赶着一件，比小孩的脚掌长得都快，却都是具体的烦恼，是必然应然全然的煎熬，与欲望和物价赛跑的生活本身。跑着吧，跑到中途，就会忘记了肢体和头脑，只剩下跑这么一件事情——幸好跑道几乎是固定的，不需要格外去探索，不然真的会累死。

世界没有毁灭，只是加速了，如我奔向中年。

阿来和我一起吃了一顿羊肉抓饭，各自揣了一个生洋葱当餐后水果，走到他房间，一边吃洋葱，一边喝啤酒。冰过的沙漠啤酒有股杏仁香，但是温度一过十度，那股杏仁香就自然捉摸不到了。吃生洋葱，我这几天才学会，仍然会被辣得满眼泪，辛辣感之后满嘴是清甜，可以持续很久，总的来说，沙漠中的一切甜都不会来得那么容易，也不会那么容易消逝。我给阿来看过妻女的照片，阿来说，太太漂亮，女儿也漂亮。他也递过手机来，我就着他的手机看见一家三口在海边相拥，照片像素不清，应该是几年前的照片。他一家都比例修长，走在街口，堪称醒目。阿来说，这是他的老婆孩子，孩子在读大学，夫妻都是中学教师，他老婆教语文，他教地理，不过他去年已经被学校解聘，因为在课堂上反复宣扬封建迷信思想，被家长投诉多次，丢了饭碗。我大概猜到了他对学生们说了些什么。

这倒是出乎意料，我下意识以为阿来是单身，有着完整家庭的男人不大会做出这么出格的事。

我不禁好奇他太太对他的远足有什么看法。

"她，"他说，"她不管我，她知道我疯。"

"你也知道自己疯。"

"你要是也知道世界末日是什么，不疯才怪。你们这种人多么幸福，仍以为自己生活在一个了不起的世界。"他冷着脸，环着手臂，比画出一个球形，像一个先知，说："世界末日，并不是指你所见到的这个世界一瞬间消亡。好比苹果烂，不是从表面烂掉的，是从心里，等到烂到表面，内里已经化成一团苦泥，要到那时候你们才看得到末日的景象，不过敏感一点的人，早已闻到了腐烂的味道。那一天，你肯定以为什么变化都没有，一切照旧，说不定你还跑去电影院里看那部《2012》，看大地震怒摧毁人类，黄石公园和海底火山一起喷溅岩浆，大洪水把城市卷走……从电影院走出来，感慨活着真好。可是，就在你们看电影的时候，这个世界的一条支线消失了——神秘消失了，巫术消失了，能量消失了，奇迹消失了。其实在那天之前，它已经衰微很久了，但那天，是彻彻底底消失了。一就是一，二就是二，〇不再是事物的原点，'一生二，二生三，三生万物'，没了。事物恪守法则，法则越收越小，最终缩到你以为的常识那部分，指甲盖那么小。我们现在就生活在这样的现实里，没有神迹了，没有预言了，没有巫术了，祈祷也没有用了，许愿不会实现，惩罚自然也不会降临。曾经拥有着神力的人，在一夜之间失去了能力，没有任何东西会超脱轨道，一切都在常规下进行。你想想看，是不是2012年之后，怪力乱神的传闻逐渐消失了，其实不是传闻变少，而是怪力乱神真的消失了。很快，这个世界就要长不出杂草了，但是表面上，生活不会受影响，可能要过个几百年，人们才能体会出其中的差异。"

我仍旧笑了笑。

"是不是很可笑?"

"与其说觉得可笑，更多的是不可思议，二十一世纪已经过去了五分之一，却还有人对我说这些话。"

"你相信特异功能吗?"他说。

我摇了摇头。

"那就是在末日中消失的东西之一。"

话题至此才进入正题，正如初见阿来时，他应该长一张奇怪的豹子的面孔。这张面孔即便不长在他的脸上，也应长在他的心里。又听到特异功能这个词，我还是笑了出来，这是一个距离现代文明过于遥远的词汇，古老，而且带着欺骗的原罪，我以为它已经消失在现代世界了，正如"卡子草"在世间的消失，它们同属于一个日渐陌生的世代。可是阿来讲来毫不违和，他便是从那里来。如年轻人嘲笑老年人的迂腐，自诩理性的人嘲笑感性的无用无知，笃信科学的人嘲笑信徒的迷信，我来到这里，花费十瓶啤酒，不过是为了猎奇和嘲弄，阿来也知道我的来意，但毫无保留，他意在倾诉。

在八九十年代特异功能曾经盛极一时，那时的新闻里到处都是异能人士，他们有着各种各样的神通，说是神通，听上去又微不足道，或难以求证，诸如把药片从药瓶里面抖出来，用鼻子嗅字，耳朵听字，肚子吸住勺子，手心发热煎鸡蛋，发射常人感受不到机器也无法检测的辐射，双脚离地半毫米，把蛇变进入的肚子再取出来，一个个像极了玩笑，人像追逐明星一样追逐他们，眼巴巴地指望他们表演异能，这些异能者受邀在大小城市表演，收割信众。有那么一段时间，就连我的父亲——一个接受过良好教育的气象学者，也沉迷于此，买了许多特异功能方面的地摊书，每天起个大早去公园里练习气功，企图用特异功能治愈多年风湿与心脏病，让秃顶长出头发，打通透视天眼。幼年的我，也曾经梦想自己可以透视，找到我妈藏起来的零钱罐和电视遥控器。当然，这些激情早就过去了，我父亲五十六岁时接受了心脏搭桥手术，之后兴趣更多放在养花种草和拉小提琴上，提起那段经历，多半以戏谑的口吻提起——人生无望的寄托，不沉迷于此，便沉迷于彼，总得找个事情来度过中年危机。至少在我的记忆中，特异功能四个字并不光彩，九十年代中期之后，那些超人一个个被证为骗子，报端和电视也不再见这些人的踪影，那场燃烧于广场的大火便是惨淡的收尾，像是魔力轰轰烈烈地从地底涌出，短时间内又钻了回去。多年之后，再回想那段岁月，感觉到更多的是天真与狂热，从七十年代的狂热，进入到八十年代的狂热，再进入到九十年代的狂热。总要有些个事物，成为狂热的出口，然后被人遗弃，成为集体记忆的废墟，之后再有人提起旧事，倒像是在废墟中去刨文物一样艰难。

阿来打开了啤酒，一口气喝完一瓶。

我说："你也有特异功能咯？"

"我可以把勺子盯弯。"

"又是勺子？"我看向他，口气极尽尖酸，"为什么总是勺子？"

"我应该给你表演一下。"他并没有被冒犯，说，"但是我现在做不到了。我从旅馆餐厅拿了两个铝勺子来，想试一试，盯得眼睛酸痛也不行。算了，我已经失去它了。

"我九岁就发现自己仅用注视就能掰弯勺子，盯着看十秒钟，勺柄会自动弯曲五度，塑料、金属、陶瓷、木头，材质无关紧要，只要是勺子，都可以。这个特异功能，可能是梦里面得来的，也可能是出生就有，只是后来才发现，毕竟谁没事盯着勺子看呢。五度正好肉眼可以分辨，乍一眼看去也并不会觉得这个勺子有什么怪异，要很仔细地去看，才能找出这五度的差别。弯曲五度，不能叠加，五度就是极限，也不能使其复原。

"为什么是勺子，为什么是十秒钟，为什么是五度，我也百思不得其解，说起来这个特异功能真的一点用也没有，可是它落在你身上，有什么法子。后来我还想弄弯其他东西，看见什么都使劲盯一下，可是除了勺子，什么都没有变化，我还想试试自己还能不能干点别的，比如眼睛点火、隔空移物、心电交流、透视、穿墙……都不行，万物自有规律，丝毫不服从于我。那时候恰好是大家对特异功能最为狂热的时候，我认识的每个人都在谈论特异功能、气功、超人、水变油、铜变金，种种不可能的可能性，不在科学范畴内的科学。我给家人表演眼睛弯勺子，我爸妈看完之后，几乎不敢相信，然后是我爷爷——他特地从粤北山区赶回来，看完之后又坐车回去，他一直不支持我在人前表演，觉得这事儿最好埋在家里，别到处抖搂，特异功能和卡子草差不多，会跑走。可我爸觉得，这是个宝，不给人现一下他难受。他拉着我给其他人表演，我的老师、同学、大院里的那些人、报社记者，这事儿便传开了，我的名气越来越大，传出了县城，传到省里，传到全国，他们用'神童'来称呼我，我挺不好意思的，以前他们这么叫顶聪明的孩子，我是个笨人。

　　"有两三年的时间，我每天和无数勺子打交道，把它们盯弯。梦里面也都是勺子，勺子们在我的头顶旋转，扭得奇形怪状，砸在我头上。看客们不厌其烦，让我'发功'，我便假装十分费力，皱着眉头，眼睛冒火，其实这件事对我来说一点也不难，简单得像是伸伸手脚，不费力气。每次一结束，台下的人哄上台来，把勺子一抢而光，他们都相信我有一股神力，那么弯曲的勺子也会沾上神力，包治百病。有段时间大小报纸上总是出现我的名字，如果你去查1985年9月7日的《新华日报》，会在第七版的右下角豆腐块里找到我，虽然只是很小一块，却登载了一张我拿着勺子拍下的照片。几年间，我走过全国好多地方，省城、北京、上海、厦门……给省领导表演，给日本访问学者表演，给科学家们表演，给医院里的癌症病人表演。我妈妈有剪报的习惯，我出名了，她一直很兴奋，家里八辈贫农连秀才都没出过一个，现在竟出了个'神童'，她把报纸杂志上所有关于我的新闻都剪了下来，贴了足有四五本笔记本，一直当宝贝。她去世之后，这些剪报集作为遗物，放在我家书架的角落里，再也没人翻开过。

　　"那几年我总是想，为什么别人都没有，偏偏我有，我必是被选中的人，

'天将降大任于斯人也'，但是另一种感觉也无法摆脱，那就是这项能力即便是罕见的，甚至是绝无仅有的，它也是无用的。我最怕别人问我，'你这特异功能到底有什么用'，要是有人问出来，我会愣住，或者假装没有听见，或直接逃走。不过，没有一个人问这个问题，大家似乎被特异功能本身迷住了，来不及去想这些。"

窗外的风吹得门框哗哗作响，今天的风更大，远处传来悠长的狼嚎声，狼嚎声飘到这里。我在信和不信间徘徊，不信更多一点，但每当有人笃定地对我讲述，我又忍不住信，不是信话语，而是信此时此刻，话语中的空隙。

"你知道那个用耳朵听字的唐愚吗？"

"知道。"我说。我比阿来年轻几岁，仍有一些故事传递下来，只是其中的意味截然不同。耳朵听字，其人其事，我在初中物理课上听到，物理老师说，学了初中物理，初步具备了解现实运行规律的能力，不可以信耳朵听字、天眼猜字的事了，那些"都是假的"。那时候才知道，在七十年代末，在四川，曾有个名为唐愚的男孩可以通过听觉辨字，无论在纸上写什么，卷成小球，他放在耳边听上几分钟，一定能辨出是什么字，甚至用笔的颜色，他都说得清。唐愚之后听音辨字的人多起来，各处都有儿童拥有这项特异功能。可以说，是唐愚开启了中国的特异功能时代，在那之后，拥有特异功能的人多起来，种类越来越丰富，能力越来越强，短时间内进化到匪夷所思的程度。在想象的初期，"耳朵听字"这种并不突出的功能，便是一种试探，像用脚沾沾水，测一下温度，不冷，甚至还有点温暖，那些人便一头扎入河中去畅游了。我在我父亲留下来的有关特异功能的书上看到过唐愚的画报，他手扶着耳框，侧耳听着什么，脸色红润，神情乖巧，是那个年代某种标准里的儿童模样。

"我见过他。"阿来说，"我们当时一起受邀为日本特异功能协会表演。一行十人，唐愚也在其中，他比我大几岁，已经是个大小伙子，当时骂他是骗子的人很多，他已不太露面，日本人出了一笔钱，他才出场。我一看见唐愚，就知道他真的有本事，他呆呆地坐在一角，不言不语，脸晒得极黑，穿一件不大合身的新衬衫，我坐在他旁边，他扭头看了我一眼，就那一眼，让我鸡皮疙瘩起来，他那双木木呆呆的眼睛，倒要看到人心里去。日本人写的是日文，为了防止作弊，一人在另一个房间写好字，卷成团递到他的面前，唐愚从始至终蒙住眼睛，拿起纸团在耳边听，然后在纸上依样画出字形来。他一共听了五次，每次都很轻松，那些日本人将全过程用录像机录下，反复确认他是否作弊，但在那种情况下，作弊几乎不可能。晚上我们住同一家招待所，在同一间房。我问他，听字是什么感觉。他说，把纸团靠近耳朵，呼吸放缓一点，一二分钟之后，无论是图画还是文字，都在脑中自然浮现出来，只需照描下来就可以。我说，这特异功能听上去有用，考试的时候可以作弊。唐愚笑起来憨憨的，说，离远了不行，总不能把耳朵贴到人家的试卷上去听吧，有那功夫还不如瞎蒙。我问他后来为什么不多出来几次，他的名气那么大。他说，这种东西没有给他带来什么好处，每天听字，他都腻味了。他那时已经辍学了，跟着他父亲做泥瓦匠，盖房子远比在人前表演用耳朵听字有趣得多，一砖一瓦盖踏实了，人才踏实。意思是，他放弃了特异功能，如果特异功能算个礼物，他决定退货了。"

我说："后来好像再也没有听过唐愚的消息了。"

阿来说："那时候也没有网络，报纸不报道他了，他自然消失在人前。我只记得第二天，我们一起吃过午饭，分别时，他说我头顶的光是浅黄色。我问他，那是什么。他说，他也不知道那光是什么，每个人都有，而且颜色不同。他教我怎么看，我按着他教的方法，便看见了旋在人头顶不散的一圈光晕。从此我走入人群，发现人们除了面貌不同，还有色彩的分辨。我也看见了唐愚头顶的光，是纯度极高的蓝色，只是我不知道那意味着什么。"

"到底怎么看？"

"就那样看，我已经教过你了。"

我眯起眼睛，想依照阿来所说，调动五感，全息地看，站在制高点看，什么也看不出，只看见他投在墙壁上灰色的影子。

阿来大笑，说："多加练习，你一定行的。"

我大概已经掉入他的圈套。与阿来交谈让我依稀想起我爸，两个人都喜欢用神秘来渲染事物。我爸已于三年前去世，死因是心脏病发作，走得匆忙，没有留下遗言。他一生的爱好就是在路边漫步，判断未来的天气。接下来几个小时的气温、湿度、风速，往往与他的预判分毫不差。有时我们一起在路上，他从胸口拿出老派的丝质手帕，在风中扬一下，拿出纸笔，记下一些数字。"三个小时后会有一场六级大风""一场只下五分钟的小雨"或者"记得带伞，下午四点钟会下雨，你放学后半小时才停"，他总是这样说，在幼年的我看来，这差不多也是一项特异功能。我缠着他，求他把秘诀传授给我。我爸指着道旁树说："小朋友，你不要把自己看成一个人，要把自己看成一棵树，头发是叶子，皮肤就是树皮，站着别动，想象你的根须扎到土里，想象你没有眼睛，叶片伸向天空，从空气中获得天气的信息。风一吹，你就知道了一切。"我按照他说的，站得笔直，闭上眼睛，假装自己是一棵树，试图听见草木的低语。

诚然，我爸在打发小孩子，隐去了他多年的专业积淀，但他多年来一直都试图让我知道气象不仅是数字和计算，还须感受。有时直觉才能穿透许多认知的雾障，暗中交给我们答案。这种感受力脆弱而珍贵，需要持之以恒的训练，不然会随年龄退化，或致完全丧失。依赖理性和计算，毕竟是更容易的事情。因为这一层缘故，我对阿来有了些亲近感。

"后来呢？"我说。

"电视里面整天滚着'特异功能'四字，没几个人说得清这四个字的含义，听得多看得多，睡梦里也想，就着了魔。那时候，苏联和美国都在搞人体特异功能的研究，咱们也不能落人后。我正读初中，听说美国有个小孩能够用意念把勺子拧成麻花，我呢，我也还在跟勺子杠，却只能把勺子弯曲五度。五度和麻花，云泥之别！几年来毫无长进，这样下去超英赶美是不可能了。众人早就看腻了我的把戏，花样那么多，这算什么菜。我也想不通，为什么不能让勺子更弯一些，为什么不能弯点别的。别人都开始穿墙透视飞升了，我还在弯勺子……虽说是超人，但只超一点点，就和一个人长得高点、耳朵大点、长个六指一样，没什么可稀奇，也没什么可骄傲。我也真是怕了勺子，看见勺子眼睛就痛。我爸也觉得，我的异能肯定不止于此，露出来的那点，不过是冰山一角，只要好好挖掘，地下还有富矿。我们不信，怎么只给这么点甜头，小甜头之后，应该跟着更大的甜头。"阿来停了停，喝口水，说，"为了尝尝那更大的甜头，我跑去练气功了。"

"哈哈，果然。躲不开。"

"其实是受我爸的影响，他是个气功迷，那时候练气功是时髦的事。一开始只是一小群人练，后来无一人不在练，只要你有手有脚能跑会跳，干吗不去练气功，打发时间，强身健体，又没坏处，那会儿闲人多，生活节奏也慢，大家也不着急去挣钱。我爸是最早开始练气功的那撮人，打倒"四人帮"之后，他因是单位造反派的二把手，也被打倒，暂时退下来，无所事事，就跟着下山的老道练硬气功，冬练三九夏练三伏，坚持了好几年。后来气功的种类多了，这种吃功夫的硬气功练的人就少了，我爸转而去练了一种金丹功。金丹功不需要练硬功，只需每天定时打坐，想象丹田那里有一颗金丹，金丹浑圆饱满，在五脏六腑里流转。那时候流行的说法是，气功练得好，就会持有特异功能；有了特异功能，就是超人——超出一般人。其实'超人'是什么意思，也没有几个人知道，只是这两个字听上去就离地三尺，这个世界不能有神仙，却可以有超人，神仙是迷信，超人是科学。那时候很多领导人和高级知识分子都在练气功，它是全民游戏，不分贫富贵贱。我开始跟着我爸练习气功，希望能开发出更多的特异功能。"

"开发出来了吗？"我问道。

"你猜。"

"我猜没有。"我说。

阿来挠了挠头，伸手摁死了一只旱蚤，旅馆的床上多这种小虫，初来时，我被咬得满身红包，无论什么驱虫药水都没有用，这也是在沙漠必须忍受的事物之一。阿来看起来并不是在意虫子的人，他只是需要一个停顿。

"是，没有。"他说，"现在想起来，仍然觉得意难平，早知道是这样无用而微小的东西，干脆别给了，倒叫人花了好大时间好大力气去追，最后一场梦。"他抬起头，看了一眼天花板，又有些飞蛾乱窜，往灯上不知疲倦地撞。"我见了许多气功大师，都是骗子。很多骗术现在看起来很低级，可那时候的人单纯，上面说什么，下面便信。他们头顶的光，无一不浑浊昏暗。不过会几招障眼法，说些大话。可是别人都信的时候，你信不信？心志不坚定的时候，一定会信，就算你真的不信，也不要说出来，不然你就有问题，还会被人说眼瞎心盲，还会有人咒你肠肠烂穿。信仰比真实更不可动摇，信仰会改变真实的模样。"

"那几年，常有气功大师开研讨会，不同的人来来去去，名字记不住，只好'马大师''刘大师'地乱叫。场地多选在工人文化宫，门票二三块钱，我爸都会带我去，开开眼，见场面，凑热闹，大师们总要表演一些神通，说些逗乐的话，门票钱能值回来，那会儿娱乐生活太贫瘠，就当听相声了。印象最深的是笑功，进去百十人，也不开灯，只台上亮着，大师坐在中间，笑得满脸褶子，说'笑一笑，十年少；再一笑，登仙了'，手一抬，百十号人忽然放声大笑起来，黑暗中好洪亮痛快，好似发了大水，滚滚而来，要将一切都冲走。你在里面，忍不住跟着笑，好像摁下了一个按钮，你也不知道自己在笑些什么，只管朝着天花板大笑，笑到腹痛，眼泪乱飞，满地乱爬，背过气去。尤其是那些经了事的大人们，心里面憋着一口气，平常哪有机会喊出来，这一笑，真是不得了，还要互相攀比，比谁笑得时间久，笑得大声，笑得夸张。'笑功'流行了很久，到零几年，练这功的人才少了。有时候大师们来表演，我也会被叫去热场子，在他们出场之前表演一下弯勺子，收点好处费。有个很有名的姓颜的气功大师，你记得吗？"

我说："不知道。"我记事时，气功的时代已经过去，我所听见的，仅是旋涡般的回响。

"1987年大兴安岭特大火灾，烧了近一个月，沈阳军区请颜大师远程发功灭火，三天之后，大火果然被扑灭了。报纸上到处宣传大师气功的神奇，他名声大噪。除了会气功，颜大师还被外星人请去喝过茶，坐过宇宙飞船，能和外星人用脑电波交流。他来我们那儿传授气功，三天培训费三百块，那是当时工薪阶层半年的工资，收钱之前，得叫人心服口服。他找到我，叫我小骗子，他说他知道我的把戏，他见过不少我这样的小孩，只会扯谎，小骗子最终会成长为他这样的大骗子，小骗不长久，大骗能成真。我爸把我交给颜大师，让我跟着好好学学——其实就是当托儿。表演之前，我们彩排了好几次，他要表演的是天眼辨字，让台下的观众写字条揉成团交上去，他发功，用天眼逐一辨认出来。这个骗术其实特别简单，只不过是移花接木，第一个应验的人其实是托儿。颜大师拿出第一个字条来，假装费老大劲认出来，然后问台下的人，是不是写了他的名字，托儿只管答应，颜大师就可以当众验证，打开那张纸条，其实第一个人根本没交纸条，颜大师当众偷看了人们交上去的纸条，只需一个个念出来就可以了。拙劣吧？然而无人不信。多年来，颜大师就靠这一招鲜吃遍天下。那时候我打定主意，真要碰上一个真有大本事的人，我一定跟他走，跟着要饭也行。"

我说："听起来像是武侠小说里才有的情节。"

阿来笑起来，说："是啊。那时候的人都在做梦，做特异功能梦，气功梦，武侠梦，外星人梦，发财梦。造个梦，不管你这梦多荒诞，无数的人往里钻。"

　　"你后来找着了这么一个人吗？"

　　"差点儿找着了。"

　　"找着了就是找着了，没找着就是没找着，怎么是差点儿？"

　　"到了九十年代，气功热退下去一些，一般的骗术已经不管用，种种新奇已经见过，如果不是用特异功能飞上天，众人都不要看了。儿年间，我练了不下三种气功，搭了不少时间进去，一点用也没有，因为并没有一个屏障等待我去突破。我终于如唐愚所说，感到厌倦。不仅厌倦，还幻灭，没指望。我才是个高中生，已不易轻信，来来去去沉沉浮浮都看遍了。不过说幻灭，又没有完全幻灭，还有火种，一引就燃，我还是信特异功能，信超人，不然我没法解释自己。1992年，我碰见过一个气功大师，我以为我找着那个人了，差点儿跟他走了。"

　　我看了一眼钟，已经深夜十一点。阿来的讲述未至中途，离世界末日尚远。

　　阿来很识趣，说，天晚了，明天再说。

　　半夜，妻子打来电话，口气很着急，略带哭腔，说在巴厘岛上遇到了麻烦事。两天前，女儿的后背长出红疹，起初只有一小片，现在发成了一大片，还发起高烧，可能是食物中毒。我说，你赶紧带她去医院。她说，她们现在一个非常偏僻的小岛上，岛上只有一个小村子和潜水中心，没有医院，也没有乡村医所，唯一的医生不在岛上，要儿天之后才回，岛上两天才一个船次，暂时也无法返回大岛，她正束手无策。

　　我听了，想着她们远在热带孤岛，女儿气息奄奄，妻子近乎崩溃，心中冰凉，却说不上慌乱，浮思之下，甚至有一层隐藏得非常深的想法：我希望女儿就此死去，死在热带岛屿，不要归葬，直接沉入海中，就此远去，不必忍受漫长的人生。可一想到她柔软的声音和头发、小小的手掌和脚丫，就迫不及待见到她。希望她死，又希望她活，两种互相交织蚕食的心情，不能与妻子说。

　　妻子说，她快急死了，只好找了村里的巫婆来帮忙，死马当成活马医。巫婆六十来岁，慈眉善目的，说女儿在路上直视了鬼魂，因长得可爱，所以被缠上了，这鬼不是恶鬼，只是贪玩，容易请走。老婆子围着床乱跳了一通，口中念念有词，把蕉叶敷在女儿头上，收了几百块，已经走了，目前女儿的烧退下去一些，但还是有热度，如果明天情况不好，就要打电话给大岛的医院，请求支援。

我说，希望巫婆把鬼捉干净。这愿望是真诚的。

她又问："你呢，你现在怎么样？"

我说："沙暴快来了，还没来，沙漠现在很平静。"

她说："你还在沙漠里吗？我以为你早就回去了。"

我说："快了，沙暴结束了，我就回去。"

"你为什么一个电话都不打给我？你一点都不担心我们吗？"

"这里信号不好。"我说，"我很想你们。"

她轻微地叹了口气，挂掉电话，想必内心许多失望。近几年，我们的生活已陷入到停滞，只是顺着自然形成的旋涡向前，或许更近于缓慢下坠，譬如说，生了孩子，需要换个大房子，那便东拼西凑，负百万元的债务去购更大的房子，始终拮据，也无力跳出这个怪圈，被死死地钉住，丝毫分不出力气。如我父母所说，"哪里有那么好过的日子，都是挣"，说起来，我们总觉得过得比父母那辈好多了，其实是物质爆炸给予的错觉。在2012年世界末日那一天，我并不是这样向她允诺的，她也向我许诺了什么，我们已记不清。

我走到旅馆的院中，往沙暴来的方向看了一眼，什么都看不出，漫天星光，深蓝色天空如绒布高挑，天地无悲无喜，默然广袤无际。旅馆老板说，沙暴明天就会到来，至今为止没有任何明显征兆。

如果此时沙暴到来，我愿意走入其中。

3

第二天，门外的群狗吠成一团，时间还早，不到凌晨四点，天光还是青蓝色，只夹了三分光亮，正是日夜交替时分。旅馆老板来敲我的门，请我帮他做些风暴来临前的准备，将露台上的天线和太阳能电池板收进屋子里。天台上，阿来坐在那里，面向西方，满地烟头。

"不去吃点早饭吗？"我一边忙活一边说，已是满头汗。

"等会就去。"

"沙暴就要来了，别坐太久。"

"昨天晚上，我刚躺下，又做了那个梦，那声音又说，你要继续往西边去。"他说，"我听了那个声音，立刻醒过来，再也睡不着了。"

"你别听它的。回家去吧。"我说，"是癔症啊！"

"嘿嘿，我倒是想回去，好几次动了折返的念头，半途又觉得好奇，'幻听''癔症'都无法说服我。我还是继续往西，总得看看那边有什么，这一趟非去不可。"

我先下楼去了，过会儿再上来，天色不再清透，也不至浑浊。起得太早，本该有困意，却因沙暴将至而精神亢奋。我端了凳子坐过来，也直面西方。

"你昨天说，差点跟个人走了，那人是谁？"我续着昨日的话头。

阿来从呆愣中回过神，说："哦，那个人啊，我只记得他姓蓝，他不喜欢别人叫他大师，因他原本是中学里面教俄文的，所以大家叫他蓝老师。我初见那人，就觉得他比那些江湖术士强，斯斯文文，他头顶的光是淡蓝色的，与他的姓相合。那时候，他坐在宾馆房间的沙发上，伸手递了一颗糖给我，让我吃了。过会儿，我走路打飘，两只脚像踩在棉花上，看路都是拐的，一伸手能摸着天，耳目忽然放大了好几百倍，外面自行车的铃声、行人的说话声都听得清清楚楚，风一吹，人就像小船一样荡起来。蓝老师附在我耳边说了一句，你飞回去吧。我便觉得自己从窗户口飞了出去，贴着地面飞了二三里，到了家。一到家就睡着了，醒过来已经是半夜了，我跟我妈说自己是飞回来的。我妈说，哪呢，你像是喝醉了酒，跟跟跄跄进了门，话也不说一句，立刻爬床上去了。我从来没有遇到这么神奇的事儿，第二天一早又跑去找蓝老师，要认他为师，请他把我带走。蓝老师说，行啊，他那一身本事正要教给别人。我跟我爸说，我要跟着蓝老师，他在我耳边吹了口气，我就可以飞了。那种贴地飞行的感觉，我一辈子也忘不掉。

"蓝老师来我们那，也是为了教气功。他的功法叫宇宙波，是指通过运气，打通人体与宇宙的自然连接。蓝老师说，其实宇宙无时无刻不充斥着巨大的能量，人在宇宙之中，都能接收这些信号，但仅接收信号没用，还得懂得如何运用，学习宇宙波气功，便可以自如地调用这些宇宙能量。你别笑啊，不好笑，气功中有一支，就是勾连宇宙的，我是亲眼见过其中神奇的人，所以蓝老师说什么我都信。那时是十一月，赶上狮子座流星雨，蓝老师说，流星雨落下时正是宇宙力场聚集的时刻，参与的人数越多，聚集的宇宙力场越强，傍晚天未暗，几百个人聚集在中心广场，每人带一口信息锅，其实就是铝锅。蓝老师说，这套气功方法已经有了北京气功协会的科学依据，需要配合一点药物，每个人到前面领了一杯药水，药水蓝老师已经发过功，可以事半功倍。我喝过了，还是觉得苦，有人喝了一杯嫌不足，又喝一杯。我爸说，他已经很久没有在广场看到这么多人了，上一次还是十几年前，全市人聚在这里，为毛主席庆生。几百个手电筒将道路照得透明，虽然是冬天最冷的时候，大家心头全是热意，吵吵哄哄，他已经许久未见那样的热闹。

"十点钟全城熄灯，陷入一片宁静，人群喃喃，十三分钟后，零星流星降临，大家戴好铝锅，双手举过头顶，开始接收宇宙波，噪声平息，有人说有滋滋电流穿过头顶钻进地下，有人说在锅内看见漂浮绿光，有人说感觉到一股回旋热风快把自己掀翻。我也顶着一口锅，锅太深，完全遮蔽视线，闷得有点喘不过气，暂时把铝锅取下来，看向东北，正见两颗流星划过去，拖出长尾，眨个眼消失了，说是流星雨，其实流星并不密集，一分钟几颗，我记得那天没有月亮，空气里好像有一层蓝色的雾，柔软地围裹着我们，我也听到了有人不小心睡着的鼾声，也听到有人低声念诵咒语，几百口铝锅反射出晦暗的光，像好多双眼睛盯着你瞧。深秋天凉，我竟然一点都不觉得冷，蓝老师坐着一动不动，我把信息锅盖回头上去，闭上眼，身处一团黑暗。我快睡过去了，忽然，身体变得很轻，直接飘了起来，地心引力对我失效了，我像个火箭，极速往上飞，低头一看，人变得像蚂蚁那般小。随之，城市也缩成一团，晦暗不明的一团，山川河流高原河谷俱在脚下，'坐地日行八万里，巡天遥看五千河'，突然之间，我什么都看见了，那本不该是人应有的视角，蹿出地球，面见灰白的月亮，以及巨大的沸腾的白色太阳，刺眼地几乎无法睁眼，可我的眼睛好好睁着，看着无限新鲜的一切。我大概明白，在那个时刻，我不是我，只是一缕微弱的意识，意识是不会感到刺眼的，刺眼只是感知的惯性。意识可以去任何想去的地方。我继续往上，直至整个太阳系缩成蚕豆那么大小，我身处银河之中，无数星球运转，仿佛近在咫尺。很难向你描绘银河的样子，因为人的视野太小，根本不能够穷其大穷其远，黑暗之中随时随地充斥巨大的如山崩一样的声音，轰隆轰隆，不绝于耳。我漂浮在无边无际的黑暗之中，周围是那些我叫不出名字的星体，在那里，我不是蝼蚁，也不是微尘，而是空无，不存在。我感觉自己蹿得太远，正不知怎么回去，忽然有人在喊我的名字，有人摇晃我的身体，意识一下子又回到地球，回到那个小广场上。我爸用手电筒照我，问我是不是睡着了，我没有跟他说我灵魂出窍看见了什么，我所见所闻，短时间内无法向任何人解释，我只是点头。我爸又说，广场上死人了，赶紧走。广场的东南角确实围了好些人，警车的鸣笛声自远处传来，我站起身来，两条腿已经发麻，和我爸互相搀扶，走出这片宇宙力场聚集的地方，忍着剧烈的头痛，摸着夜路回家去了。"

我说："这可真是新奇的体验，后来呢？这位蓝老师怎么样了？"

"呵，被抓了。判了死刑，很快枪毙了。"

"为什么？"这倒是个奇妙的转折。

"因为投毒。其实蓝老师根本没有什么特异功能，自然也不会调动什么宇宙能量，只是会配一些让人产生幻觉的草药，在幻觉中人上天入地无所不能。我猜里面有一些神经毒素，副作用很大，那次聚集中，有个老头连喝五六碗，当场死了。蓝老师隔天就被抓了，没几天，我从大人闲谈中得知他被枪毙了，其实现在想想挺可惜，他那手配药的绝活也没传下来。

"后来我爸开始做副食品批发的生意，开始忙起来，气功自然也不练了，这个话题渐渐从我家餐桌聊天里消失。我也不再提，不过还是会偷偷买一些特异功能研究的书和杂志。高三那年，走了狗屎运，竟让我考上了一个很不错的大学，在图书馆的报纸上看到了哈勃望远镜传回来的第一批太空影像，那些巨大的星体、五彩的星云、正在缓慢流动的星河，就在那次狮子座流星雨的幻觉中，我都见过了，甚至比望远镜拍到的还要精彩千万倍。一丝虚无的意识，曾经漂浮到那样的地方，以那样的角度，看过万物，逃脱了物理。如果这不是奇迹，那我就没有什么好说了。"

"你也说过，那是嗑药的幻觉。也可能是记忆偏差，将幻觉中所见的事物和现实对应，通常会出问题。"我话一说出口，已经后悔，无神论者的一切导向都是无神，而有神论者的一切导向都是有神，理解太难，反驳容易。

阿来虚弱地笑一笑，说："在幻觉中触及到的真实就不真了吗？"

"我不是那个意思。"我说。

"我学的是师范类，毕业之后是要去做老师的，还可以赶得上最后一批工作分配。不过我的理想是毕业之后，去美国研究特异功能。我查到美国有大学在研究特异功能，当时翻译作'超心理学'，透视、遥视、预知等等都在研究范围内。日思夜想，有点着魔了。我跟老师说，想去美国研究特异功能，他们的表情和你一样，三分不解，七分嘲讽。我不在乎他们怎么看我，他们不曾知我所知，见我所见，自然不能理解。我在大学的时候加入了省特异功能研究协会，那会儿几乎每省每市都有这样的协会，九十年代就式微了，变成骗子窝。我加入进去，不为别的，只为披沙拣金，找到其他真正拥有特异功能的人。两年间，我见到了许许多多自称怀着特异功能的人找上门来——撇去骗子，有一些人是真厉害，譬如有个人身体特别柔软，可以把自己折起来，塞进一个小米缸中；有人能过目不忘，扫一眼报纸，能复述内容，但这些不是特异功能，只是人的物理极限。真正的——像我一样，真正有特异功能的人，我只见过两个，一个是××，另一个是××。"

我忍不住笑了，阿来是有些幽默感的人。

他看我笑，摆出教师的威严，说："严肃一点，正说着严肃的事，不要笑。你发现没有？唐愚、我，还有这俩人的特异功能，有个最大的共同点——"

不等我回答，他自己抢答了："没用，不只没用，还很好笑，宛如嘲讽。食之无味，弃之可惜。豁达点的人，比如唐愚，直接丢了；也有像我这样的人，一直抱着不放，妄图突破。我早该想明白，见过那么大的星云之后，我就应该明白，所谓的'超人'，不过是超出常理，既然你们把常理划分得如此之小，超出是很容易的事。可是，有特异功能和没有特异功能是两回事，有特异功能的世界和没有特异功能的世界也是两回事，有些东西它不在常理之中，不符合规范，不遵循规则，但它们存在，就让人觉得松一口气，原来不是一切都是定数，不是什么都被精密的定理包裹住。"

他叹口气，引得我也叹口气。事实是，一切如常，毫无意外。

"你后来去美国了吗？"我说。

"当然没有。"他苦笑一下，说，"那时候能去美国的人都是个顶个的聪明人，我说过，自己是个笨人，能力有限，考上大学不过是走了狗屎运。不过，苏联解体之后，国际上关于特异功能的研究就走下坡路了，1995年，美国停掉了有关特异功能的研究，'超心理学'这个学科被除名了，我们国家随后也停止了特异功能方面的研究，解散了各大特异功能协会和气功协会。他们说，世界上不存在特异功能，特异功能都是欺骗，不存在什么超人，大家都被骗了，赶紧从大梦中惊醒，投入到现实世界中去，去赶轰轰烈烈的发展大潮，去赚真金白银，不必再求虚幻的梦想了。到大学毕业之前，我已经转换了想法，想去做数学和物理研究，在脑中推演整个宇宙，找到那个能够涵盖特异功能的规律。"

"你最后去做了老师，教地理，地理和物理之间的差别挺大的。"我说。

"我学过量子物理，自学，不过硬件不行。"他指了一下自己的脑袋说，"越是具象的事物越好理解，越是抽象越难，学到一定阶段后，就会发现自己的脑袋原来是一团糨糊。有个很大很醒目的真理就在前面闪耀，但是你跑不动，追不上，只能看到光，却不知道到底是什么在发光。这不是普通人能做得了的事，就算我把脑袋想破，也想不出什么有用的东西来，可有些人的脑子倒像是为这个而生的。毕业之后，我顺理成章当了老师，分配在我们那儿最好的高中。你别看我这样，我是个很好的老师，教书很有一套，中学那点东西太简单了，语文、数学、物理都教过，成果不俗。后来校长说，我们学校少个地理老师，你去吧，我就去了。我娶了校长的小女儿，很快评了一级教师。我老婆赚钱上有点天分，很早就从学校跳出来搞高考培训班，做得很大……"

"你后来没有再给人表演过特异功能吗？"

"给我老婆表演过，也给我的小孩表演过。把弯掉的勺子给她们看，我老婆说，她有时候能看出来弯曲，有时候看不出来，我知道她在哄我，她根本不信。课余时，我也会跟学生说点特异功能的事，他们只当听笑话，把我当成个怪人。现实越来越狭隘了，人却越来越现实，孩子也一样。"

"1995年，有本杂志停刊了，《人体生命科学》，时代已远，你肯定已经忘了。这是一本特异功能杂志，不过在杂志后期，已经没有什么值得说道的内容，零零凑凑，半本都是割包皮的广告，我还在上面投过稿，写过蓝老师被判死刑的原因和经过。广场上练气功的人不见了，大家开始跳舞，霹雳舞、摇摆舞、太极剑或者别的什么，现在是广场舞，同样是手舞足蹈，没有什么不一样，空旷的场地上一直留不下什么东西，保不齐现在跳广场舞的人，当年也和我一起去参加过宇宙波的集体气功，可是他们都失忆了，或者这些事情根本不值得记忆。好像只有我对那个时代记得清楚，不舍得忘记。我有时候会想，特异功能会不会是我的臆想、偏执，是一场过分真实的梦境。每当自我怀疑时，我就去拿个勺子，看着勺柄在没有任何作用力的情况下，轻微地偏过头去。我知道它是真的，它无时无刻不是真的，只是它不重要，没有任何用处，因此也不知道该往哪里放。我接受它是我的一部分，我也接受它是这个物理世界的一点意外，仅此而已。"

我说："假作真时真亦假，无为有处有还无。"

阿来说："《红楼梦》里太虚幻境门口的楹联，放在这里并不合适，因为它不是幻觉。《人体生命科学》停刊之后，特异功能爱好者们就在网上互相交流了，帖子、贴吧，现在又有了微信群，我每天逛逛，从来不说话，没有新鲜东西。他们知道的我早就知道了，他们不知道的我已亲历过，骗术、谎言，还有夹杂在里面极少数的真实。"

天已经亮了，不像前几天那么明净透亮，有一朵强势的黑云压在地平线上。无论是狼还是狐狸、鹰隼，都已经嗅到危险的味道，各自找地方躲起来，我向远处眺望，仿佛看见。群狗不安，在院子里狂吠不休，大声制止无用。旅馆老板从里面探出头来，说，让它们叫会儿，等会儿就消停了。沙暴来临前，酿酒机器停掉，里面的啤酒必须全部罐装，所以沙漠啤酒免费敞开供应，只限沙暴这两天。我下楼拿了几瓶啤酒并两块饼，与阿来边吃边聊。我一直看向地平线，还想穿过地平线，看地平线的地平线。尽管我们已经身处空旷之地，碍于肉眼，那种遥视的渴望仍然很强烈。

"直到那日，2012年12月21日晚，我像往常一样吃过了饭，但心里一直不安。"他指着那些狂吠的狗说，"和它们一样，感觉到有什么不好的事情要发生，但不知道自己将面对什么。我也不是没有想过，地球会突然间炸开，岩浆到处灌到处淌，或者一场巨大的海啸把全世界给淹了。哈哈，我也知道那荒诞不经，就算真的有末日，也不会来得这么轻易。我惴惴不安地睡了，半夜，大概两三点，我忽然觉得身体变轻，没有做梦，却半夜惊醒，醒来一身冷汗。第二天早上，我出门给孩子买早点，脚步变得很轻便，一沾地身体就弹起来，像踩着了弹簧一样，回去称了一下体重，少了六斤。我想，坏了，赶紧去拿了个勺子，盯了十秒之后，勺子纹丝不动。特异功能失灵了，以前从来没有过，更让我惊讶的是，它居然有重量，压在我身上。我一个人在房间里待了一天，手里一直拿着那个勺子，脑中一团乌糟。我老婆在外面一直敲门，我也不应，坐到天黑。一个明知无用的东西，在你的怀里揣了几十年，一下子拿走，也叫人无法适应。我本以为，它与我的肉长在了一起，是我的一部分，但它悄无声息地溜走了。"

"不告而别。"我说，"一定伤心。"

"不仅是伤心，感觉被抛弃了，就好比一个蚌，被人取走了珍珠，你说，这个蚌它会不会慌。我慌不择路，跑到网上去发帖，问他们，有没有感觉到自己的特异功能消失了。"

"有人回复吗？"

他苦笑，说："很多，一夜之间五百多个回复。大部分人都是嘲讽，还有人劝我去医院看一下精神科。也有零星回复，说有和我一样的感觉，但他们才叫臆想，话不能当真。这些事情，只能慢慢求证。我找了另外两个人问，他们的特异功能也消失了。我又特意去了一趟四川，想找唐愚，但没有找到，他早不知道去了哪里。好几年之后，我才得出结果——2012之后的世界，缩小了，超出常理的部分全部被剪除了，平滑得像块新草坪。没有什么不解之谜了，一切都可以解释，可以发现，可以求证，真和伪之间的界限从此分明。从某种层面来说，世界末日确实发生了，只是不那么剧烈，肯定会有长期的副作用，但以我的脑筋想不明白。"

"一个没有了例外的世界确实变得更加无趣了。"我说。

"是啊，无趣，希望副作用仅止于无趣。"阿来说。

"就像卡子草的失踪。"我们也许失去了一个更加丰富的世界。

他的眼眶仍然发红，喃喃地说："对啊……"他起身走下楼，穿越群狗的吠叫，回到自己的房间中去，我也梦游般回到餐厅。

远处的那片紫色转为浑浊的淡黄色，天色仍然晴朗，却有些错乱的风，似乎风也在逃窜。沙暴快要来了，旅馆老板已经将一切可能被吹走的东西拿进屋子或地窖，关掉发电机，狗牵入门，门窗掩牢。有两队旅客还在外面，暂时失联，老板说，他并不担心他们，向导懂得应付沙暴，沙漠里的人自然知道哪里可以躲藏，不过，这种级别的风沙他已经有数年没有遇到过，危险还是有的。

"每年都有人因为沙暴而死。"旅馆老板淡淡地说，"正常。"

风中开始夹沙，擦刮着房屋，如砂纸来回打磨，鼻翼里甚至开始有了一丝潮湿，嘴里也有了细沙，屋子里的陈年膻味，因为封闭更加明显，叫人头皮发麻，此时应该喝两瓶沙漠啤酒定定神。因为这场沙暴，浪漫且微醺的沙漠生活忽然震荡，滑向晦暗与危险，到了该回去的时刻了，城市生活在向我招手，还有半个月积压下来的账单，任性之后岌岌可危的工作。

我想起骆驼没有拴紧，担心它们会被沙暴惊到，冒着风沙，冲到骆驼棚。骆驼们坐下来围成一圈，互相埋着头，我把缰绳拴得更紧一些，脸被刮得生疼，又吃了满嘴沙子。回到屋子里，短短十几分钟，天色已经全变，灰黄灰黄的，可见距离不足五米，屋里需要点灯才能看清。我坐在窗边，徒然看着窗外，一个黑色的影子在沙尘中若隐若现，逆着风沙前进，一会儿便不见影踪。我想，一定是骆驼的缰绳没有拴紧，跑出去一只。老板说，不用担心，骆驼比人更懂得如何应对沙暴。

其他几个旅客都待在房间里没出来，餐厅只有我和旅馆老板二人。我把阿来对我说的那些悉数告诉他，问他怎么看。

"你相信他说的吗?"我问。

他说："早儿年，也许是二十年前，附近村子里生活着一个先知，能够预言很多事。你在沙漠里丢了一个金镯子，他会指给你遗失之处。最近几年不怎么听说他的消息了，可能老了，可能死了，也可能像那个人说的，世上的预言失效了。"

因为找不到蜡烛，我们只能坐在昏暗之中。风沙拍打窗户，我听着耳边的风沙声，想起多年前和父亲一起等候一场台风。

空气忽然不可思议地干燥，与数小时前的潮湿截然不同，气温骤降，窗外的树冠子被风拉扯，滚动着要向北而去。电风扇懒懒地吹着，我几乎要睡过去，又清醒地睁着眼睛，想等大雨到来，大雨马上就要到来。

"想象一下，台风的形成。"父亲说。他斜靠在沙发上，眼睛眯着，似乎要睡着了。

"嗯?"我像只小虾,卷在他的胳膊下。

"要从太平洋开始,你是赤道附近的一滴水,蒸发了,升入空中,与其他的水汽紧紧团在一起,躲在一大片积雨云里。从地面看去,你们是一片翻涌的白色云彩。热空气上升,冷空气下沉,快速循环,云带不断扩大。地球旋转,云带逆时针旋转,形成热带气旋,周围空气涌向中心,又遇热上升,能量聚集,中心区域附近的风力升高,气旋中心的气压进一步降低——现在,它不再是一个热带气旋了,而是热带风暴,或者说,台风,超强台风,它像只巨大的蜘蛛趴在海面上,携带着几十亿吨的雨水往大陆飞奔而去,没有什么可以拦住它。它长驱直入,深入到内地,你落下的时候,直线距离已经移动了万千公里。过程太过激烈,可能连雨滴都会忘记,自己来自赤道最宁静的海域。"

雨已经落下,天已经全黑,雨声密集,几个小时候忽即逝,我们没有开灯,也不知道到了几点钟,没有人来打搅我们,我只顾着听窗外的风雨,想象自己就是那颗水滴,在极短的时间内被风力裹挟,跨越千重万重,从不固定,又从未变化,世间一切与之相比,都如此渺小。等我回过神来,父亲的话正像果实落下——

"是不是奇迹?"

沙暴结束之后,通信一天之后才恢复,听说沙暴放倒了附近一座信号塔,抢修了一整天才好。我们度过一整日无水无电的生活,许多设备被吹坏了,或者灌满了沙子,阳台上仙人掌连盆一起消失。我帮着清扫院子,把屋子里的东西搬出来,有些坏到不能用的,直接丢出去。忙完之后,又走到骆驼棚里,查看骆驼的状态,它们早已恢复了镇定,嚼着玉米粒。我数了数它们的数量,并没有少,我只恐怕数错了,又数了一遍,还是没少。但我曾见一个黑影走入狂沙之中,如果不是骆驼,那会是什么呢?旅馆老板说,也许是看花了眼,天色黑,看错了很正常。

到了晚上,我在餐厅吃饭,旅馆老板说,阿来还没有过来退房,去他房间看过,行李不见了,桌上放着几张现金,人不知哪里去了。他趁着沙暴离去了,车还停在院子里。我仍有些不可思议,沙暴中人寸步难行,阿来如何能够像骆驼一般,一步一步地朝西挪去。我走出门去,朝着西方看去,想从中看出一个小小的人影,离开的,或返回的。无数无数的沙丘,延绵而去,其中并无阿来。

妻子打电话过来，说女儿在岛上退烧了，他们已经返回大岛，隔日就回程。

"也许真的遇到了鬼魂。"她说，"总是听他们说东南亚有些脏东西，碰到了会生病。之前不信，这次有点信了。我们在村子里散步时，女儿曾经从地上捡起过一根骨头，不太像动物的，倒像是人的胫骨，我让她赶紧丢掉。"

"应该是食物中毒吧。"我说。

妻子说："回上海再到医院检查一遍。你回去没有？"

"准备回了。"

"这话你上次就这么说。"

"沙暴……"

"早点回吧。"她说，"你不能在那里待一辈子，我不喊你回来，你是不是就不回来了？"

"哪能，瞧你说的，我马上收拾行李。"

那些去往沙漠更深处的游客接连返回，大家谈论这场巨大的沙暴，都说这会是他们毕生难忘的经历。我问他们是否撞见一个长手长脚的男人，他独自一人往西去。大家都说不曾见过。我又在旅馆待了三天，想等阿来回来，始终没有等到，只好回到城市。工作一旦恢复正轨，人便像陀螺一样转起来，渐渐无法顾及沙漠旅馆里的诸事。半年之后，我终于想起给旅馆打电话，问老板阿来回来没有。旅馆老板说，啊，那个人啊，他始终没回来，车在院子里停了太久，已经快报废了，正不知道怎么处理。

（原载小说集《奇迹之年》，人民文学出版社2021年版）

敬　告

　　由于编选时间仓促、工作量大，未能及时与所选作者一一取得联系，请见谅。现仍有部分作者地址不详，为及时奉上稿酬和样书，请有关作者与责任编辑高丹联系，我们将尽快为您办理，谢谢您的理解和支持。

联系方式：

电话：024—23284306

E-mail：12274210@qq.com

微信号：15640369577

辽宁人民出版社

2022年1月